こんどうともこ、王愿琦　著／元氣日語編輯小組　總策劃

30天考上！
新日檢
N2
題庫＋完全解析

534題

文字‧語彙

文法

讀解

聽解

勝負は「どれだけ問題をこなしたか」にあり！

　2010年の大幅な改革から十年ちょっと。最初の頃は戸惑いもありましたが、主催者団体から明確な方向性が提示されていたこともあり、新形式もほぼ定着したように思います。その間、出版社に身をおいてきた本書の製作メンバー3人（王愿琦社長、葉仲芸副編集長、わたし）は、つねに受験生の立場に立ち、研究を重ねてまいりました。その結果、誕生したのが本書です。

　受験には、どのような形式の問題が出題されるのか、どうやって問題を解けばいいのかを知ることが何より大切です。本書は、新しく改定された新試験形式に対応した試験を、詳細で分かりやすい出題内容分析とともに収録し、短期間で実践的な試験対策ができるよう、次のような点に重点を置いて構成しています。

1. 毎日一定の量学べるよう問題内容を配分

試験に打ち勝つには内容を理解する以上に、落ちついて試験に向かえるよう準備する必要があります。そのためには、とにかくたくさんの問題をこなすことです。

2. 改定後の試験内容を出題類型別に分析して提示

出題形式を内容別に詳しく分析して解説。最新の出題類型別ポイントと学習すべき内容が一目で分かります。

3. 本番の試験と同様の模擬試験を収録

本番と同じ形式の練習問題をこなし、自分の実力がチェックできます。分かりやすい解説付きですから、自分の弱点に気づき、強化することが可能です。

4. とにかく分かりやすい解説

翻訳と解説を担当した王愿琦社長は、長年出版界で数々の検定試験問題に携わってきた以外に、実際の教育経験もあるベテランの先生でもあります。教師と生徒の立場を理解しているからこその端的で分かりやすい解説は、本書一番の売りです！

5. 試験と同形式の聴解用音声を収録

聴解に立ち向かうポイントは、如何にして話の流れや内容、要旨を把握できるかにあります。毎日一定量の臨場感あふれる問題をこなすことで、確実な聴解能力の向上につながります。

　最後に、語学の習得には地道な努力が不可欠です。初めは分からなかった問題も、2度、3度と繰り返すうちに、確実に実力がついてくるものです。自分と本書を信じて、惜しみなく努力を重ね、合格切符を手に入れましょう。幸運をお祈りしています。

こんどうともこ

祝／助您一試成功！

在教學以及編輯崗位十多年來，經常遇到同學以及讀者詢問：「我要考日語檢定，怎麼準備？」

這真是一個好問題。當然是「單字」要背熟才知道意思；「文法」要融會貫通才能理解意義；「閱讀」要多看文章才能掌握要旨；「聽力」要多聆聽耳朵才能習慣。但是我想，無論是誰，考前都需要一本「模擬試題」來檢測實力。

市面上有若干「模擬試題」的書。先不論一些書籍的內容是否符合實際考題，同學常常做了之後，或因書中沒有解析，或因解析不清，在考前增加焦慮感。緣此，有了您手上這本書的誕生。

書中こんどう老師所出的題目很活，雖說是模擬試題，但這些參考歷屆考題，歸納、精煉出來的內容，其實等於實際會考的題目。本書 30 天的題目共有 534 題，只要都弄懂了，臨場絕對萬無一失。而考題或有類似，那是當然的，因為重點就是這些，出現次數越多的，就越重要，實際考試也一定越容易出現。

至於我所負責的解說，盡量以學生的需求（如何快速閱覽，一眼找出正確答案，而非用猜謎式的刪除法找答案）、老師的責任（精準翻譯，清楚說明用法，分析易混淆處，以期學子厚植實力）、以及編輯的觀點（解說清晰，不拖泥帶水）這三個角度來撰寫。衷心希望題題用心、字字琢磨的此書，能讓您覺得好用，並祝／助您一試成功。

在離開學校日語講師教職，又回到出版社 10 多年後，此次的撰寫工作讓我有回到初心的感覺：做什麼事情都要一步一腳印，扎扎實實，這就是學習的底蘊。而在此書出版之際，我要謝謝撰寫出最佳考題的こんどう老師，以及擔任本書責任編輯、細心近至吹毛求疵的葉仲芸副總編輯。希望我們三人十數年合作默契所打造的本書，能讓讀者得到絕佳的成績。當然，如有任何謬誤，也請不吝指正。

王秉筠

文法解說參考書目

・グループ・ジャマシイ　《中文版　日本語文型辭典》（くろしお出版，2001）

・蔡茂豐　《現代日語文的口語文法》（大新書局，2003）

・林士鈞　《新日檢句型・文法，一本搞定！》（瑞蘭國際出版，2014）

如何使用本書

模擬試題部分

- 名師撰寫，完全模擬實際檢定考題目，最放心！
- 內容涵蓋必考4大科目：「文字・語彙」、「文法」、「讀解」、「聽解」，零疏漏！
- 將模擬試題拆成30天，每天固定分量練習、學習，無負擔！
- 以每5天為一週期：前4天練習「文字・語彙」、「文法」2科，每天20題，厚植實力；第5天熟悉「讀解」、「聽解」2科，每次9題，融會貫通！
- 「聽解」試題由日籍名師錄音，完全仿照正式考試的速度，搭配QR Code掃描下載，隨時聆聽提升聽解實力！

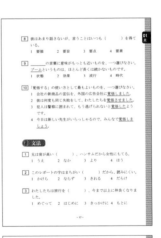

解答部分

- 每一天測驗完，立即檢核實力，看日後的每一天，程度是不是越來越好！

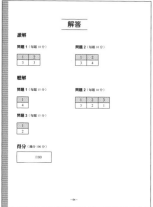

翻譯、解說部分

- 將模擬考題調整成「漢字上標註讀音」模式，可同步複習漢字以及讀音，增強實力！
- 翻譯部分盡量採取日文、中文「字對字」方式呈現，並兼顧「語意通順」，遇到不懂的生字和文法，可即時領悟！
- 以明快、深入淺出的方式解題，簡單易懂，助您輕鬆戰勝新日檢！
- 以表格或條列形式彙整相關重點，讓您一次掌握，輕鬆備考！

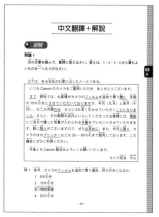

目次

如何掃描 QR Code 下載音檔

1. 以手機內建的相機或是掃描 QR Code 的 App 掃描封面的 QR Code。
2. 點選「雲端硬碟」的連結之後，進入音檔清單畫面，接著點選畫面右上角的「三個點」。
3. 點選「新增至「已加星號」專區」一欄，星星即會變成黃色或黑色，代表加入成功。
4. 開啟電腦，打開您的「雲端硬碟」網頁，點選左側欄位的「已加星號」。
5. 選擇該音檔資料夾，點滑鼠右鍵，選擇「下載」，即可將音檔存入電腦。

詞性表（凡例）

◎丁寧形（敬體）

詞性	現在肯定	現在否定	過去肯定	過去否定
名詞	学生^{がくせい}です	学生^{がくせい}では ありません	学生^{がくせい}でした	学生^{がくせい}ではあり ませんでした
い形容詞	面白^{おもしろ}いです	面白^{おもしろ}く ないです	面白^{おもしろ}かった です	面白^{おもしろ}くなかった です
な形容詞	元気^{げんき}です	元気^{げんき}では ありません	元気^{げんき}でした	元気^{げんき}ではあり ませんでした
第一類動詞	書^かきます	書^かきません	書^かきました	書^かきません でした
第二類動詞	見^みます	見^みません	見^みました	見^みません でした
第三類動詞	します	しません	しました	しません でした
第三類動詞	来^きます	来^きません	来^きました	来^きません でした

◎普通形（常體）

詞性	現在肯定	現在否定	過去肯定	過去否定
名詞	学生だ	学生ではない	学生だった	学生ではなかった
い形容詞	面白い	面白くない	面白かった	面白くなかった
な形容詞	元気だ	元気ではない	元気だった	元気ではなかった
第一類動詞	書く	書かない	書いた	書かなかった
第二類動詞	見る	見ない	見た	見なかった
第三類動詞	する	しない	した	しなかった
第三類動詞	来る	来ない	来た	来なかった

◎動詞活用形

活用形	第一類動詞	第二類動詞	第三類動詞	第三類動詞
辞書形	書く	見る	する	来る
ます形	書きます	見ます	します	来ます
ない形	書かない	見ない	しない	来ない
連用形	書き	見	し	来
て形	書いて	見て	して	来て
た形	書いた	見た	した	来た
意向形	書こう	見よう	しよう	来よう
可能形	書ける	見られる	できる	来られる
假定形	書けば	見れば	すれば	来れば
使役形	書かせる	見させる	させる	来させる
被動形	書かれる	見られる	される	来られる
使役被動形	書かせられる 書かされる	見させられる	させられる	来させられる
命令形	書け	見ろ	しろ	来い
禁止形	書くな	見るな	するな	来るな

◎名詞修飾形（修飾名詞用）

詞性	現在肯定	現在否定	過去肯定	過去否定
名詞	学生^{がくせい}の	学生^{がくせい}ではない	学生^{がくせい}だった	学生^{がくせい}ではなかった
い形容詞	面白^{おもしろ}い	面白^{おもしろ}くない	面白^{おもしろ}かった	面白^{おもしろ}くなかった
な形容詞	元気^{げんき}な	元気^{げんき}ではない	元気^{げんき}だった	元気^{げんき}ではなかった
第一類動詞	書^かく	書^かかない	書^かいた	書^かかなかった
第二類動詞	見^みる	見^みない	見^みた	見^みなかった
第三類動詞	する	しない	した	しなかった
第三類動詞	来^くる	来^こない	来^きた	来^こなかった

考題

✐ 文字・語彙

1　冷房が寒すぎるので、温度を<u>調節</u>してください。
　　1　ちょうさつ　2　ちょうせつ　3　ちょうさい　4　ちょうせい

2　<u>文房具</u>といえば、日本のものが一番好きです。
　　1　ふんほうぐ　2　ぶんほうぐ　3　ふんぼうぐ　4　ぶんぼうぐ

3　いま電話の<u>応対</u>に忙しいので、あと三十分待ってください。
　　1　おうたい　　2　おうつい　　3　たいおう　　4　たいつい

4　待ち合わせの時間を<u>へんこう</u>していただけますか。
　　1　変更　　　　2　変換　　　　3　変代　　　　4　変化

5　昨日から台風で、今も<u>はげしい</u>雨が降っている。
　　1　厳しい　　　2　険しい　　　3　激しい　　　4　暴しい

6　ここ十年以内に、(　　　　　) 大な地震があると言われています。
　　1　特　　　　　2　巨　　　　　3　許　　　　　4　超

7　今度の外相の (　　　　　) は世界の法律と経済に詳しいことだ。
　　1　高み　　　　2　深み　　　　3　強み　　　　4　重み

8 彼はあまり話さないが、言うことはいつも（　　　　）を得ている。

1　要領　　　　2　要旨　　　　3　要点　　　　4　要素

9 ＿＿＿＿の言葉に意味がもっとも近いものを、一つ選びなさい。
ブームというものは、ほとんど長くは続かないものです。

1　状態　　　　2　効果　　　　3　流行　　　　4　時代

10 「覚悟する」の使い方として最もよいものを、一つ選びなさい。

1　会社の新商品の宣伝を、外国の広告会社に覚悟しました。

2　彼は何度も同じ失敗をして、わたしたちを覚悟させました。

3　犯人は警察に囲まれて、もう逃げられないと覚悟したようです。

4　今日は新しい先生がいらっしゃるので、みんなで覚悟しましょう。

文法

1 兄は背が高い（　　　　）、ハンサムだから女性にもてる。

1　うえ　　　　2　なか　　　　3　より　　　　4　ほう

2 このレポートの字はまちがい（　　　　）だから、読みにくい。

1　かけら　　　2　ならず　　　3　きれる　　　4　だらけ

3 わたしたちは旅行を（　　　　）、今まで以上に仲良くなりました。

1　めぐって　　2　はじめに　　3　きっかけに　4　もとに

4 ジョンさんは英語は（　　　　　）、フランス語もイタリア語も話せる。

1　もとより　　2　ともかく　　3　こめて　　　4　かまわず

5 この店は昼夜（　　　　　）二十四時間開いています。

1　にこめて　　2　をこめて　　3　に問わず　　4　を問わず

6 お客さまの要望（　　　　　）、新しい計画を立てましょう。

1　にかわって　2　にそって　　3　につれて　　4　にはんして

7 田中さんはいつも知っている（　　　　）、知らないふりをする。

1　もとに　　　2　うえに　　　3　すえに　　　4　くせに

8 今はスマートフォン（　　　　　）、何でもできる時代です。

1　だけあって　2　さえあれば　3　ばかりで　　4　でさえも

9 A「わたしと結婚を（　　　　　）、つき合ってくれませんか」

B「ごめんなさい」

1　きっかけに　2　めぐって　　3　契機として　4　前提として

10 昨夜は十一時ごろから早朝（　　　　　）、何十回も地震があった。

1　ほどに　　　2　くらいに　　3　にかけて　　4　について

解答

文字・語彙（每題 5 分）

1	2	3	4	5	6	7	8	9	10
2	4	1	1	3	2	3	1	3	3

文法（每題 5 分）

1	2	3	4	5	6	7	8	9	10
1	4	3	1	4	2	4	2	4	3

得分（滿分 100 分）

/100

中文翻譯＋解說

文字・語彙

1　冷房が寒すぎるので、温度を調節してください。

　　1　ちょうさつ　　2　ちょうせつ　　3　ちょうさい　　4　ちょうせい

中譯　由於冷氣太冷，所以請調整溫度。

解說　本題考「漢語動詞」的發音。選項1無此字；選項2是「調節」（調節、調整）；選項3是「弔祭」（弔祭）或「朝裁」（判決）或「調菜」（調理食物）；選項4是「調整」（調整）或「長生」（長命）或「長征」（遠征）等，正確答案是選項2。

2　文房具といえば、日本のものが一番好きです。

　　1　ふんほうぐ　　2　ぶんほうぐ　　3　ふんぼうぐ　　4　ぶんぼうぐ

中譯　說到文具，我最喜歡日本的東西。

解說　本題考「名詞」的發音。選項1～選項3皆無此字；選項4是「文房具」（文具），為正確答案。

3　いま電話の応対に忙しいので、あと三十分待ってください。

　　1　おうたい　　2　おうつい　　3　たいおう　　4　たいつい

中譯　由於現在忙於接電話，所以請再等我三十分鐘。

解說　本題考「名詞」的發音。選項1是「応対」（〔對人的〕應對、接待）；選項2無此字；選項3是「対応」（〔對人、事、物的〕對應）或「滞欧」（滯留歐洲）；選項4無此字，正確答案是選項1。

4　待ち合わせの時間を<ruby>へんこう<rt></rt></ruby>していただけますか。

1　<ruby>変更<rt>へんこう</rt></ruby>　　　　2　<ruby>変換<rt>へんかん</rt></ruby>　　　　3　変代　　　　4　<ruby>変化<rt>へん か</rt></ruby>

中譯　能不能請您讓我變更約會的時間呢？

解說　本題考「漢語動詞」的漢字。選項1是「<ruby>変更<rt>へんこう</rt></ruby>」（變更、更改）；選項2是「<ruby>変換<rt>へんかん</rt></ruby>」（改變、更換、變換）；選項3無此字；選項4是「<ruby>変化<rt>へん か</rt></ruby>」（變化），正確答案是選項1。

5　<ruby>昨日<rt>きのう</rt></ruby>から<ruby>台風<rt>たいふう</rt></ruby>で、<ruby>今<rt>いま</rt></ruby>もはげしい<ruby>雨<rt>あめ</rt></ruby>が<ruby>降<rt>ふ</rt></ruby>っている。

1　<ruby>厳<rt>きび</rt></ruby>しい　　　2　<ruby>険<rt>けわ</rt></ruby>しい　　　3　<ruby>激<rt>はげ</rt></ruby>しい　　　4　暴しい

中譯　從昨天開始因為颱風，現在依然下著豪雨。

解說　本題考「い形容詞」。選項1是「<ruby>厳<rt>きび</rt></ruby>しい」（嚴格的、嚴重的）；選項2是「<ruby>険<rt>けわ</rt></ruby>しい」（險峻的、可怕的、危險的）；選項3是「<ruby>激<rt>はげ</rt></ruby>しい」（激烈的、猛烈的）；選項4無此字，正確答案是選項3。

6　ここ<ruby>十年<rt>じゅうねん</rt></ruby><ruby>以内<rt>い ない</rt></ruby>に、（　<ruby>巨<rt>きょ</rt></ruby>　）<ruby>大<rt>だい</rt></ruby>な<ruby>地震<rt>じ しん</rt></ruby>があると<ruby>言<rt>い</rt></ruby>われています。

1　<ruby>特<rt>とく</rt></ruby>　　　　2　<ruby>巨<rt>きょ</rt></ruby>　　　　3　<ruby>許<rt>きょ</rt></ruby>　　　　4　<ruby>超<rt>ちょう</rt></ruby>

中譯　據說這裡十年之內，會發生巨大的地震。

解說　本題考「接頭語」。選項1是「<ruby>特<rt>とく</rt></ruby>」（特別的），例如「<ruby>特有<rt>とくゆう</rt></ruby>」（特有）或「<ruby>特大<rt>とくだい</rt></ruby>」（特大）；選項2是「<ruby>巨<rt>きょ</rt></ruby>」（大的、多的），例如「<ruby>巨大<rt>きょだい</rt></ruby>」（巨大）或「<ruby>巨額<rt>きょがく</rt></ruby>」（巨額）；選項3的「<ruby>許<rt>きょ</rt></ruby>」非接頭語；選項4是「<ruby>超<rt>ちょう</rt></ruby>」（超級），例如「<ruby>超音速<rt>ちょうおんそく</rt></ruby>」（超音速），選項2為正確答案。

7　<ruby>今度<rt>こん ど</rt></ruby>の<ruby>外相<rt>がいしょう</rt></ruby>の（　<ruby>強<rt>つよ</rt></ruby>み　）は<ruby>世界<rt>せ かい</rt></ruby>の<ruby>法律<rt>ほうりつ</rt></ruby>と<ruby>経済<rt>けいざい</rt></ruby>に<ruby>詳<rt>くわ</rt></ruby>しいことだ。

1　<ruby>高<rt>たか</rt></ruby>み　　　2　<ruby>深<rt>ふか</rt></ruby>み　　　3　<ruby>強<rt>つよ</rt></ruby>み　　　4　<ruby>重<rt>おも</rt></ruby>み

中譯　這次的外交部長的長處，在於詳知世界的法律和經濟。

解說　本題考「い形容詞的名詞化」，也就是「い形容詞語幹＋み」，用來表示感受到的狀態，或是描述位置、成分、性質。選項1是「<ruby>高<rt>たか</rt></ruby>み」（高處）；選項2是「<ruby>深<rt>ふか</rt></ruby>み」（深度、深處、深意）；選項3是「<ruby>強<rt>つよ</rt></ruby>み」（強度、長處、優點）；選項4是「<ruby>重<rt>おも</rt></ruby>み」（重量、分量、重要性），正確答案是選項3。

8 彼はあまり話さないが、言うことはいつも（　要領　）を得ている。
1　要領　　　　　2　要旨　　　　　3　要点　　　　　4　要素

中譯 他雖然不太發言，但所說的話總是提綱挈領。

解說 本題考「名詞」。選項1是「要領」（要領、訣竅）；選項2是「要旨」
（要旨、要點）；選項3是「要点」（要點、要領）；選項4是「要素」
（要素），正確答案是選項1。

9 _____の言葉に意味がもっとも近いものを、一つ選びなさい。

ブームというものは、ほとんど長くは続かないものです。
1　状態　　　　　2　効果　　　　　3　流行　　　　　4　時代

中譯 請選擇一個和_____語彙意義最相近的答案。

潮流這種東西，幾乎不會長久持續。

解說 本題考外來語「ブーム」，意思是「熱潮」。選項1是「状態」（狀
態）；選項2是「効果」（效果）；選項3是「流行」（流行）；選項
4是「時代」（時代）。可和「ブーム」相互替換的，只有選項3「流
行」。

10 「覚悟する」の使い方として最もよいものを、一つ選びなさい。
1　会社の新商品の宣伝を、外国の広告会社に覚悟しました。
2　彼は何度も同じ失敗をして、わたしたちを覚悟させました。
3　犯人は警察に囲まれて、もう逃げられないと覚悟したようです。
4　今日は新しい先生がいらっしゃるので、みんなで覚悟しましょう。

解說 1　会社の新商品の宣伝を、外国の広告会社に覚悟しました。（X）
→会社の新商品の宣伝を、外国の広告会社に委託しました。（○）
2　彼は何度も同じ失敗をして、わたしたちを覚悟させました。
（X）
→彼は何度も同じ失敗をして、わたしたちを失望させました。
（○）
3　犯人は警察に囲まれて、もう逃げられないと覚悟したようです。
（○）

4 今日は新しい先生がいらっしゃるので、みんなで覚悟しましょう。
（✕）
→今日は新しい先生がいらっしゃるので、みんなで歓迎しましょう。
（〇）

中譯 就「覚悟」（覺悟）的使用方法，請選出一個最好的答案。
1 公司新產品的宣傳，委託外國的廣告公司了。
2 他同樣的錯誤不斷再犯，讓我們失望了。
3 犯人被警察包圍，好像有了已經逃不掉的覺悟。
4 由於今天有新老師到來，大家一起歡迎吧！

🅖 文法

1 兄は背が高い（　うえ　）、ハンサムだから女性にもてる。
1 うえ　　　　2 なか　　　　　3 より　　　　4 ほう

中譯 哥哥不僅個子高，而且帥，所以受到女性歡迎。
解說 本題考「名詞修飾形＋うえ（に）」的用法，意思是「不僅～而且～、再加上～」，所以「背が高いうえ」意思是「不僅個子高」，選項1為正確答案。其餘選項：選項2是「なか」（中間）；選項3是「より」（比起～）；選項4是「ほう」（〔比較的〕～一方）。

2 このレポートの字はまちがい（　だらけ　）だから、読みにくい。
1 かけら　　　2 ならず　　　3 きれる　　　　4 だらけ

中譯 這份報告錯字連篇，所以很難閱讀。
解說 本題考「名詞＋だらけ」的用法，意思是「滿是～、盡是～」，所以「まちがいだらけ」意思是「錯誤連篇」，選項4為正確答案。其餘選項：選項1是「かけら」（碎片）；選項2一般以「のみならず」（不但～）的形式出現；選項3是「きれる」（完全～）。

3 わたしたちは旅行を（ きっかけに ）、今まで以上に仲良くなり
ました。

1 めぐって　　2 はじめに　　3 きっかけに　　4 もとに

中譯 我們因為旅行這個機會，感情變得比之前更好了。

解説 本題考「名詞＋をきっかけに」的用法，意思是「以～為契機」，所
以「旅行をきっかけに」意思是「以旅行為契機」，選項3為正確答
案。其餘選項：選項1是「をめぐって」（關於～、圍繞～）；選項2是
「をはじめに」（以～為首、除了～還有～）；選項4是「をもとに」
（以～為基礎）。

4 ジョンさんは英語は（ もとより ）、フランス語もイタリア語も
話せる。

1 もとより　　2 ともかく　　3 こめて　　　4 かまわず

中譯 約翰（John）同學英語就不用說了，連法語、義大利語都會講。

解説 本題考「名詞＋はもとより」的用法，意思是「～是當然的、～就不用
說了」，所以「英語はもとより」意思是「英語就不用說了」，選項1
為正確答案。其餘選項：選項2是「はともかく」（姑且不論～）；選
項3一般以「をこめて」（充滿～、懷著～）出現；選項4一般以「もか
まわず」（不管～）的形式出現。

5 この店は昼夜（ を問わず ）二十四時間開いています。

1 にこめて　　2 をこめて　　3 に問わず　　4 を問わず

中譯 這家店不分晝夜，二十四小時營業。

解説 本題考「名詞＋を問わず」的用法，意思是「不問～、不管～」，所
以「昼夜を問わず」意思是「不分晝夜」，選項4為正確答案。其餘選
項：選項1無此用法；選項2是「をこめて」（充滿～、懷著～）；選項
3無此用法。

6 お客さまの要望（　にそって　）、新しい計画を立てましょう。

1　にかわって　　2　にそって　　3　につれて　　4　にはんして

中譯　就依照客戶的要求，訂定新的計畫吧！

解説　本題考「名詞＋にそって」的用法，意思是「依照～、沿著～」，所以「要望にそって」意思是「依照要求」，選項2為正確答案。其餘選項：選項1是「にかわって」（替代～）；選項3是「につれて」（隨著～）；選項4是「にはんして」（與～相反）。

7 田中さんはいつも知っている（　くせに　）、知らないふりをする。

1　もとに　　　2　うえに　　　3　すえに　　　　4　くせに

中譯　田中先生總是明明知道，卻假裝不知。

解説　本題考「名詞修飾形＋くせに」的用法，意思是「明明～卻～」，所以「知っているくせに」意思是「明明知道」，選項4為正確答案。其餘選項：選項1一般以「をもとに」（以～為基礎）的形式出現；選項2是「うえに」（不僅～而且～）；選項3一般以「たすえに／のすえに」（～之後終於）的形式出現。

8 今はスマートフォン（　さえあれば　）、何でもできる時代です。

1　だけあって　　2　さえあれば　　3　ばかりで　　　4　でさえも

中譯　現在是只要有智慧型手機，什麼都辦得到的時代。

解説　本題考「名詞＋さえ～ば」的用法，意思是「只要～就～」，所以「スマートフォンさえあれば」意思是「只要有智慧型手機」，選項2為正確答案。其餘選項：選項1是「だけあって」（真不愧～、正因為是～）；選項3是「ばかりで」（不斷地～、一直～〔狀況通常為負面〕）；選項4一般以「さえ／でさえ／さえも」（甚至～）的形式出現。

9 A「わたしと結婚を（　前提として　）、つき合ってくれませんか」
B「ごめんなさい」
1　きっかけに　　2　めぐって　　　3　契機として　　4　前提として

中譯 A「能否以結婚為前提和我交往呢？」
B「抱歉。」

解說 本題考「名詞＋を＋名詞＋として」的用法，意思是「以～為～」，所以「結婚を前提として」意思是「以結婚為前提」，選項4為正確答案。其餘選項：選項1是「をきっかけに」（以～為契機）；選項2是「をめぐって」（關於～、圍繞～）；選項3一般以「を契機に」（以～為契機）的形式出現。

10 昨夜は十一時ごろから早朝（　にかけて　）、何十回も地震があった。
1　ほどに　　　　2　くらいに　　　3　にかけて　　　4　について

中譯 昨晚從十一點左右到一早，地震有數十次之多。

解說 本題考「～から～にかけて」的用法，意思是「從～到～」，所以「十一時ごろから早朝にかけて」意思是「從十一點左右到一早」。其餘選項：選項1一般以「ほど」（表示「程度」）的形式出現；選項2一般以「くらい」（表示「程度」）的形式出現；選項4是「について」（關於～、就～）。

~ 26 ~

考題

📝 文字・語彙

1 大学二年の誕生日の時、父に高級な万年筆を買ってもらった。
　1 まんねんひつ　　　　　　2 ばんねんひつ
　3 まんとしびつ　　　　　　4 ばんとしびつ

2 わたしの担当は商品を棚に並べる作業などです。
　1 さぎょう　2 さくぎょう　3 さごう　　4 さくごう

3 景気が回復するまでは、苦しくてもがんばりましょう。
　1 かいふつ　2 がいふつ　3 かいふく　4 がいふく

4 まずこちらに、名前と住所、電話番号をとうろくしてください。
　1 掲載　　　2 登録　　　3 申請　　　4 記録

5 彼女をデートにさそって、レストランで告白するつもりです。
　1 求って　　2 誘って　　3 勧って　　4 招って

6 佐藤先生は医学（　　　　）ではかなり有名です。
　1 地　　　　2 界　　　　3 区　　　　4 域

7　過去のデータを（　　　　　）した結果、今後の方向性が見えて
きた。
　　1　分析　　　　　2　検査　　　　3　見物　　　　4　発明

8　コピー機の故障は紙が（　　　　　）いることによるものでした。
　　1　もぐって　　2　しずんで　　3　つまって　　4　うわって

9　＿＿＿＿＿の言葉に意味がもっとも近いものを、一つ選びなさい。
最近は毎日雨ですが、明日から天気は回復するそうです。
　　1　よくなる　　　　　　　　2　悪くなる
　　3　あまり変わらない　　　　4　変わりやすい

10　「せめて」の使い方として最もよいものを、一つ選びなさい。
　　1　ぜんぜん勉強しなかったけど、せめて八十点取れた。
　　2　寝る時間は、せめて六時間はほしい。
　　3　今から会社に行っても、せめて十時には着けないだろう。
　　4　昨日のパーティーには、せめて五十人くらい来ていた。

文法

1　いろいろ悩んだ（　　　　　）、会社を辞めることにした。
　　1　さきに　　　2　ついでに　　3　すえに　　4　ところに

2　あの歌手は日本より（　　　　　）欧米で有名らしい。
　　1　むしろ　　　2　まさか　　　3　かりに　　4　たとえ

3　（テレビを見ながら）

A「この人、最近よくテレビに出てると思わない？」

B「元サッカー選手でしょ？ほんと、見ない日はない
　（　　　　）よね」

1　と言ってもいいからだ　　　2　と言ってもいいぐらいだ

3　と言ったらいいだけだ　　　4　と言ったらいいことだ

4　姉は大学で働いている（　　　　）、教授ではなく事務なんです。

1　といっても　2　といったら　3　というと　　4　としたら

5　年を取るにつれて、白髪が増える（　　　　）。

1　つつある　　2　に相違ない　3　いっぽうだ　4　にすぎない

6　難しいとは思うが、できる（　　　　）の努力はするべきだ。

1　あまり　　　2　かぎり　　　3　とおり　　　4　しだい

7　あんなまずくて態度の悪い店には、二度と行く（　　　　）。

1　ことだ　　　2　ようだ　　　3　もんか　　　4　わけか

8　失恋したときのつらさ（　　　　）、今でも忘れられない。

1　といったら　2　としたら　　3　といっても　4　というと

9　心配なので、家に（　　　　）、電話してください。

1　着くうちに　2　着いて以来　3　着き次第　　4　着いた次第

10　日本語能力試験を受ける（　　　　）、百点を取りたいです。

1　とすれば　　2　からには　　3　としては　　4　からして

解答

文字・語彙（每題 5 分）

1	2	3	4	5	6	7	8	9	10
1	1	3	2	2	2	1	3	1	2

文法（每題 5 分）

1	2	3	4	5	6	7	8	9	10
3	1	2	1	3	2	3	1	3	2

得分（滿分 100 分）

/100

中文翻譯＋解說

📝 文字・語彙

[1] 大学二年の誕生日の時、父に高級な万年筆を買ってもらった。

1　まんねんひつ　　　　　　　　2　ばんねんひつ

3　まんとしびつ　　　　　　　　4　ばんとしびつ

中譯　大學二年級生日時，請爸爸買了高級的鋼筆。

解說　本題考「名詞」的發音。雖然漢字「万」的發音有「ばん」、「まん」二種；漢字「年」的發音有「とし」、「とせ」、「ねん」三種；「筆」的發音有「ふで」、「ひつ」、「ぴつ」三種，但「万年筆」（鋼筆）的發音固定是「まんねんひつ」，所以答案為選項1，其餘均為陷阱。

[2] わたしの担当は商品を棚に並べる作業などです。

1　さぎょう　　2　さくぎょう　　3　さごう　　　4　さくごう

中譯　我所負責的是把商品陳列在架上的工作等。

解說　本題考「名詞」的發音。雖然漢字「作」可發「さ」、「さく」的音；漢字「業」可發「ぎょう」、「ごう」的音，但是「作業」的發音固定是「さぎょう」，意思是「工作、操作、作業、勞動」，所以答案為選項1。其餘選項：選項2是「昨暁」（昨天拂曉）；選項3和4皆無此字。

[3] 景気が回復するまでは、苦しくてもがんばりましょう。

1　かいふつ　　2　がいふつ　　3　かいふく　　4　がいふく

中譯　直到景氣恢復為止，再苦也加油吧！

解說　本題考「漢語動詞」的發音。漢字「回復」意思是「恢復、康復、收復」，發音固定是「かいふく」，選項3為正確答案，其餘選項皆無此字。

4 まずこちらに、名前と住所、電話番号をとうろくしてください。

1 掲載　　　　2 登録　　　　3 申請　　　　4 記録

中譯 首先，請在這裡登記姓名和地址、電話號碼。

解說 本題考「漢語動詞」的漢字。選項1是「掲載」（刊登）；選項2是「登録」（登記、註冊）為正確答案；選項3是「申請」（申請）；選項4是「記録」（記錄）。

5 彼女をデートにさそって、レストランで告白するつもりです。

1 求って　　　　2 誘って　　　　3 勧って　　　　4 招って

中譯 打算和女朋友約會，在餐廳告白。

解說 本題考「和語動詞」。選項1正確應為「求めて」（原形為「求める」；要求、想要、尋求）；選項2是「誘って」（原形是「誘う」；邀請、引誘）為正確答案；選項3正確應為「薦めて」（原形為「薦める」；勸誘、推薦）；選項4正確應為「招いて」（原形是「招く」；招呼、招待、聘請、招致）。

6 佐藤先生は医学（　界　）ではかなり有名です。

1 地　　　　2 界　　　　3 区　　　　4 域

中譯 佐藤醫師在醫學界享有盛名。

解說 本題考「接尾詞」。選項1是「地」（〜地），例如「観光地」（觀光地）；選項2「界」（〜界），例如「文学界」（文學界）；選項3是「区」（〜區），例如「学区」（學區）或「目黒区」（目黑區）；選項4是「域」（〜域），例如「海域」（海域），正確答案是選項2。

7. 過去のデータを（　分析　）した結果、今後の方向性が見えてきた。

1 分析　　　　2 検査　　　　3 見物　　　　4 発明

中譯 分析過去數據的結果，看到了今後的方向。

解說 本題考「漢語動詞」。選項1是「分析」（分析）；選項2是「検査」（檢查）；選項3是「見物」（觀賞、遊覽）；選項4是「発明」（發明），正確答案是選項1。

8 コピー機の故障は紙が（　詰まって　）いることによるものでした。

1　もぐって　　　2　しずんで　　　3　つまって　　　4　うわって

中譯　影印機的故障，是因為卡紙的關係。

解說　本題考「和語動詞」。選項1是「潜って」（原形是「潜る」；潜水）；選項2是「沈んで」（原形是「沈む」；沉沒、降落、消沉）；選項3是「詰まって」（原形是「詰まる」；堵塞、不通）；選項4是「植わって」（原形是「植わる」；栽種著），正確答案是選項3。

9 ＿＿＿＿＿＿の言葉に意味がもっとも近いものを、一つ選びなさい。

最近は毎日雨ですが、明日から天気は回復するそうです。

1　よくなる　　　　　　　　　　2　悪くなる

3　あまり変わらない　　　　　　4　変わりやすい

中譯　請選擇一個和＿＿＿＿＿＿語彙意義最相近的答案。

最近每天下雨，但是聽說從明天開始天氣就會回穩。

解說　本題考漢語動詞「回復する」，意思是「恢復、康復、收復」。選項1是「よくなる」（變好）；選項2是「悪くなる」（變壞）；選項3是「あまり変わらない」（沒什麼變）；選項4是「変わりやすい」（容易變）。可和「回復する」相互替換的，只有選項1「よくなる」。

10 「せめて」の使い方として最もよいものを、一つ選びなさい。

1　ぜんぜん勉強しなかったけど、せめて八十点取れた。
2　寝る時間は、せめて六時間はほしい。
3　今から会社に行っても、せめて十時には着けないだろう。
4　昨日のパーティーには、せめて五十人くらい来ていた。

解說　1　ぜんぜん勉強しなかったけど、せめて八十点取れた。（X）
　　　→ぜんぜん勉強しなかったけど、八十点も取れた。（○）
　　　2　寝る時間は、せめて六時間はほしい。（○）
　　　3　今から会社に行っても、せめて十時には着けないだろう。（X）
　　　→今から会社に行っても、おそらく十時には着けないだろう。（○）

4　昨日のパーティーには、<u>せめて</u>五十人くらい来ていた。（X）
→昨日のパーティーには、<u>ざっと</u>五十人くらい来ていた。（〇）

就「せめて」（至少、哪怕是〜也好）的使用方法，請選出一個最好的答案。

1　完全沒有讀書，居然還考了八十分。
2　睡覺時間，希望至少有六小時。
3　就算現在去公司，恐怕十點也到不了吧！
4　昨天的派對，大約來了五十人左右。

📖 文法

1　いろいろ悩んだ（　すえに　）、会社を辞めることにした。

1　さきに　　　　2　ついでに　　　3　すえに　　　　4　ところに

中譯　在各種煩惱之後，終於決定離職了。

解說　本題考「〔動詞た形／名詞＋の〕＋すえに」的用法，意思是「〜結果、〜之後終於」，所以「悩んだすえに」意思是「煩惱後的結果」，選項3為正確答案。其餘選項：選項1是「さきに」（先〜）；選項2是「ついでに」（順便）；選項4是「ところに」（正當〜時候）。

2　あの歌手は日本より（　むしろ　）欧米で有名らしい。

1　むしろ　　　　2　まさか　　　　3　かりに　　　　4　たとえ

中譯　那個歌手與其說日本，倒不如說在歐美好像比較有名。

解說　本題考「名詞＋より（も）むしろ」的用法，意思是「與其說〜、倒不如說、與其〜寧可」，所以「日本よりむしろ」意思是「與其說日本，倒不如說〜」，選項1為正確答案。其餘選項：選項2經常以「まさか〜ない」（絕不〜、怎能〜、難道〜）出現；選項3經常以「かりに〜としても」（即使〜）出現；選項4經常以「たとえ〜ても」（即使〜）出現。

3 （テレビを見ながら）

A「この人、最近よくテレビに出てると思わない？」

B「元サッカー選手でしょ？ほんと、見ない日はない（　と言っても
いいぐらいだ　）よね」

1　と言ってもいいからだ　　　2　と言ってもいいぐらいだ

3　と言ったらいいだけだ　　　4　と言ったらいいことだ

中譯　（一邊看電視）

A「不覺得這個人，最近經常上電視嗎？」

B「是前足球選手吧？真的，可說是到天天見的程度呢！」

解說　本題考「〔動詞辭書／い形容詞／名詞＋ぐらい」的用法，用來表示
「程度」。題目中B提及的「見ない日はない」（沒有沒見的日子）意
思就是「天天見」，所以後面要接續「と言ってもいいぐらい」（可說
是到～的程度）來表示頻率之高，正確答案為選項2。其餘選項：選項
1的「から」表示「原因」；選項3的「だけ」表示「限定」；選項4的
「こと」表示「感嘆、應當、建議」，因此皆不符合句意。

4 姉は大学で働いている（　といっても　）、教授ではなく事務なん
です。

1　といっても　　2　といったら　　3　というと　　　4　としたら

中譯　姉姉雖說在大學工作，但不是教授，而是行政的工作。

解說　本題考「常體＋といっても」的用法，意思是「雖說～、就算～」，所
以「大学で働いているといっても」意思是「雖說在大學工作」，選項
1為正確答案。其餘選項：選項2是「といったら」（說到～那可真的
是～）；選項3是「というと」（說到～）；選項4是「としたら」（如
果～的話）。

5 年を取るにつれて、白髪が増える（　いっぽうだ　）。

1　つつある　　2　に相違ない　　3　いっぽうだ　　4　にすぎない

中譯　隨著年齡增長，白髮不斷增加。

解說　本題考「動詞辭書形＋いっぽうだ」的用法，意思是「一直～、不

断〜、越來越〜」，所以「增えるいっぽうだ」意思是「不斷增加」，選項3為正確答案。其餘選項：選項1是「つつある」（正在〜）；選項2是「に相違ない」（一定是〜）；選項4是「にすぎない」（只不過〜）。

6 難しいとは思うが、できる（　かぎり　）の努力はするべきだ。

　　1　あまり　　　2　かぎり　　　3　とおり　　　4　しだい

中譯　雖然覺得難，但也應該竭盡所能做最大的努力。

解說　本題考「〔名詞＋の／動詞辭書形〕＋かぎり」的用法，意思是「盡量〜、竭盡〜」，所以「できるかぎり」意思是「竭盡所能」，選項2為正確答案。其餘選項：選項1是「あまり」（太〜、過於〜）；選項3是「とおり」（正如〜、按照〜）；選項4是「しだい」（一〜就〜）。

7 あんなまずくて態度の悪い店には、二度と行く（　もんか　）。

　　1　ことだ　　　2　ようだ　　　3　もんか　　　4　わけか

中譯　那麼難吃、態度又惡劣的店，絕對不會再去！

解說　本題考「名詞修飾形＋〔ものか／もんか／ものですか／もんですか〕」的用法，表示「強烈否定」，意思是「絕對不〜、哪可能〜」，所以選項3為正確答案。其餘選項：選項1是「ことだ」（就得〜）；選項2是「ようだ」（像〜一樣）；選項4一般以「わけだ」的形式出現，有表示「結論」、「換言之」、「理由」、「強調事實」等多種用法。

8 失恋したときのつらさ（　といったら　）、今でも忘れられない。

　　1　といったら　2　としたら　　　3　といっても　4　というと

中譯　說到失戀時的苦痛，至今還忘不了。

解說　本題考「名詞＋といったら」的用法，用來表示「驚訝、感動等強烈的心情」，可翻譯成「說到〜那可真的是〜」，所以選項1為正確答案。其餘選項：選項2是「としたら」（如果〜的話）；選項3是「といっても」（雖說〜、就算〜）；選項4是「というと」（說到〜）。

9 心配なので、家に（　着き次第　）、電話してください。

1　着くうちに　2　着いて以来　3　着き次第　4　着いた次第

中譯　由於會擔心，所以請一到家就打電話給我。

解說　本題考「〔動詞ます形／名詞〕＋次第」的用法，意思是「一～就～」，所以選項3「着き次第」（一抵達～就～）為正確答案。其餘選項：選項1是「着くうちに」（趁到達時）；選項2是「着いて以来」（自到達以來）；選項4必須將「着いた次第」（た形）改成「着き次第」（ます形）才對。

10 日本語能力試験を受ける（　からには　）、百点を取りたいです。

1　とすれば　2　からには　3　としては　4　からして

中譯　既然都應考日本語能力測驗了，就想拿滿分。

解說　本題考「名詞＋〔から（に）は〕」的用法，意思是「既然～」，所以「受けるからには」意思是「既然應考」，選項2為正確答案。其餘選項：選項1是「とすれば」（如果～就～）；選項3是「としては」（作為～、當作～）；選項4是「からして」（就連～都～、從～來看）。

考題

📝 文字・語彙

1 最近、祖母の<u>度忘れ</u>はひどくなってきたようだ。
　　1　とわすれ　　2　どわすれ　　3　とぼうれ　　4　どぼうれ

2 <u>寝不足</u>で、電車を乗り越してしまいました。
　　1　ねふそく　　2　ねぶそく　　3　ねふあし　　4　ねぶあし

3 田中さんのうちの娘さんが<u>家出</u>したそうです。
　　1　かで　　　　2　かしゅつ　3　いえで　　　4　いえしゅつ

4 桜の花は日本の春の<u>しょうちょう</u>です。
　　1　像徴　　　　2　象徴　　　3　証紋　　　　4　紋章

5 すみません、明日は<u>ようじ</u>があるので、参加できません。
　　1　用事　　　　2　有事　　　3　用件　　　　4　有件

6 今年の（　　　　）売り上げは、去年の数字をかなり下回った。
　　1　満　　　　　2　全　　　　3　合　　　　　4　総

7 睡眠不足で（　　　　）していて、ミスを犯してしまいました。
　　1　ふんわり　　2　うっすら　3　しっとり　　4　ぼんやり

8 文学には現実の生活を（　　　　）させるべきだと思います。
1 放映　　　2 反映　　　3 運用　　　4 引用

9 ＿＿＿＿の言葉に意味がもっとも近いものを、一つ選びなさい。
鈴木さんの奥さんの手術がうまくいくように、いのっています。
1 いわって　2 おくって　3 ねがって　4 かわって

10 「かなう」の使い方として最もよいものを、一つ選びなさい。
1 エンジニアになりたいという夢が、ついにかないました。
2 試験の前に行った占いがかなって、合格しました。
3 半年も準備してきたイベントが、無事かなってうれしいです。
4 毎日の苦労がかなって、英語が上手になりました。

文法

1 わたしのつらさなんて、あなたに分かり（　　　　）。
1 ようだろう　2 っこない　3 にすぎない　4 ものか

2 入院中の祖母の具合はよくなり（　　　　）あるそうです。
1 べき　　　2 ほう　　　3 つつ　　　4 わり

3 今朝の天気予報（　　　　）、夕方から雪になるそうです。
1 によって　2 にとって　3 によると　4 について

4 A「ちょっとコンビニに行ってくるね」
B「行く（　　　　）、薬局で風邪薬を買ってきてくれない？」
1 ついでに　2 たびに　3 せいで　4 おかげで

5 アルバイト募集のポスター)

年齢、経験、性別（　　　　）、やる気のある人を募集します。

1　に関せず　　2　に及ばず　　3　を知らず　　4　を問わず

6 この絵本は子供（　　　　）に書かれたものだが、大人でも楽
しめる。

1　しだい　　　2　うえ　　　　3　もと　　　　4　むけ

7 美術館の中では写真は撮れない（　　　　）になっています。

1　こと　　　　2　わけ　　　　3　もの　　　　4　とき

8 その歌を聞く（　　　　）、青春時代の彼女のことを思い出す。

1　うえに　　　2　しだいに　　3　とたんに　　4　たびに

9 今のわたしの成績（　　　　）、東京大学に合格することは不
可能だ。

1　からには　　2　からいえば　3　にしては　　4　にあたって

10 木村さんは緊張の（　　　　）、発表前に倒れてしまった。

1　あまり　　　2　とたん　　　3　とおりに　　4　ように

解答

文字・語彙（每題5分）

1	2	3	4	5	6	7	8	9	10
2	2	3	2	1	4	4	2	3	1

文法（每題5分）

1	2	3	4	5	6	7	8	9	10
2	3	3	1	4	4	1	4	2	1

得分（滿分100分）

/100

中文翻譯＋解說

🖋 文字・語彙

1　最近、祖母の<ruby>度忘<rt>どわす</rt></ruby>れはひどくなってきたようだ。

　　1　とわすれ　　**2　どわすれ**　　3　とぼうれ　　4　どぼうれ

　中譯　最近，祖母的健忘好像越來越嚴重了。

　解說　本題考「名詞」的發音。「度忘れ」意思是「一時想不起來、突然忘記」，固定唸法就是「どわすれ」，正確答案為選項2。

2　<ruby>寝不足<rt>ねぶそく</rt></ruby>で、<ruby>電車<rt>でんしゃ</rt></ruby>を<ruby>乗<rt>の</rt></ruby>り<ruby>越<rt>こ</rt></ruby>してしまいました。

　　1　ねふそく　　**2　ねぶそく**　　3　ねふあし　　4　ねぶあし

　中譯　因為睡眠不足，不小心電車坐過站了。

　解說　本題考「名詞」的發音。「寝不足」意思是「睡眠不足」，固定唸法就是「ねぶそく」，正確答案為選項2。

3　<ruby>田中<rt>たなか</rt></ruby>さんの<ruby>家<rt>うち</rt></ruby>の<ruby>娘<rt>むすめ</rt></ruby>さんが<ruby>家出<rt>いえで</rt></ruby>したそうです。

　　1　かで　　　　2　かしゅつ　　**3　いえで**　　4　いえしゅつ

　中譯　聽說田中先生家的女兒離家出走了。

　解說　本題考動詞「家出する」的發音。雖然漢字「家」有「か」、「いえ」、「け」等多種唸法；漢字「出」有「で」、「しゅつ」等多種唸法，但是「家出」的發音固定是「いえで」，意思是「離家出走」，所以正確答案為選項3。

4　<ruby>桜<rt>さくら</rt></ruby>の<ruby>花<rt>はな</rt></ruby>は<ruby>日本<rt>にほん</rt></ruby>の<ruby>春<rt>はる</rt></ruby>のしょうちょうです。

　　1　像徴　　　**2　<ruby>象徴<rt>しょうちょう</rt></ruby>**　　3　証紋　　4　<ruby>紋章<rt>もんしょう</rt></ruby>

　中譯　櫻花是日本春天的象徵。

　解說　本題考「漢字」。選項1無此字；選項2是「<ruby>象徴<rt>しょうちょう</rt></ruby>」（象徵）；選項3無此字；選項4是「<ruby>紋章<rt>もんしょう</rt></ruby>」（徽章），正確答案是選項2。

5 すみません、明日はようじがあるので、参加できません。

1 用事　　　　2 有事　　　　3 用件　　　　4 有件

中譯 對不起，由於明天有事，所以無法參加。

解說 本題考「漢字」。選項1是「用事」（〔非處理不可的〕事情）；選項
2是「有事」（有事、發生事件）；選項3是「用件」（〔須傳達的〕事
情）；選項4無此字，正確答案是選項1。

6 今年の（ 総 ）売り上げは、去年の数字をかなり下回った。

1 満　　　　2 全　　　　3 合　　　　4 総

中譯 今年的總營業額，比去年的數字低相當多。

解說 本題考「接頭語」。選項1的「満」非接頭語；選項2是「全」（全），
例如「全世界」（全世界）；選項3的「合」非接頭語；選項4是「総」
（總），例如「総辞職」（總辭職），正確答案是選項4。

7 睡眠不足で（ ぼんやり ）していて、ミスを犯してしまいました。

1 ふんわり　　2 うっすら　　3 しっとり　　4 ぼんやり

中譯 因為沒睡飽，迷迷糊糊地，所以不小心出錯了。

解說 本題考「副詞＋する」變成的動詞。選項1是「ふんわり」（鬆軟地、
輕飄飄地）；選項2是「うっすら」（隱約、微微地）；選項3是「しっ
とり」（潮濕地、滋潤地、沉靜地）；選項4是「ぼんやり」（心不在
焉、迷迷糊糊地），正確答案是選項4。

8 文学には現実の生活を（ 反映 ）させるべきだと思います。

1 放映　　　　2 反映　　　　3 運用　　　　4 引用

中譯 我認為文學應該讓現實生活反映出來。

解說 本題考「漢語動詞」。選項1是「放映」（放映）；選項2是「反映」
（反射、反映）；選項3是「運用」（運用、活用）；選項4是「引用」
（引用），正確答案是選項2。

9 _____の言葉に意味がもっとも近いものを、一つ選びなさい。

鈴木さんの奥さんの手術がうまくいくように、いのっています。

1 いわって　　2 おくって　　3 ねがって　　4 かわって

中譯 請選擇一個和_____語彙意義最相近的答案。

祈禱鈴木先生的夫人，手術能夠順利。

解說 本題考漢語動詞「祈る」，意思是「祈禱、祝願、希望」。選項1是
「祝う」（祝賀）；選項2是「送る」（寄、送）；選項3是「願う」
（希望、祈禱、懇求）；選項4是「変わる」（變化、改變、轉變）。
可和「祈る」相互替換的，只有選項3「願う」。

10 「かなう」の使い方として最もよいものを、一つ選びなさい。

1 エンジニアになりたいという夢が、ついにかないました。
2 試験の前に行った占いがかなって、合格しました。
3 半年も準備してきたイベントが、無事かなってうれしいです。
4 毎日の苦労がかなって、英語が上手になりました。

解說 1 エンジニアになりたいという夢が、ついにかないました。（○）
2 試験の前に行った占いがかなって、合格しました。（X）
→試験の前に行った占いが当たって、合格しました。（○）
3 半年も準備してきたイベントが、無事かなってうれしいです。
（X）
→半年も準備してきたイベントが、無事終わってうれしいです。
（○）
4 毎日の苦労がかなって、英語が上手になりました。（X）
→毎日の苦労が実って、英語が上手になりました。（○）

中譯 就「かなう」（實現）的使用方法，請選出一個最好的答案。

1 想要成為工程師這個夢想，終於實現了。
2 考試前算的命算中，考上了。
3 準備了有半年的活動平安無事結束，很高興。
4 每天的辛苦有成果，英語變好了。

📖 文法

1 わたしのつらさなんて、あなたに分かり（　っこない　）。

1　ようだろう　　**2　っこない**　　3　にすぎない　　4　ものか

中譯 我的痛苦什麼的，你絕對不會懂。

解說 本題考「動詞ます形＋っこない」的用法，表示「對某事的可能性進行強烈的否定」，意思是「絕對不會～」，所以「分かりっこない」意思是「絕對不會懂」，選項2為正確答案。

其餘選項：選項1是「ようだろう」（好像～吧）；選項3是「にすぎない」（只不過～）；選項4「ものか」（怎麼會～、哪可能～）雖然也表示「強烈否定」，但必須是「名詞修飾形＋ものか」，也就是「分かるものか」（怎麼可能懂）才是正確的接續。

2 入院中の祖母の具合はよくなり（　つつ　）あるそうです。

1　べき　　　　2　ほう　　　　**3　つつ**　　　　4　わり

中譯 聽說住院中的祖母狀況正在好轉。

解說 本題考「動詞ます形＋つつある」的用法，意思是「正在～」，所以「よくなりつつ」意思是「正在變好」，選項3為正確答案。其餘選項：選項1是「べき」（應該～）；選項2是「ほう」（～方面）；選項4一般以「わりに／わりと」（格外～）的形式出現。

3 今朝の天気予報（　によると　）、夕方から雪になるそうです。

1　によって　　2　にとって　　**3　によると**　　4　について

中譯 根據今天早上的天氣預報，據說從傍晚開始會下雪。

解說 本題考「名詞＋によると」的用法，意思是「根據～、基於～」，所以「天気予報によると」意思是「根據天氣預報」，選項3為正確答案。

其餘選項：選項1是「によって」，有「透過～（方法或手段）、依～而～（各有不同）、由於～（原因）、被動句的動作主體」等多種用法；選項2是「にとって」（對～來說）；選項4是「について」（關於～、就～）。

4 A「ちょっとコンビニに行ってくるね」

B「行く（ ついでに ）、薬局で風邪薬を買ってきてくれない？」

1 ついでに　　　2 たびに　　　3 せいで　　　4 おかげで

中譯　A「我去便利商店一下喔！」

B「去的時候，可以順便幫我在藥局買個感冒藥回來嗎？」

解説　本題考「〔動詞辭書形 / 動詞た形 / 名詞＋の〕＋ついでに」的用法，意思是「順便～」，所以「行くついでに」意思是「去的時候順便」，選項1為正確答案。其餘選項：選項2是「たびに」（每當～）；選項3是「せいで」（都怪～）；選項4是「おかげで」（多虧～）。

5 （アルバイト募集のポスター）

年齢、経験、性別（ を問わず ）、やる気のある人を募集します。

1 に関せず　　　2 に及ばず　　　3 を知らず　　　4 を問わず

中譯　（打工招募海報）

年齡、經驗、性別不拘，招募有幹勁的人。

解説　本題考「名詞＋を問わず」的用法，意思是「不管～、不問～」，所以「年齢、経験、性別を問わず」意思是「不管年齡、經驗、性別」，選項4為正確答案。其餘選項：選項1一般以「～に関係なく」（與～無關）的形式出現；選項2一般以「には及ばない」（不必～、用不著）的形式出現；選項3是「を知らず」（不知道～），意思不符合前後文。

6 この絵本は子供（ むけ ）に書かれたものだが、大人でも楽しめる。

1 しだい　　　2 うえ　　　3 もと　　　4 むけ

中譯　這本繪本雖然是以小孩為對象而寫，但是大人也能得到樂趣。

解説　本題考「名詞＋むけ」，用來表示「目的」，可翻譯成「以～對象」，所以「子供むけ」意思是「以小孩為對象」，選項4為正確答案。其餘選項：選項1是「しだい」（一～就～）；選項2是「うえ」（而且～、再加上～）；選項3一般以「のもとで / のもとに」（在～之下）的形式出現。

7 美術館の中では写真は撮れない（　こと　）になっています。

1　こと　　　　　2　わけ　　　　　3　もの　　　　　4　とき

中譯　在美術館裡面，規定不能拍照。

解說　本題考「名詞修飾形＋ことになっている」，用來表示「規定、固定、確定的事情」，可翻譯成「依照規定」，所以「撮れないことになっています」意思是「規定不能拍」，選項1為正確答案。其餘選項均毫無關聯，無法套入成為句型。

8 その歌を聞く（　たびに　）、青春時代の彼女のことを思い出す。

1　うえに　　　　2　しだいに　　　3　とたんに　　　4　たびに

中譯　每當聽那首歌，就會回想起年輕時候的女朋友。

解說　本題考「〔名詞＋の／動詞辭書形〕＋たびに」的用法，意思是「每當～」，所以「その歌を聞くたびに」意思是「每當聽那首歌」，選項4為正確答案。其餘選項：選項1是「うえに」（不僅～而且～）；選項2是「しだいに」（逐漸～）；選項3是「とたんに」（一～就～、～瞬間）。

9 今のわたしの成績（　からいえば　）、東京大学に合格することは不可能だ。

1　からには　　　2　からいえば　　3　にしては　　　4　にあたって

中譯　從我現在的成績來看，不可能考上東京大學。

解說　本題考「名詞＋〔からいうと／からいえば／からいって〕」的用法，意思是「從～來判斷」，所以「わたしの成績からいえば」意思是「從我的成績來判斷」，選項2為正確答案。其餘選項：選項1是「からには」（既然～）；選項3是「にしては」（以～而言算是～）；選項4是「にあたって」（在～的時候、值此～之際）。

10 木村さんは緊張の（　あまり　）、発表前に倒れてしまった。

1　あまり　　　　2　とたん　　　　3　とおりに　　　4　ように

中譯 木村同學太過緊張，發表前倒下了。

解說 本題考「〔動詞辭書形／動詞た形／な形容詞＋な／名詞＋の　〕＋あまり」的用法，意思是「太～、過於～」，所以「緊張のあまり」意思是「太過緊張」，選項1為正確答案。其餘選項：選項2是「とたん」（剛～就～、一～就～、～的剎那）；選項3是「とおりに」（按照～）；選項4是「ように」（像～一樣）。

04 天

考題

 文字・語彙

[1] 事故の現場に近づかないでください。
1 けんば　　2 げんば　　3 けんじょ　　4 げんじょ

[2] 床が汚れているので、掃除したほうがいいです。
1 ゆか　　　2 とし　　　3 もと　　　4 やね

[3] この梅は小粒ですが、香りがよくておいしいです。
1 こぶつ　　2 こつぶ　　3 こぶす　　4 こすぶ

[4] 夜遅くスーパーへ行くと、わりびきした商品があります。
1 折引　　　2 折扣　　　3 割引　　　4 割扣

[5] 外で変なものおとがするので、見てきてください。
1 物声　　　2 物音　　　3 声響　　　4 音響

[6] （　　　　　）段階で希望の大学に受かることは不可能です。
1 今　　　　2 当　　　　3 現　　　　4 最

[7] うちの高校は世界中の国と積極的に（　　　　　）を行っています。
1 交通　　　2 交流　　　3 交際　　　4 交差

8 受験に失敗したのは（　　　　　）けど、来年またがんばります。
　1　くらい　　　2　にくい　　　3　つらい　　　4　こわい

9 _____の言葉に意味がもっとも近いものを、一つ選びなさい。
　息子のシャツを洗たくしたら、小さくなってしまいました。
　1　ちぢんで　　2　きざんで　　3　おがんで　　4　つつんで

10 「やっと」の使い方として最もよいものを、一つ選びなさい。
　1　大阪駅から東京駅までやっと立ったままだった。
　2　明日はやっと雨だと思うので、傘を用意しておこう。
　3　電話したけど出ないので、やっと仕事中だろう。
　4　テストが終わったので、これでやっと安心して眠れる。

🔲 文法

1 今日は少し風邪（　　　　　）ので、休ませていただけますか。
　1　かねな　　　2　かねだ　　　3　ぎみな　　　4　ぎみだ

2 この小説は実際にあった事件を（　　　　）書かれています。
　1　わたって　　2　もとにして　3　さいして　　4　かけて

3 夫は外見は（　　　　）、優しくてよく働きます。
　1　かねなく　　2　ほかならず　3　ともかく　　4　かかわらず

4 三時間もの話し合い（　　　　）、進路がやっと決まった。
　1　にしまつ　　2　のしまつ　　3　にすえ　　　4　のすえ

5 今さら（　　　　　）しかたないが、やはりもっと練習すればよかった。

1 後悔しないと　　　　　　　2 後悔せずには

3 後悔までも　　　　　　　　4 後悔しても

6 警察官という立場（　　　　　）、認めることはできません。
1 すえ　　　　2 じょう　　　3 うえ　　　　4 いらい

7 病院の中に入る（　　　　　）は、必ずマスクをしてください。
1 うちに　　　2 さいに　　　3 うえに　　　4 もとに

8 農民は農薬は害があると（　　　　　）、使っている。
1 知るせいで　　　　　　　　2 知るわりに

3 知るのみならず　　　　　　4 知りつつ

9 上司の頼みなので、いやでも（　　　　　）。
1 やりようがない　　　　　　2 やらずにはいられない

3 やらざるを得ない　　　　　4 やるもんではない

10 京都へ出張に来た（　　　　　）、おいしいものをたくさん食べたい。

1 うえに　　　2 かぎりは　　3 ついでに　　4 しだいは

解答

文字・語彙（每題 5 分）

1	2	3	4	5	6	7	8	9	10
2	1	2	3	2	3	2	3	1	4

文法（每題 5 分）

1	2	3	4	5	6	7	8	9	10
3	2	3	4	4	2	2	4	3	3

得分（滿分 100 分）

/100

中文翻譯＋解說

📝 文字・語彙

1　事故の現場に近づかないでください。

1　けんば　　　**2　げんば**　　　3　けんじょ　　4　げんじょ

中譯　請勿靠近事故現場。

解說　本題考「名詞」的發音。漢字「現場」的發音可為「げんば」或「げん
　　　じょう」，所以正確答案是選項2。其餘選項：選項1是「犬馬」（犬和
　　　馬）；選項3和4無此字。

2　床が汚れているので、掃除したほうがいいです。

1　ゆか　　　　2　とし　　　　3　もと　　　　4　やね

中譯　由於地板很髒，打掃一下比較好。

解說　本題考「名詞」的發音。漢字「床」的發音是「ゆか」，意思是「地
　　　板」，正確答案是選項1。其餘選項：選項2是「年」（年、年紀）或
　　　「都市」（都市）的發音；選項3是「元」（以前的、起源、根源、原
　　　因）的發音；選項4是「屋根」（屋頂）的發音。

3　この梅は小粒ですが、香りがよくておいしいです。

1　こぶつ　　　**2　こつぶ**　　　3　こぶす　　　4　こすぶ

中譯　這種梅子雖然小顆，但是香氣十足很好吃。

解說　本題考「名詞」的發音。漢字「小粒」的發音是「こつぶ」，意思是
　　　「小顆、小粒、身材矮小」，選項2為正確答案。其餘選項：選項1是
　　　「古仏」（古佛）或「古物」（古物、骨董）或「個物」（個體）的發
　　　音；選項3和4無此字。

4 夜遅くスーパーへ行くと、わりびきした商品があります。

1 折引　　　　2 折扣　　　　**3 割引**　　　　4 割扣

中譯 晚上晚一點去超級市場的話，會有打折後的商品。

解說 本題考「動詞」的漢字。「わりびき〔する〕」的漢字是「割引〔する〕」，意思是「打折、折扣、減價」，選項3為正確答案。其餘1、2、4選項均無此字。

5 外で変なものおとがするので、見てきてください。

1 物声　　　　**2 物音**　　　　3 声響　　　　4 音響

中譯 外頭有奇怪的聲響，所以請去看看。

解說 本題考「漢字」。「ものおと」的漢字是「物音」，意思是「聲響、動靜」，選項2為正確答案。其餘選項：選項1和3無此字；選項4是「音響」（音響）。

6 （　現　）段階で希望の大学に受かることは不可能です。

1 今　　　　2 当　　　　**3 現**　　　　4 最

中譯 現階段考上期望的大學是不可能的。

解說 本題考「連體詞」和「接頭語」。選項1是「今」（現在的），例如「今シーズン」（這一季）；選項2是「当」（這個、那個、現在的），例如「当劇場」（該劇場）；選項3是「現」（目前的、現在的），例如「現段階」（現階段）；選項4是「最」（最），例如「最前線」（最前線），正確答案是選項3。

7 うちの高校は世界中の国と積極的に（　交流　）を行っています。

1 交通　　　　**2 交流**　　　　3 交際　　　　4 交差

中譯 我們高中積極地和世界各國進行著交流。

解說 本題考「名詞」。選項1是「交通」（交通）；選項2是「交流」（交流）；選項3是「交際」（交際、交往、應酬）；選項4是「交差」（交叉），正確答案是選項2。

8 受験に失敗したのは（ つらい ）けど、来年またがんばります。

1 くらい　　　2 にくい　　　3 つらい　　　4 こわい

中譯 沒考上雖然很難過，但是明年還會努力。

解說 本題考「い形容詞」。選項1是「暗い」（暗的）；選項2是「憎い」（可憎的、可恨的）；選項3是「辛い」（痛苦的、難過的）；選項4是「怖い」（可怕的、令人害怕的），所以正確答案是選項3。

9 ＿＿＿＿の言葉に意味がもっとも近いものを、一つ選びなさい。
息子のシャツを洗たくしたら、小さくなってしまいました。

1 ちぢんで　　2 きざんで　　3 おがんで　　4 つつんで

中譯 請選擇一個和＿＿＿＿語彙意義最相近的答案。
兒子的襯衫一洗，居然變小了。

解說 本題考以「む」結尾的動詞。題目中的「小さくなって」意思是「變小」，而選項1是「縮む」（縮水、縮小、縮短）；選項2是「刻む」（切細、剁碎、雕刻、銘刻、刻劃）；選項3是「拜む」（合掌禮拜、打躬作揖、拜謁）；選項4是「包む」（包、裹、卷），所以可以替換的只有選項1。

10 「やっと」の使い方として最もよいものを、一つ選びなさい。
1 大阪駅から東京駅までやっと立ったままだった。
2 明日はやっと雨だと思うので、傘を用意しておこう。
3 電話したけど出ないので、やっと仕事中だろう。
4 テストが終わったので、これでやっと安心して眠れる。

解說 1 大阪駅から東京駅までやっと立ったままだった。（X）
→大阪駅から東京駅までずっと立ったままだった。（O）
2 明日はやっと雨だと思うので、傘を用意しておこう。（X）
→明日はたぶん雨だと思うので、傘を用意しておこう。（O）
3 電話したけど出ないので、やっと仕事中だろう。（X）
→電話したけど出ないので、きっと仕事中だろう。（O）
4 テストが終わったので、これでやっと安心して眠れる。（O）

中譯 就「やっと」（終於）的使用方法，請選出一個最好的答案。
1 從大阪站一直站到東京站。
2 由於明天大概會下雨，所以事先準備傘吧！
3 由於打電話也沒接，所以一定是在工作吧！
4 由於考完了，所以現在終於可以安心睡覺。

🎬 文法

1 今日は少し風邪（ ぎみな ）ので、休ませていただけますか。

1 かねな　　　2 かねだ　　　**3 ぎみな**　　　4 ぎみだ

中譯 由於今天覺得有點感冒，所以能不能讓我請假呢？

解說 本題考「〔動詞ます形／名詞〕＋ぎみ」的用法，意思是「覺得有點～」，所以「風邪ぎみ」意思是「覺得有點感冒」。答案有可能是選項3或選項4，但由於空格後出現「ので」，「名詞＋な＋ので」才是正確接續，所以選項3「風邪ぎみなので」（由於覺得有點感冒）是正確答案。至於選項1和選項2，一般以「かねる」（難以～、不能～、無法～）或「かねない」（有可能～〔變成不好的結果〕）的形式出現，提供參考。

2 この小説は実際にあった事件を（ もとにして ）書かれています。

1 わたって　　**2 もとにして**　　3 さいして　　4 かけて

中譯 這本小說是以實際發生的事件為依據所寫。

解說 本題考「名詞＋〔をもとに／もとにして〕」的用法，意思是「以～為依據、以～為基礎」，所以「事件をもとにして」意思是「以事件為依據」，選項2為正確答案。其餘選項：選項1一般以「にわたって」（整個～、經過～、長達～）的形式出現；選項3一般以「に際して」（～之際）的形式出現；選項4一般以「にかけては」（在～方面）或「～から～にかけて」（從～到～）的形式出現。

③ 夫（おっと）は外見（がいけん）は（　ともかく　）、優（やさ）しくてよく働（はたら）きます。

1　かねなく　　2　ほかならず　　**3　ともかく**　　4　かかわらず

中譯　老公姑且不論外表，既溫柔又認真工作。

解說　本題考「名詞＋はともかく」的用法，意思是「先不管～、姑且不論～」，所以「外見（がいけん）はともかく」意思是「姑且不論外表」，選項3為正確答案。其餘選項：選項1是「かねなく」（很有可能）；選項2一般以「にほかならない」（無非是～、不外乎～）的形式出現；選項4一般以「にかかわらず」（不管～）或「にもかかわらず」（儘管～但是～）的形式出現。

④ 三時間（さんじかん）もの話（はな）し合（あ）い（　のすえ　）、進路（しんろ）がやっと決（き）まった。

1　にしまつ　　2　のしまつ　　3　にすえ　　**4　のすえ**

中譯　長達三個小時的商量之後，終於決定去路了。

解說　本題考「名詞＋の末（すえ）〔に〕」的用法，意思是「～結果、～之後終於」，所以「話（はな）し合（あ）いのすえ」意思是「商量之後終於」，選項4為正確答案。其餘選項：選項1和選項2一般以「始末（しまつ）だ」（落得～下場、竟到了～地步）的形式出現；選項3無此用法。

⑤ 今（いま）さら（　後悔（こうかい）しても　）しかたないが、やはりもっと練習（れんしゅう）すればよかった。

1　後悔（こうかい）しないと　　　　2　後悔（こうかい）せずには

3　後悔（こうかい）までも　　　　　**4　後悔（こうかい）しても**

中譯　儘管事到如今就算後悔也沒有用，但還是覺得當初要是多加練習就好了。

解說　本題考「動詞て形＋も」的用法，意思是「就算～也～」，所以「後悔（こうかい）しても」意思是「就算後悔也～」，選項4為正確答案。其餘選項：選項1是「後悔（こうかい）しないと」（如果不後悔～）；選項2一般以「後悔（こうかい）せずにはいられない」（不禁後悔、忍不住後悔）的形式出現；選項3一般以「後悔（こうかい）しないまでも」（即使不後悔）的形式出現。

6 警察官という立場（ じょう ）、認めることはできません。

1 すえ　　　　**2 じょう**　　　3 うえ　　　　4 いらい

[中譯] 在警察的立場上，無法認同。

[解說] 本題考「名詞＋上」的用法，意思是「～上、從～上來看、在～上」，所以「立場じょう」意思是「立場上」，選項2為正確答案。其餘選項：選項1一般以「た末に／の末に」（～之後終於）的形式出現；選項3是「上」（而且～、再加上）；選項4一般以「て以来」（自從～之後）的形式出現。

7 病院の中に入る（ さいに ）は、必ずマスクをしてください。

1 うちに　　　　**2 さいに**　　　3 うえに　　　　4 もとに

[中譯] 進醫院的時候，請務必戴口罩。

[解說] 本題考「〔動詞辭書形／動詞た形／名詞＋の〕＋際に〔は〕」的用法，意思是「～之際、在～時候」，所以「入るさいには」意思是「進入之際」，選項2為正確答案。其餘選項：選項1是「うちに」（在～過程中、趁著～）；選項3是「うえに」（而且～、再加上～）；選項4一般以「をもとに」（以～為基準）或「のもとに」（在～之下）的形式出現。

8 農民は農薬は害があると（ 知りつつ ）、使っている。

1 知るせいで　　　　　　　2 知るわりに
3 知るのみならず　　　　　**4 知りつつ**

[中譯] 農民一邊知道農藥有害，一邊還使用著。

[解說] 本題考「動詞ます形＋つつ」的用法，意思是「一邊～一邊～、雖然～但是～」，所以「知りつつ」意思是「一邊知道一邊～」，選項4為正確答案。其餘選項：選項1一般以「知ったせいで」（都怪知道～）的形式出現；選項2是「知るわりに」（雖然知道，卻比預想中更～）；選項3是「知るのみならず」（不只知道還～）。

9 上司の頼みなので、いやでも（　やらざるを得ない　）。

1　やりようがない　　　　　　2　やらずにはいられない

3　やらざるを得ない　　　　　4　やるもんではない

中譯 由於是上司的請託，所以就算不喜歡也得做。

解説 本題考「動詞ない形＋ざるを得ない」的用法，意思是「非得～、不得不～」，所以「やらざるを得ない」意思是「不得不做」，選項3為正確答案。其餘選項：選項1是「やりようがない」（毫無辦法做）；選項2是「やらずにはいられない」（不由得做、忍不住做）；選項4是「やるもんではない」（不可以做啊！）。

10 京都へ出張に来た（　ついでに　）、おいしいものをたくさん食べたい。

1　うえに　　　2　かぎりは　　　3　ついでに　　　4　しだいは

中譯 來京都出差，順便想吃很多好吃的東西。

解説 本題考「〔動詞辭書形／動詞た形／名詞＋の〕＋ついでに」的用法，意思是「順便～」，所以「出張に来たついでに」意思是「來出差順便」，選項3為正確答案。其餘選項：選項1是「うえに」（不僅～而且～、再加上）；選項2是「かぎり〔は〕」（只要繼續～就會一直～）；選項4無此用法。

04
天

05 天

讀解

問題 1

次の文章を読んで、質問に答えなさい。答えは、1・2・3・4から最もよいものを一つえらびなさい。

以下は、ある会社がお客に出したメールである。

いつも Camon のカメラをご愛用いただき、ありがとうございます。

さて、弊社では、お客様がカメラのフィルムを追加で買う際に、定価の 10% 引きとさせていただいておりますが、今月（九月）と来月（十月）、の二か月間のみ、さらに 5% 多く引かせていただくことになりました。さらに、その期間中店内にいらしてくださったお客様には、表紙にご自分で撮った写真が入れられる手帳をプレゼントさせていただきます。数に限りがございますので、ぜひお早めに。また、今月に限り、カメラのほかプリンターなども 20 〜 60% 引きで販売しております。この機会にぜひご利用ください。

今後とも Camon 製品をよろしくお願いいたします。

カメラ担当　大山

問 1　来月、カメラのフィルムを追加で買う場合、何%引きになるか。

    1　5%引き

    2　10%引き

    3　15%引き

    4　20%引き

問2　九月からの二か月間、安く買えるほかに、どんなサービスがあるか。

1　店内でお客様の写真を撮って、その写真をプレゼントしてくれる。

2　Camon のカメラで撮った写真を店内に飾らせてくれる。

3　表紙に自分の好きな写真が入れられる手帳がもらえる。

4　自分のカメラの写真が表紙になった手帳がもらえる。

問題2

次の文章を読んで、質問に答えなさい。答えは、１・２・３・４から最もよいものを一つえらびなさい。

以下は、ある高校生の作文の一部である。

> 夏休みの後半、一人で飛行機に乗り、沖縄に住む祖母の家を訪ねました。今年は東京も暑かったですが、沖縄はさすが南国です。着いて数時間もすると、日焼けして皮膚が痛くなりました。
>
> 沖縄では、人間の生活と住まいの関係を強く感じることがありました。東京のように縦に長い家はぜんぜんなく、横に長い家ばかりでした。こういう横に長い家を「平屋」というそうです。東京ではあまり見ません。祖母にその理由を聞くと、「沖縄は台風が多いからだよ」と教えてくれました。縦に長い家は、風で吹き飛ばされてしまうからだそうです。これは昔の人の知恵です。①そこに住む人たちが、経験から形成した伝統文化です。
>
> わたしの家は普通のマンションなので特徴はありませんが、住まいのことをもっと勉強して、その場所に受け継がれてきた伝統を大事にしたいと思いました。

問1　この作文のテーマは以下のどれが適当か。

　　1　沖縄人の優しさについて

　　2　気候と人間性について

　　3　住まいと人間について

　　4　マンションと平屋の特徴について

問2　①「そこに住む人たちが、経験から形成した伝統文化です」と
　　あるが、それにふさわしくないものはどれか。

　　1　寒い北海道では、窓が二重になっている。

　　2　暑い沖縄で高層ビルを見ることはない。

　　3　雪が多い長野県では、屋根に傾斜がついている。

　　4　東京にはおしゃれで美しい内装の家がたくさんある。

 聴解

問題1 🎧 MP3-01

　問題1では、まず質問を聞いてください。それから話を聞いて、問題用紙の1から4の中から、最もよいものを一つ選んでください。

1　新宿の銀行に行く
2　資料を人数分コピーする
3　お弁当を予約する
4　お茶を冷蔵庫に冷やしておく

問題2

　問題2では、まず文を聞いてください。それから、それに対する返事を聞いて、1から3の中から最もよいものを一つ選んでください。

1番）🎧 MP3-02　①　②　③
2番）🎧 MP3-03　①　②　③
3番）🎧 MP3-04　①　②　③

問題3 🎧 MP3-05

　問題3では、まず話を聞いてください。それから、質問と選択肢を聞いて、1から4の中から、最もよいものを一つ選んでください。

①　②　③　④

解答

讀解

問題 1（每題 10 分）

1	2
3	3

問題 2（每題 10 分）

1	2
3	4

聽解

問題 1（每題 15 分）

1
4

問題 2（每題 10 分）

1	2	3
3	2	1

問題 3（每題 15 分）

1
2

得分（滿分 100 分）

/100

中文翻譯＋解說

 讀解

問題1

次の文章を読んで、質問に答えなさい。答えは、1・2・3・4から最もよいものを一つえらびなさい。

以下は、ある会社がお客に出したメールである。

いつも Camon のカメラをご愛用いただき、ありがとうございます。

さて、弊社では、お客様がカメラのフィルムを追加で買う際に、定価の10％引きとさせていただいておりますが、今月（九月）と来月（十月）、の二か月間のみ、さらに5％多く引かせていただくことになりました。さらに、その期間中店内にいらしてくださったお客様には、表紙にご自分で撮った写真が入れられる手帳をプレゼントさせていただきます。数に限りがございますので、ぜひお早めに。また、今月に限り、カメラのほかプリンターなども20～60％引きで販売しております。この機会にぜひご利用ください。

今後とも Camon 製品をよろしくお願いいたします。

カメラ担当　大山

問1　来月、カメラのフィルムを追加で買う場合、何％引きになるか。

　　1　5％引き

　　2　10％引き

　　3　15％引き

　　4　20％引き

問2　九月からの二か月間、安く買えるほかに、どんなサービスがあるか。
　　　1　店内でお客様の写真を撮って、その写真をプレゼントしてくれる。
　　　2　Camon のカメラで撮った写真を店内に飾らせてくれる。
　　　3　表紙に自分の好きな写真が入れられる手帳がもらえる。
　　　4　自分のカメラの写真が表紙になった手帳がもらえる。

中譯

以下是某家公司發給顧客的電子郵件。

感謝總是愛用Camon相機。
此次，敝公司在顧客追加購買相機的底片時，是定價10%的折扣，但是僅有這個月（九月）以及下個月（十月）這二個月，會再多5%的折扣。而且，在那段期間光臨店裡的顧客，還會致贈封面可以放入自己所拍攝照片的記事本。由於數量有限，請務必趁早。同時，僅限本月，除了相機以外，印相機也以20～60%的折扣銷售中。請務必利用此次機會。
日後也請繼續支持Camon產品。

相機負責人　大山

問1　若下個月追加買相機底片的話，會變成多少%的折扣呢？
　　　1　5%的折扣
　　　2　10%的折扣
　　　3　15%的折扣
　　　4　20%的折扣

問2　從九月開始的二個月期間，除了可以便宜購買之外，還有什麼樣的優惠呢？
　　　1　在店裡面拍顧客的照片，然後致贈那張照片。
　　　2　把用Camon相機拍的照片裝飾在店裡。
　　　3　能得到封面可以放入自己喜歡照片的記事本。
　　　4　能得到自己相機的照片當封面的記事本。

解説

文字・語彙：

- さて：那麼（結束前面說的話，轉入新的話題）。

- フィルム：膠捲、底片。

- のみ：只～、僅～。

- 表紙（ひょうし）：封面、書皮。

- 手帳（てちょう）：（隨手攜帶的）筆記本、雜記本、手冊。

- 限り（かぎ）：限度、止境、段落。

- お早めに（はや）：請盡快、請盡早。

- プリンター：印表機、印相機。

文法：

- 〔動詞辭書形／動詞た形／名詞＋の〕＋際に（さい）（は）：在～之際、在～時候。

- （さ）せていただいております：請讓我～（客氣地表達自己要做的行為）。

- 〔動詞辭書形／動詞ない形〕＋ことになる：會～、要～（表示確定的事情）。

- 名詞＋に限り（かぎ）：只有～、僅限～。

問題2

次の文章を読んで、質問に答えなさい。答えは、1・2・3・4から最もよいものを一つえらびなさい。

以下は、ある高校生の作文の一部である。

夏休みの後半、一人で飛行機に乗り、沖縄に住む祖母の家を訪ねました。今年は東京も暑かったですが、沖縄はさすが南国です。着いて数時間もすると、日焼けして皮膚が痛くなりました。

沖縄では、人間の生活と住まいの関係を強く感じることがありました。東京のように縦に長い家はぜんぜんなく、横に長い家ばかりでした。こういう横に長い家を「平屋」というそうです。東京ではあまり見ません。祖母にその理由を聞くと、「沖縄は台風が多いからだよ」と教えてくれました。縦に長い家は、風で吹き飛ばされてしまうからだそうです。これは昔の人の知恵です。①そこに住む人たちが、経験から形成した伝統文化です。

わたしの家は普通のマンションなので特徴はありませんが、住まいのことをもっと勉強して、その場所に受け継がれてきた伝統を大事にしたいと思いました。

問1　この作文のテーマは以下のどれが適当か。
1　沖縄人の優しさについて
2　気候と人間性について
3　住まいと人間について
4　マンションと平屋の特徴について

問2　①「そこに住む人たちが、経験から形成した伝統文化です」とある
　　　が、それにふさわしくないものはどれか。
　　　1　寒い北海道では、窓が二重になっている。
　　　2　暑い沖縄で高層ビルを見ることはない。
　　　3　雪が多い長野県では、屋根に傾斜がついている。
　　　4　東京にはおしゃれで美しい内装の家がたくさんある。

中譯

　　以下是某位高中生作文的一部分。

　　　暑假的後半段，我一個人搭乘飛機，拜訪了住在沖繩的祖母的家。雖然今年東京也很熱，但沖繩果然是南國。抵達也才幾個小時就曬黑，皮膚變得好痛。

　　　在沖繩，有時會強烈地感覺到人們的生活和居住的關係。完全沒有像東京那樣縱長的房子，全都是橫長的房子。據說這種橫長的房子叫做「平屋」。在東京不太常見。請教其理由，祖母跟我說「那是因為沖繩颱風多喔」。聽說是因為縱長的房子會被風吹走。這是前人的智慧。①居住在那裡的人們，從經驗形成的傳統文化。

　　　由於我家是普通的公寓，所以沒有特色，但是我想多學習有關居住的事情，以珍惜那些傳承於該地方的傳統。

問1　這篇作文的題目，以下的哪個合適呢？
　　　1　有關沖繩人的體貼　　　　2　有關氣候和人性
　　　3　有關居住和人類　　　　　4　有關公寓和平屋的特徵

問2　文中提到①「居住在那裡的人們，從經驗形成的傳統文化」，不符合該句的選項是哪一個呢？
　　　1　在寒冷的北海道，窗戶會有二層。
　　　2　在炎熱的沖繩，不見高樓大廈。
　　　3　在雪多的長野縣，屋簷會傾斜。
　　　4　在東京有很多既時尚、裝潢又美的家。

解説

文字・語彙：

- 一部（いちぶ）：一部分。

- 訪ねました（たず）：拜訪了。

- さすが：真不愧、到底是、果然是。

- 南国（なんごく）：南國、南方各地。

- 日焼けして（ひや）：曬黑。

- 住まい（す）：居住、住所。

- ばかり：淨～。

- 平屋（ひらや）：平房（只有一層樓的房子）。

- 吹き飛ばされて（ふ・と）：被吹走。原形是「吹き飛ばす」（吹跑、趕走）。

- マンション：大廈。

- 特徴（とくちょう）：特徴、特色、特點。

- 受け継がれて（う・つ）：被傳承。原形是「受け継ぐ」（繼承、承繼、接替）。

文法：

- 動詞辭書形＋ことがある：有時候～。

- あまり＋〔各詞類否定形〕：不太～，所以「あまり見ません（み）」意思是「不太常見」。

- 常體＋そう：聽說～。

問題1 🎧 MP3-01

問題1では、まず質問を聞いてください。それから話を聞いて、問題用紙の1から4の中から、最もよいものを一つ選んでください。

会社で男の人と女の人が話しています。女の人はこれから何をしますか。

M： 清原さん、会議の資料、準備しておいてくれた？

F： はい、昨日のうちにやっておきました。

M： 昨日のうち？今朝、配られた資料だけど。

F： えっ、聞いてませんけど……。

M： 内容に変更があって、今朝十時ごろ新しいデータが配られたんだけどな。

F： 今朝、山本部長に頼まれて、新宿の銀行に行っていたので……。

M： そう。

F： 今から急いで準備します。人数分コピーすればいいんですよね。

M： いや、いいや。それはぼくの秘書にお願いする。

F： それじゃ、わたしはお弁当を予約します。

M： ああ、それは昨日のうちに予約してあるからだいじょうぶ。
そうだ、飲み物はコーヒーが用意してあるんだけど、冷たいお茶もお願いできるかな。

F： 温かいのも用意しますか。

M： それはいいや。今日は暑いから、冷たいのを二十本くらい冷蔵庫に冷やしておいて。

F： はい、分かりました。

女の人はこれから何をしますか。

1　新宿の銀行に行く

2　資料を人数分コピーする

3　お弁当を予約する

4　お茶を冷蔵庫に冷やしておく

中譯

公司裡面男人和女人正在說話。女人接下來要做什麼呢？

M： 清原小姐，會議資料，事先幫我準備了嗎？

F： 有的，昨天就事先準備好了。

M： 昨天？資料是今天早上才分發的……。

F： 咦，我沒聽說……。

M： 因為內容有變更，所以今天早上十點左右才分發新的數據……。

F： 由於今天早上，山本部長叫我去新宿的銀行，所以……。

M： 是喔。

F： 我現在馬上趕快準備。按人數影印就好了，是嗎？

M： 不，不用了。那個拜託我祕書。

F： 那麼，我來預約便當。

M： 啊，那個昨天有預約了，所以沒關係。
　　對了，飲料雖然有準備咖啡，冰茶也可以拜託妳嗎？

F： 也要準備熱的嗎？

M： 那個不用。今天很熱，所以把冰的大約二十瓶，事先放到冰箱裡冰鎮。

F： 好的，知道了。

女人接下來要做什麼呢？

1　去新宿的銀行

2　按人數影印資料

3　預約便當

4　事先把茶放到冰箱裡冰鎮

解說

- 動詞て形＋おく：事先～。對話中的「準備<ruby>準備<rt>じゅんび</rt></ruby>しておいて」（事先準備）、「<ruby>冷<rt>ひ</rt></ruby>やしておいて」（事先冰鎮）都是使用這個文法。

- 名詞修飾形＋うちに：在～期間。所以對話中的「<ruby>昨日<rt></rt></ruby>のうちに」意思是「在昨天（那段期間）」。

- 動詞て形＋ある：表示動作結束後所存在之狀態，可翻譯成「～有」、「有～」。對話中的「<ruby>予約<rt>よやく</rt></ruby>してある」（有預約）、「<ruby>用意<rt>ようい</rt></ruby>してある」（有準備）都是使用這個文法。

<ruby>問題<rt>もんだい</rt></ruby>2

<ruby>問題<rt>もんだい</rt></ruby>2では、まず<ruby>文<rt>ぶん</rt></ruby>を<ruby>聞<rt>き</rt></ruby>いてください。それから、それに<ruby>対<rt>たい</rt></ruby>する<ruby>返事<rt>へんじ</rt></ruby>を<ruby>聞<rt>き</rt></ruby>いて、1から3の<ruby>中<rt>なか</rt></ruby>から<ruby>最<rt>もっと</rt></ruby>もよいものを<ruby>一<rt>ひと</rt></ruby>つ<ruby>選<rt>えら</rt></ruby>んでください。

<ruby>1番<rt>ばん</rt></ruby>）　🎧 MP3-02

M：さっき<ruby>銀行<rt>ぎんこう</rt></ruby>で、<ruby>横山先生<rt>よこやませんせい</rt></ruby>の<ruby>奥<rt>おく</rt></ruby>さんに<ruby>会<rt>あ</rt></ruby>ったんだ。

F：　1　わざわざ<ruby>会<rt>あ</rt></ruby>ったんだね。

　　　2　やむをえないね。

　　　3　へえ、<ruby>偶然<rt>ぐうぜん</rt></ruby>だね。

中譯

M：剛才在銀行，遇到橫山老師的太太了。

F：　1　特意遇到了啊！

　　　2　不得已啊！

　　　3　咦，這麼巧啊！

解說

- わざわざ：特意、故意。

- やむを<ruby>得<rt>え</rt></ruby>ない：出於無奈、不得已。

2 番） 🎧 MP3-03

F： 元気ないね。できるだけのことはやったんでしょ？

M： 1　そう、できるだけのことをやったんだ。

　　 2　うん、がんばったんだけどね。

　　 3　いや、そういうわけには。

中譯

F： 怎麼無精打采的。能做的事情都做了吧？

M： 1　是的，能做的事情都做了。

　　 2　嗯，雖然盡力了啊！

　　 3　不，不能那樣。

解說

・できるだけ：盡可能。

・そういうわけには：「わけには」是「わけにはいかない」（不能、不行）
　的省略，所以整句話翻譯成「不能那樣」。

3 番） 🎧 MP3-04

F： 給料前なんだから、寿司屋じゃなくてラーメン屋でいいんじゃない？

M： 1　いや、どうしても寿司が食べたいんだよ。

　　 2　そうか、ラーメンが食べたいよね。

　　 3　少しでいいから、ラーメンも食べようよ。

中譯

F： 因為是發薪日前，所以不是壽司店，而是拉麵店就好了吧？

M： 1　不，無論如何都想吃壽司啊！

　　 2　那樣啊！想吃拉麵是吧？

　　 3　就算一點點也好，還是吃拉麵啦！

解説

- じゃなくて：不是～而是～。

- でいい：～就好了。

- 「～んじゃない？」：用來表示推測，或表達自己的想法，中文可翻譯成「～吧？」

- どうしても：無論如何也～。

- 食(た)べよう：動詞「食(た)べる」（吃）的意向形，用來表達說話者想要進行某行為的意志，可翻譯成「吃吧！」

問題(もんだい)3 🎧 MP3-05

> 問題(もんだい)3では、まず話(はなし)を聞(き)いてください。それから、質問(しつもん)と選択肢(せんたくし)を聞(き)いて、1から4の中(なか)から、最(もっと)もよいものを一(ひと)つ選(えら)んでください。

家電(かでん)売(う)り場(ば)で外国人(がいこくじん)のお客(きゃく)と店員(てんいん)が話(はな)しています。

M：あのう、ドライヤーを探(さが)してるんですけど。なるべく安(やす)いもので。

F：それでは、こちらへどうぞ。この1番(ばん)のものがいちばん安(やす)いですが、性能(せいのう)はあまりよくありません。こちらの2番(ばん)は速乾性(そっかんせい)があるので、人気(にんき)があります。

M：速乾性(そっかんせい)？すみません、どういう意味(いみ)ですか。

F：ああ、外国(がいこく)の方(かた)でしたか。失礼(しつれい)いたしました。
速乾性(そっかんせい)というのは乾(かわ)くスピードが速(はや)いということです。
一般(いっぱん)のドライヤーはお客様(きゃくさま)の髪(かみ)の毛(け)だと、乾(かわ)かすのに二十分(にじゅっぷん)くらいかかりますが、こちらですとその半分(はんぶん)の十分(じゅっぷん)で乾(かわ)かせます。3番(ばん)も速乾性(そっかんせい)が優(すぐ)れていますが、そのほかにも髪(かみ)の毛(け)をしっとりさせる機能(きのう)などがついていて、女性(じょせい)に人気(にんき)の商品(しょうひん)です。

M：いいですね。

F：でも、お値段は高いです。

ここにあるものの中で一番高くて、1番の商品の三倍くらいします。

M：じゃあ、無理です。

F：それなら、4番の商品はどうですか。

こちらはかなり安いですし、熱風もけっこう強いのでおすすめです。

ただ、日本製ではありませんが……。

M：うーん。値段も機能もいいですが、日本製じゃないとね。

せっかく日本で買うんですから、日本の商品がいいです。

わたしは男だからしっとりさせる機能はなくてもいいので、こっちの

速く乾くのをください。

外国人のお客さんはどのドライヤーを買うことにしましたか。

1　1番のドライヤー

2　2番のドライヤー

3　3番のドライヤー

4　4番のドライヤー

中譯

在家電賣場裡，外國客人和店員正在說話。

M：不好意思，我在找吹風機……。盡可能便宜的。

F：那麼，請往這裡。這個1號的東西雖然最便宜，但是性能不太好。這裡的2

號由於有速乾性，所以很受歡迎。

M：速乾性？不好意思，是什麼意思呢？

F：啊，您是外國客人啊？失禮了。

所謂的速乾性，指的是乾燥的速度很快。

一般的吹風機，如果是客人您的頭髮的話，弄乾大約要花二十分鐘，但是

如果是這個的話，其一半的十分鐘就能乾。3號的速乾性也很優異，但是除

此之外還附有能讓頭髮保濕的功能，所以是很受女性歡迎的商品。

M： 很不錯耶！

F： 但是，價格很高。

是這當中最貴的，要賣到1號商品的三倍左右。

M： 那就不合適了。

F： 那樣的話，4號的產品如何呢？

這個相當便宜，熱風也相當強，所以很推薦。

只不過，不是日本製……。

M： 嗯～。雖然價格和性能都很好，但是如果不是日本製的話……。

難得要在日本買，所以還是日本的產品好。

因為我是男生，所以沒有保濕功能也沒有關係，因此請給我這個快乾的。

外國的客人決定買哪個吹風機了呢？

1　1號吹風機

2　2號吹風機

3　3號吹風機

4　4號吹風機

解說

• ドライヤー：吹風機。

• なるべく：盡可能。

• 乾く：自動詞，意為「乾燥」。

• スピード：速度。

• ～と＋尚未實現的事情：如果～的話。

• 乾かす：他動詞，意為「把～弄乾」。

• 乾かせます：能把～弄乾。

• 優れています：出色、優越。

• しっとりさせる：讓～濕潤。

• 無理：難以辦到、不合適。

- ～はどうですか：～如何呢？

- おすすめです：推薦。

- せっかく：特意、難得、好不容易。

- ～はなくてもいい：沒有～也沒關係。

📝 文字・語彙

1 彼女は大人になったら、もっと美人になりますよ。
　　1　おおひと　　2　だいにん　　3　おひと　　　4　おとな

2 わたしの父は石頭で、わたしの話を聞いてくれません。
　　1　いしとう　　2　いしあたま　3　せきとう　　4　せきあたま

3 息子は昨日、夜店で迷子になってしまいました。
　　1　よみせ　　　2　よるみせ　　3　やてん　　　4　よるてん

4 駅で財布を拾って以来、ずっともちぬしを探しています。
　　1　持ち主　　　2　持ち者　　　3　所ち主　　　4　所ち者

5 果物はびんづめのものより、新鮮なほうがいいです。
　　1　缶詰め　　　2　缶装め　　　3　瓶詰め　　　4　瓶装め

6 このインタビューは（　　　　）公式に行われる予定です。
　　1　未　　　　　2　非　　　　　3　不　　　　　4　無

7 寝坊して、（　　　　）遅刻するところでした。
　　1　けわしく　　2　あやうく　　3　あやしく　　4　めでたく

8 日よう日、デパートを（　　　　）していたら、大野先生に会いました。
　　1　ぶらぶら　　2　ぶつぶつ　　3　つぎつぎ　　4　ぞくぞく

9　_____の言葉に意味がもっとも近いものを、一つ選びなさい。
　　わたしは外国のことばを勉強するのが好きです。
　　1　ならぶ　　　2　むすぶ　　　3　まなぶ　　　4　ころぶ

10　「そだてる」の使い方として最もよいものを、一つ選びなさい。
　　1　働きながら子どもをそだてるのは、たいへんなことです。
　　2　今日はごみをそだてる日なので、朝から忙しいです。
　　3　赤と白をそだてると、ピンク色になります。
　　4　コンピューターのことなら、わたしにそだててください。

文法

1　課長が社長の秘書と結婚したと聞いて、誰もが驚きを禁じ
　　（　　　　　）。
　　1　かけなかった　　　　　　　2　かねなかった
　　3　きれなかった　　　　　　　4　得なかった

2　兄は会社の社長だ（　　　　　）、社員は兄だけなんです。
　　1　といったら　　2　といっても　　3　といえば　　4　としたら

3　めんどうだけど、上司の頼みなら引き受ける（　　　　　）。
　　1　しかあるまい　　　　　　　2　こともない
　　3　だけあるまい　　　　　　　4　はずもない

4 A「ねえ、あそこにいる眼鏡の女性って、佐藤先生じゃない？」
B「まさか。先生は入院中だよ。今ここに（　　　　）」
1　いたわけじゃないよ　　　　　2　いないわけじゃないよ
3　いなかったはずじゃない　　　4　いるわけないじゃない

5 この音楽を聴く（　　　　）、学生時代のことを思い出す。
1　とたんに　　2　たびに　　　3　しだいに　　4　うえに

6 弟は働きすぎた（　　　　）、倒れてしまった。
1　わりに　　　2　おかげで　　3　せいで　　　4　といっても

7 あの先生（　　　　）話がつまらないので、いつも眠くなってしまう。
1　ともなると　2　ときたら　　3　というなら　4　となったら

8 彼はまだ見習い（　　　　）、ベテランの係員に指示している。
1　のわりに　　　　　　　　　　2　にかかわらず
3　のもとで　　　　　　　　　　4　にもかかわらず

9 夫は今（　　　　）太ってしまったが、若い頃はスマートでかっこよかった。
1　に限り　　　2　でこそ　　　3　なしに　　　4　ところを

10 今日の会議では今後の経営方針（　　　　）、意見が二つに分かれた。
1　をきっかけに　　　　　　　　2　にとって
3　をめぐって　　　　　　　　　4　にともなって

解答

文字・語彙（每題 5 分）

1	2	3	4	5	6	7	8	9	10
4	2	1	1	3	2	2	1	3	1

文法（每題 5 分）

1	2	3	4	5	6	7	8	9	10
4	2	1	4	2	3	2	4	2	3

得分（滿分 100 分）

/100

中文翻譯＋解說

📖 文字・語彙

1 彼女は<ruby>大人<rt>おとな</rt></ruby>になったら、もっと<ruby>美人<rt>びじん</rt></ruby>になりますよ。
彼女（かのじょ）

1　おおひと　　　2　だいにん　　　3　おひと　　　　**4　おとな**

中譯　她長大以後，會變得更漂亮喔！

解說　本題考「名詞」的發音。雖然漢字「大」的發音有「おお」、「だい」二種；漢字「人」的發音有「ひと」、「にん」二種，但「大人」（大人）的發音固定是「おとな」，所以答案為選項4，其餘選項均為陷阱。

2 わたしの<ruby>父<rt>ちち</rt></ruby>は<ruby>石頭<rt>いしあたま</rt></ruby>で、わたしの<ruby>話<rt>はなし</rt></ruby>を<ruby>聞<rt>き</rt></ruby>いてくれません。

1　いしとう　　　**2　いしあたま**　　3　せきとう　　　4　せきあたま

中譯　我爸爸頭腦頑固，不願意聽我的話。

解說　本題考「名詞」的發音。雖然漢字「石」的發音有「いし」、「せき」二種；漢字「頭」的發音有「あたま」、「かしら」、「とう」、「ず」幾種，但「石頭」（死腦筋、頭腦頑固）的發音固定是「いしあたま」，所以答案為選項2，其餘選項均為陷阱。

3 <ruby>息子<rt>むすこ</rt></ruby>は<ruby>昨日<rt>きのう</rt></ruby>、<ruby>夜店<rt>よみせ</rt></ruby>で<ruby>迷子<rt>まいご</rt></ruby>になってしまいました。

1　よみせ　　　2　よるみせ　　　3　やてん　　　　4　よるてん

中譯　兒子昨天在夜市不小心走失了。

解說　本題考「名詞」的發音。雖然漢字「夜」的發音有「や」、「よ」、「よる」幾種；漢字「店」的發音有「てん」、「みせ」二種，但「夜店」（夜市）的發音固定是「よみせ」，所以答案為選項1，其餘選項均為陷阱。附帶一提，日文的夜市也可以說成「<ruby>夜市<rt>よいち</rt></ruby>」，請一起記起來。

4 駅で財布を拾って以来、ずっと<u>もちぬし</u>を探しています。
えき さいふ ひろ いらい さが

1 持ち主　　　2 持ち者　　　3 所ち主　　　4 所ち者
も ぬし

中譯　自從在車站撿到錢包以來，就一直在找失主。

解說　本題考「名詞」的漢字。選項1是「持ち主」（持有人、所有人、物
も ぬし
主）為正確答案；選項2、3、4皆無此字。

5 果物は<u>びんづめ</u>のものより、新鮮なほうがいいです。
くだもの しんせん

1 缶詰め　　　2 缶装め　　　3 瓶詰め　　　4 瓶装め
かん づ びん づ

中譯　水果比起瓶裝罐頭，新鮮的比較好。

解說　本題考「名詞」的漢字。選項1是「缶詰め」（鐵罐裝罐頭）；選項2無
かん づ
此字；選項3是「瓶詰め」（瓶裝罐頭）為正確答案；選項4無此字。
びん づ

6 このインタビューは（　非　）公式に行われる予定です。
ひ こうしき おこな よてい

1 未　　　2 非　　　3 不　　　4 無
み ひ ふ む

中譯　這個採訪預定以非公開形式進行。

解說　本題考「接頭語」。選項1是「未」（尚未），例如「未解決」（尚
み み かいけつ
未解決）；選項2是「非」（非、沒有），例如「非常識」（沒有常
ひ ひじょうしき
識）或「非公式」（非正式、非公開），為正確答案；選項3是「不」
ひ こうしき ふ
（不），例如「不自然」（不自然、做作）；選項4是「無」（無、沒
ふ しぜん む
有），例如「無責任」（沒有責任、不負責任）。
む せきにん

7 寝坊して、（　あやうく　）遅刻するところでした。
ね ぼう ちこく

1 けわしく　　　2 あやうく　　　3 あやしく　　　4 めでたく

中譯　睡過頭，險些遲到了。

解說　本題考「副詞」。選項1是「けわしく」（原形為「険しい」，意為
けわ
「險峻的」）；選項2是「危うく」（差點、險些、總算、幾乎）；選
あや
項3是「あやしく」（原形為「怪しい」，意為「可疑的」）；選項4是
あや
「めでたく」（原形為「めでたい」，意為「可喜可賀的」），正確答
案是選項2。

8 日よう日、デパートを（　ぶらぶら　）していたら、大野先生に会いました。

1　ぶらぶら　　2　ぶつぶつ　　3　つぎつぎ　　4　ぞくぞく

中譯　星期天，在百貨公司閒逛，遇到了大野老師。

解說　本題考「擬聲擬態語＋する」（動詞化）。選項1是「ぶらぶら」（搖晃、閒逛、無所事事）；選項2是「ぶつぶつ」（抱怨、一顆顆）；選項3是「つぎつぎ」（接二連三）；選項4是「ぞくぞく」（打寒顫、哆嗦），正確答案是選項1。

9 _____の言葉に意味がもっとも近いものを、一つ選びなさい。
わたしは外国のことばを勉強するのが好きです。

1　ならぶ　　2　むすぶ　　3　まなぶ　　4　ころぶ

中譯　請選擇一個和_____語彙意義最相近的答案。

我喜歡學習外國的語彙。

解說　本題考漢語動詞「勉強する」，意思是「用功學習、用功讀書、累積經驗」。而四個以「ぶ」結尾的選項，意思分別如下：選項1是「並ぶ」（排、列、比得上）；選項2是「結ぶ」（繫、結）；選項3是「学ぶ」（學習）；選項4是「転ぶ」（跌倒、絆倒）。可和「勉強する」相互替換的，只有選項3「学ぶ」。

10 「そだてる」の使い方として最もよいものを、一つ選びなさい。

1　働きながら子どもをそだてるのは、たいへんなことです。
2　今日はごみをそだてる日なので、朝から忙しいです。
3　赤と白をそだてると、ピンク色になります。
4　コンピューターのことなら、わたしにそだててください。

解說　1　働きながら子どもをそだてるのは、たいへんなことです。（○）
2　今日はごみをそだてる日なので、朝から忙しいです。（X）
→今日はごみを捨てる日なので、朝から忙しいです。（○）
3　赤と白をそだてると、ピンク色になります。（X）
→赤と白を合わせると、ピンク色になります。（○）

4 コンピューターのことなら、わたしにそだててください。 （X）
→コンピューターのことなら、わたしに任せ<ruby>任せ<rt>まか</rt></ruby>てください。 （○）

中譯 就「育<ruby>育<rt>そだ</rt></ruby>てる」（培育、扶養、培養）的使用方法，請選出一個最好的答案。

1 一邊工作一邊養育小孩，是非常辛苦的事情。
2 由於今天是丟垃圾的日子，所以從早上開始就很忙。
3 紅色和白色一混合，就會變成粉紅色。
4 如果是電腦的事情，請交給我。

文法

1 課長<ruby>課長<rt>か ちょう</rt></ruby>が社長<ruby>社長<rt>しゃちょう</rt></ruby>の秘書<ruby>秘書<rt>ひ しょ</rt></ruby>と結婚<ruby>結婚<rt>けっこん</rt></ruby>したと聞<ruby>聞<rt>き</rt></ruby>いて、誰<ruby>誰<rt>だれ</rt></ruby>もが驚<ruby>驚<rt>おどろ</rt></ruby>きを禁<ruby>禁<rt>きん</rt></ruby>じ（ 得<ruby>得<rt>え</rt></ruby>なかった ）。

1 かけなかった 　　　　　　2 かねなかった
3 きれなかった 　　　　　　4 得<ruby>得<rt>え</rt></ruby>なかった

中譯 聽到課長和社長的祕書結婚，不管是誰不禁都大吃一驚。

解說 本題考「名詞＋を禁じ得ない」的用法，意思是「禁不住～、不禁～」，所以「驚<ruby>驚<rt>おどろ</rt></ruby>きを禁<ruby>禁<rt>きん</rt></ruby>じ得<ruby>得<rt>え</rt></ruby>なかった」意思是「不禁大吃一驚」，選項4為正確答案。其餘選項：選項1無此用法；選項2是「～かねない」（恐怕可能會～）；選項3是「～きれない」（不能完全～、～不完）。

2 兄<ruby>兄<rt>あに</rt></ruby>は会社<ruby>会社<rt>かいしゃ</rt></ruby>の社長<ruby>社長<rt>しゃちょう</rt></ruby>だ（ といっても ）、社員<ruby>社員<rt>しゃいん</rt></ruby>は兄<ruby>兄<rt>あに</rt></ruby>だけなんです。

1 といったら 2 といっても 3 といえば 　4 としたら

中譯 雖說哥哥是公司的社長，但員工也只有哥哥而已。

解說 本題考「常體＋といっても」的用法，意思是「雖說～但～」，所以「社長<ruby>社長<rt>しゃちょう</rt></ruby>だといっても」意思是「雖說是社長，但～」，選項2為正確答案。其餘選項：選項1是「といったら」（說到～那可真是～）；選項3是「といえば」（說到～）；選項4是「としたら」（如果～的話）。

3 めんどうだけど、上司の頼み（じょうし）なら引き受ける（たの）（ひ う）（　しかあるまい　）。

1　しかあるまい　　　　　　　　2　こともない

3　だけあるまい　　　　　　　　4　はずもない

中譯 雖然麻煩，但如果是上司的請託，也只能接受吧！

解說 常見的「動詞辭書形＋まい」（不會～吧、絕不～）用來表示「否定意志」，而「しか＋動詞辭書形＋まい」（只能～吧！）則用來表達「堅決只做某動作，或只有某種選擇」。「しかあるまい」為「しかないでしょう」（只能～吧！）的文言用法，所以「引き受けるしかあるまい」意思是「只能接受吧！」，選項1為正確答案。

其餘選項：選項2是「こともない」（不必～、用不著～）；選項3「だけあるまい」無此用法；選項4是「はずもない」（不可能～、不能～）。

4 A「ねえ、あそこにいる眼鏡の女性（めがね）（じょせい）って、佐藤先生（さ とうせんせい）じゃない？」

B「まさか。先生は入院中（せんせい）（にゅういんちゅう）だよ。今（いま）ここに（　いるわけないじゃない　）」

1　いたわけじゃないよ　　　　　2　いないわけじゃないよ

3　いなかったはずじゃない　　　4　いるわけないじゃない

中譯 A「你看，那邊那個戴眼鏡的女性，可不是佐藤老師嗎？」

B「怎麼可能！老師住院中耶！現在不可能在這裡不是嗎？」

解說 本題考「名詞修飾形＋わけがない」的用法，意思是「不可能～」，所以「ここにいるわけ（が）ない」意思是「不可能在這裡」，至於句尾的「じゃない」（不是嗎？）則是用來「反問」，選項4為正確答案。

其餘選項：選項1的「いた」（在）和選項3的「いなかった」（不在）是過去式，和句中的「今（いま）」（現在）時態搭不起來，所以錯誤；選項2是「いないわけじゃないよ」（不可能不在啊），意思恰好相反，所以也不對。

5 この音楽を聴く（　たびに　）、学生時代のことを思い出す。

1　とたんに　　2　たびに　　　3　しだいに　　4　うえに

中譯　每當聽到這個音樂，就會回憶起學生時代的事情。

解說　本題考「〔動詞辭書形／名詞＋の〕＋たび（に）」的用法，意思是「每當～」，選項2為正確答案。其餘選項：選項1是「とたんに」（剛一～就～）；選項3是「しだいに」（逐漸～）；選項4是「うえに」（不僅～而且～）。

6 弟は働きすぎた（　せいで　）、倒れてしまった。

1　わりに　　　2　おかげで　　3　せいで　　　4　といっても

中譯　弟弟因為工作過度，病倒了。

解說　本題考「名詞修飾形＋〔せいで／せいだ／せいか〕」的用法，意思是「因為～、～害的」，所以「働きすぎたせいで」意思是「工作過度害的」，選項3為正確答案。其餘選項：選項1是「わりに」（出乎意料）；選項2是「おかげで」（託～的福）；選項4是「といっても」（雖說～但是～）。

7 あの先生（　ときたら　）話がつまらないので、いつも眠くなってしまう。

1　ともなると　2　ときたら　　3　というなら　4　となったら

中譯　說到那位老師的話，因為上課很無聊，所以總是不由得變得想睡。

解說　本題考「名詞＋ときたら」的用法，意思是「說到～的話、提到～的話」，而且後面會接續不滿的情緒，所以「あの先生ときたら話がつまらないので」意思是「說到那位老師的話，由於上課很無聊，所以～」，選項2為正確答案。其餘選項：選項1是「ともなると」（一旦～的話就會～、到了～情況下就會～）；選項3是「というなら」（如果說～的話）；選項4是「となったら」（如果變成～的話）。

8 　彼はまだ見習い（　にもかかわらず　）、ベテランの係員に指示している。

1　のわりに　　　　　　　　　　2　にかかわらず

3　のもとで　　　　　　　　　　**4　にもかかわらず**

中譯 儘管他還是見習，但卻給資深主管指示。

解說 從本題前半段的「彼はまだ見習い」（他還是見習生），以及後半段提到的「ベテランの係員に指示している」（卻給資深主管指示），得知這一題要考的是「逆態接續」，也就是「常體＋にもかかわらず」（儘管～但是～），選項4為正確答案。其餘選項：選項1是「のわりに」（出乎意料）；選項2是「にかかわらず」（無論～都～）；選項3是「のもとで」（在～之下）。

9 　夫は今（　でこそ　）太ってしまったが、若い頃はスマートでかっこよかった。

1　に限り　　　　**2　でこそ**　　　　3　なしに　　　　4　ところを

中譯 老公雖然現在很胖，但是年輕時又瘦又帥。

解說 本題考「今でこそ＋句子的普通體＋が」的用法，用來表達今昔之差異，中文可翻譯成「雖然現在～但是～」，所以「今でこそ太ってしまったが」意思是「雖然現在很胖，但是～」，選項2為正確答案。其餘選項：選項1是「に限り」（僅限～）；選項3是「なしに」（沒有～）；選項4是「ところを」（正當～的時候）。

10 　今日の会議では今後の経営方針（　をめぐって　）、意見が二つに分かれた。

1　をきっかけに　　　　　　　2　にとって

3　をめぐって　　　　　　　　4　にともなって

中譯 在今天的會議裡，針對日後的經營方針，意見分成二種。

解說 本題考「名詞＋をめぐって」的用法，意思是「圍繞著～、針對～」，所以「経営方針をめぐって」意思是「針對經營方針」，選項3為正確答案。其餘選項：選項1是「をきっかけに」（以～為契機）；選項2是「にとって」（對～來說）；選項4是「にともなって」（伴隨～、隨著～）。

07 天

📝 文字・語彙

1　彼女は可愛いのに<u>意地悪</u>なので、友だちがいません。
　　1　いちあく　　2　いじあく　　3　いちわる　　4　いじわる

2　祖母の家は<u>居心地</u>がいいので、ここにずっといたいです。
　　1　いここち　　2　いごこち　　3　いしんじ　　4　いじんち

3　週末はゆっくり<u>朝寝坊</u>できるので、うれしいです。
　　1　あさねぼう　　　　　　　2　あさねほう
　　3　ちょうしんほ　　　　　　4　ちょうしんぼ

4　<u>ふみきり</u>ではまず止まって、右と左をよく確認しましょう。
　　1　踏み交り　　2　踏み切り　　3　平み交り　　4　平み切り

5　娘は最近、髪を<u>のばし</u>始めました。
　　1　伸ばし　　2　成ばし　　3　長ばし　　4　育ばし

6　今年もまた（　　　　　）優勝だったが、来年こそは優勝したい。
　　1　次　　　　　2　準　　　　　3　副　　　　　4　後

7　サッカーの試合はいつも（　　　　　）にあふれています。
　　1　活動　　　　2　活発　　　　3　活躍　　　　4　活気

8　道路にいきなり猫がとびだしてきて、（　　　　　）しました。
　　1　そっくり　　2　すっきり　　3　びっくり　　4　ゆっくり

9 _____の言葉に意味がもっとも近いものを、一つ選びなさい。

今日の仕事はほぼ終わったので、いつもより早めに帰るつもりです。

1　だいたい　　2　やっと　　　3　すべて　　　4　さっと

10　「範囲」の使い方として最もよいものを、一つ選びなさい。

1　うちから会社までの範囲は五キロぐらいだと思います。

2　地震の被害は広い範囲にわたっているそうです。

3　この会社は新しい範囲に進出する予定です。

4　この町は富士山によって二つの範囲に分かれています。

文法

1　警報が鳴ったか鳴ら（　　　　　　）、大きい地震が発生した。

1　ないかと思うと　　　　　　2　ないかのうちに

3　ないというより　　　　　　4　ないといったら

2　このまま不況が続くと、会社はつぶれる（　　　　　）。

1　かのようだ　　　　　　　2　おそれがある

3　つつある　　　　　　　　4　にすぎない

3　父は明日から九州に出張（　　　　　）。

1　わけだ　　　2　だとか　　　3　ところ　　　4　ことか

4　阿部さんの言うことはいつも理想（　　　　　）。

1　にすぎない　　　　　　　2　でたまらない

3　かのようだ　　　　　　　4　でならない

5 いろいろ悩んだ（　　　　）、彼と別れることにした。
　　1　ついで　　　2　うえは　　　3　かぎり　　　4　あげく

6 まだやり（　　　　）の仕事があるので、今日も残業だ。
　　1　なか　　　　2　のこり　　　3　きり　　　　4　かけ

7 この病気は日本国内（　　　　）、世界中に広がっているそうだ。
　　1　において　　2　にひきかえ　3　にかぎらず　4　にいたらず

8 寝坊して電車に乗り遅れた（　　　　）、会議にも間に合わなかった。
　　1　むけに　　　2　かぎり　　　3　わりに　　　4　あげく

9 たとえ神様（　　　　）、死んだ犬を生き返らせることはできない。
　　1　とか　　　　2　でも　　　3　など　　　　4　よう

10 仕事が忙しすぎて、デモに参加している（　　　　）。
　　1　ものではない　　　　　　2　ものはない
　　3　どころだった　　　　　　4　どころではない

解答

文字・語彙 (每題 5 分)

1	2	3	4	5	6	7	8	9	10
4	2	1	2	1	2	4	3	1	2

文法 (每題 5 分)

1	2	3	4	5	6	7	8	9	10
2	2	2	1	4	4	3	4	2	4

得分 (滿分 100 分)

/100

中文翻譯＋解說

🖋 文字・語彙

1 彼女は可愛いのに意地悪なので、友だちがいません。

　1　いちあく　　2　いじあく　　3　いちわる　　**4　いじわる**

　中譯　她明明很可愛，卻因為使壞，所以沒有朋友。

　解說　本題考な形容詞「意地悪」（使壞、刁難、捉弄、惡作劇）的發音，選
　　　　項4「いじわる」為正確答案，其餘選項都是似是而非的陷阱。要特別
　　　　注意，這裡的「地」要發「じ」；「悪」要發「わる」。

2 祖母の家は居心地がいいので、ここにずっといたいです。

　1　いhere ここち　　**2　いごこち**　　3　いしんじ　　4　いじんち

　中譯　由於祖母家很舒適，所以想一直待在這裡。

　解說　本題考名詞「居心地」（〔處於某場所或地位時的〕心情、感覺、心
　　　　境）的發音，選項2「いごこち」為正確答案，其餘選項都是似是而
　　　　非的陷阱。要特別注意，這裡的「心」要發「ごこ」；「地」要發
　　　　「ち」。

3 週末はゆっくり朝寝坊できるので、うれしいです。

　1　あさねぼう　　　　　　　2　あさねほう

　3　ちょうしんほ　　　　　　　4　ちょうしんぼ

　中譯　由於週末可以好好睡晚點，所以很開心。

　解說　本題考名詞「朝寝坊」（起床晚〔的人〕）的發音，選項1「あさねぼ
　　　　う」為正確答案，其餘選項都是似是而非的陷阱。要特別注意，這裡的
　　　　「朝」要發訓讀的「あさ」而非音讀的「ちょう」；「寝」要發訓讀的
　　　　「ね」而非音讀的「しん」。

4 ふみきりではまず止まって、右と左をよく確認しましょう。

1 踏み交り　　2 踏み切り　　3 平み交り　　4 平み切り

中譯 在平交道要先停下來，然後好好確認右邊和左邊吧！

解說 本題考名詞「ふみきり」的漢字，選項2「踏み切り」是正確答案，意思是「平交道」。

5 娘は最近、髪をのばし始めました。

1 伸ばし　　2 成ばし　　3 長ばし　　4 育ばし

中譯 女兒最近開始留長頭髮了。

解說 本題考動詞「のばす」的漢字，選項1「伸ばす」為正確答案，有「拉長、延長、留長、伸展、發揮、提高」等意思。至於題目中的「伸ばし始めました」是「動詞ます形＋始める」（開始～）的用法，所以意思是「開始留長了」。

6 今年もまた（　準　）優勝だったが、来年こそは優勝したい。

1 次　　2 準　　3 副　　4 後

中譯 今年又是亞軍，但是明年一定要冠軍。

解說 本題考「接頭語」。選項1是「次」（次、下、第二），例如「次年度」（下一年度）；選項2是「準」（準、亞），例如「準会員」（準會員）、「準優勝」（亞軍），為正確答案；選項3是「副」（副），例如「副社長」（副社長）、「副作用」（副作用）；選項4的「後」（後）非接頭語。

7 サッカーの試合はいつも（　活気　）にあふれています。

1 活動　　2 活発　　3 活躍　　4 活気

中譯 足球比賽總是充滿活力。

解說 本題考和「活」這個漢字相關的名詞。選項1是「活動」（活動）；選項2是「活発」（活潑、活躍）；選項3是「活躍」（活躍）；選項4是「活気」（活力、生氣）。由於題目中的「～に溢れています」，意思是「充滿～」、「～滿溢」，所以選項4為最好的答案。

8 道路にいきなり猫がとびだしてきて、（ びっくり ）しました。

1 そっくり　　 2 すっきり　　 **3 びっくり**　　 4 ゆっくり

中譯 貓咪忽然跳到馬路上，嚇了我一跳。

解說 本題考以「AっBり」型的副詞，後面加上「する」後就變成第三類動詞。選項1是「そっくり」（一模一樣）；選項2是「すっきり」（舒暢、暢快）；選項3是「びっくり」（吃驚、嚇一跳）；選項4是「ゆっくり」（慢慢地、從容地），選項3為正確答案。

9 ＿＿＿＿の言葉に意味がもっとも近いものを、一つ選びなさい。
今日の仕事はほぼ終わったので、いつもより早めに帰るつもりです。

1 だいたい　　 2 やっと　　 3 すべて　　 4 さっと

中譯 請選擇一個和＿＿＿＿語彙意義最相近的答案。
由於今天的工作大致完成，所以打算比平常早歸。

解說 本題考副詞「ほぼ」，意思是「幾乎、大略、大致」。選項1是「だいたい」（大致、大體、差不多）；選項2是「やっと」（好不容易、終於）；選項3是「すべて」（一切、全部、所有）；選項4是「さっと」（突然）。可和「ほぼ」相互替換的，只有選項1「だいたい」。

10 「範囲」の使い方として最もよいものを、一つ選びなさい。
1 うちから会社までの範囲は五キロぐらいだと思います。
2 地震の被害は広い範囲にわたっているそうです。
3 この会社は新しい範囲に進出する予定です。
4 この町は富士山によって二つの範囲に分かれています。

解說 1 うちから会社までの範囲は五キロぐらいだと思います。 (X)
→うちから会社までの距離は五キロぐらいだと思います。 (○)
2 地震の被害は広い範囲にわたっているそうです。 (○)
3 この会社は新しい範囲に進出する予定です。 (X)
→この会社は新しい領域に進出する予定です。 (○)
4 この町は富士山によって二つの範囲に分かれています。 (X)
→この町は富士山によって二つの地域に分かれています。 (○)

中譯 就「範囲」（範圍）的使用方法，請選出一個最好的答案。
1　我覺得從家裡到公司的距離大約五公里左右。
2　據說地震的受災範圍很廣。
3　這家公司預定朝新的領域發展。
4　這個城鎮被富士山分為兩個地區。

文法

1　警報が鳴ったか鳴ら（　ないかのうちに　）、大きい地震が発生した。
1　ないかと思うと　　　　　　　2　ないかのうちに
3　ないというより　　　　　　　4　ないといったら

中譯 警報才一響，大地震就發生了。

解說 本題考「〔動詞辭書形 / 動詞た形〕＋か＋〔動詞ない形〕＋かのうち
に」的用法，意思是「一～就～、轉眼之間就～」，要特別注意，此句
型中，前後出現之動詞須一致，所以「警報が鳴ったか鳴らないかのうち
に」意思是「警報才一響～就～」，選項2為正確答案。其餘選項：
選項1一般以「～かと思うと」（剛一～就～）的形式出現；選項3一般
以「～というより」（與其說～不如說～）的形式出現；選項4是一般
以「～といったら」（說到～那可真的是～）的形式出現。

2　このまま不況が続くと、会社はつぶれる（　おそれがある　）。
1　かのようだ　　　　　　　　　2　おそれがある
3　つつある　　　　　　　　　　4　にすぎない

中譯 再這樣持續不景氣的話，公司有可能倒閉。

解說 本題考「〔動詞辭書形 / 名詞＋の〕＋おそれがある」的用法，意思是
「有可能～、恐怕～、有～之虞」，所以「つぶれるおそれがある」意
思是「有可能倒閉」，選項2為正確答案。其餘選項：選項1是「かのよ
うだ」（就像～一樣）；選項3是「つつある」（〔事物〕正在～）；
選項4是「にすぎない」（只不過是～）。

3 父は明日から九州に出張（　だとか　）。

1　わけだ　　　**2　だとか**　　　3　ところ　　　4　ことか

中譯　聽說父親明天開始要到九州出差。

解說　本題考「常體＋とか」的用法，用來表示不是很確定的傳聞，意思是「聽說～」，所以「九州に出張<u>だとか</u>」意思是「聽說要去九州出差」，選項2為正確答案。其餘選項：選項1是「わけだ」（因為～、換言之～、難怪～）；選項3一般以「～ところに／ところへ／ところを」（正當～時候）的形式出現；選項4是「ことか」（多麼～啊）。

4 阿部さんの言うことはいつも理想（　にすぎない　）。

1　にすぎない　　　　　　　2　でたまらない

3　かのようだ　　　　　　　4　でならない

中譯　阿部先生說的事情總只不過是理想而已。

解說　本題考「動詞常體／い形容詞／な形容詞／名詞＋にすぎない」的用法，意思是「只不過是～」，所以「理想<u>にすぎない</u>」意思是「只不過是理想」，選項1為正確答案。其餘選項：選項2是「でたまらない」（～得受不了）；選項3是「かのようだ」（就像～一樣）；選項4是「でならない」（不由得～、不禁～）。

5 いろいろ悩んだ（　あげく　）、彼と別れることにした。

1　ついで　　　2　うえは　　　3　かぎり　　　**4　あげく**

中譯　左思右想，最後決定要和男朋友分手。

解說　本題考「〔動詞た形／名詞＋の〕＋あげく」的用法，意思是「～到最後」，且此最後得到的結果都是不好的，所以「悩んだあげく」意思是「煩惱到最後～」，選項4為正確答案。其餘選項：選項1一般以「ついでに」（順便～）的形式出現；選項2是「うえは」（既然～就一定要～）；選項3是「かぎり」（只要～就～）。

6 まだやり（ かけ ）の仕事（しごと）があるので、今日も残業（きょう ざんぎょう）だ。

1 なか　　　　2 のこり　　　　3 きり　　　　4 かけ

中譯 由於還有做到一半的工作，所以今天也要加班。

解說 本題考「〔動詞ます形〕＋〔かける / かけの〕」的用法，意思是「～到一半、差點～」，所以「やりかけの仕事（しごと）」意思是「做到一半的工作」，選項4為正確答案。其餘選項：選項1是「なか」（裡面）；選項2是「残（のこ）り」（剩餘）；選項3是「きり」（僅～）。

7 この病気（びょうき）は日本国内（にほんこくない）（ にかぎらず ）、世界中（せかいじゅう）に広（ひろ）がっているそうだ。

1 において　　2 にひきかえ　　3 にかぎらず　　4 にいたらず

中譯 據說這種病不只日本國內，也在世界各地蔓延中。

解說 本題考「名詞＋にかぎらず」的用法，意思是「不只～、不僅～」，所以「日本国内（にほんこくない）にかぎらず」意思是「不只日本國內」，選項3為正確答案。其餘選項：選項1是「において」（在～）；選項2是「にひきかえ」（和～相反、與～不同）；選項4是「にいたらず」（未到達～、不至於～）。

8 寝坊（ねぼう）して電車（でんしゃ）に乗（の）り遅（おく）れた（ あげく ）、会議（かいぎ）にも間（ま）に合（あ）わなかった。

1 むけに　　　　2 かぎり　　　　3 わりに　　　　4 あげく

中譯 睡過頭沒趕上電車，結果連開會也來不及了。

解說 本題考「〔動詞た形 / 名詞＋の〕＋あげく」的用法，意思是「～的結果、～到最後」，且此最後得到的結果都是不好的，所以「乗（の）り遅（おく）れたあげく」意思是「沒趕上電車，結果～」，選項4為正確答案。其餘選項：選項1是「むけに」（針對～、專為～）；選項2是「かぎり」（只要～就～）；選項3是「わりに」（但卻～、出乎意料）。

9 たとえ神様（ でも ）、死んだ犬を生き返らせることはできない。

1 とか　　　　　**2 でも**　　　　　3 など　　　　　4 よう

中譯 就算是神仙，也無法讓死去的狗復生。

解説 本題考「名詞＋で＋も」的用法，意思是「就算～也～」，用於逆態接續，所以「たとえ神様でも」意思是「即使是神仙，也～」，選項2為正確答案。其餘選項：選項1一般以「～とか～とか」（～啦～啦）的形式出現，用來表示列舉；選項3是「など」（～等等、～之類的）；選項4的「よう」（好像）無法直接接續在名詞之後，須以「名詞修飾形＋よう」的形式出現。

10 仕事が忙しすぎて、デモに参加している（ どころではない ）。

1 ものではない　　　　　　　　2 ものはない

3 どころだった　　　　　　　　**4 どころではない**

中譯 工作太忙，所以哪能參加示威遊行。

解説 本題考「〔動詞辭書形／名詞〕＋どころではない」的用法，意思是「哪能～、不是～的時候」，用來表示強烈的否定，所以「デモに参加しているどころではない」意思是「哪是參加示威遊行的時候」，選項4為正確答案。其餘選項：選項1是「ものではない」（不應該～、不要～）；選項2一般以「～ほど～ものはない」（沒有比～更～）的形式出現；選項3一般以「ところだった」（差一點～、險些～）的形式出現。

08 天

📝 文字・語彙

1 間に合わないので、<u>至急</u>こちらに送ってください。
1　しきゅう　　2　しっきゅう　3　じきゅう　　4　じっきゅう

2 この試験に合格したら、みんなで<u>祝い</u>ましょう。
1　いのい　　　2　いわい　　　3　ねがい　　　4　ねむい

3 駅の<u>待合室</u>に行くたびに、昔の彼のことを思い出す。
1　まつごうしつ　　　　　　2　まつあいしつ
3　まちごうしつ　　　　　　4　まちあいしつ

4 老後は田舎で畑を<u>たがやし</u>ながら、のんびり暮らしたいです。
1　育し　　　　2　作し　　　　3　耕し　　　　4　造し

5 将来のことで<u>まよった</u>ときは、いつも父に相談します。
1　困った　　2　誤った　　3　疑った　　4　迷った

6 今日は風邪（　　　　　）なので、休ませてください。
1　がち　　　　2　ぎみ　　　　3　ぎり　　　　4　ぶり

7 このケーキは甘くて（　　　　　）で、とてもおいしいです。
1　はきはき　　2　うろうろ　　3　ゆうゆう　　4　ふわふわ

8 今回の失敗は（　　　　　）に彼の責任だ。
1　あきらか　　2　たいら　　　3　あらた　　　4　なごやか

9 _____ の言葉に意味がもっとも近いものを、一つ選びなさい。

中に割れやすいものが入っているので、慎重に運んでください。

1 きゅうに　　　　　　　　2 忘れないで

3 しずかに　　　　　　　　4 よく注意して

10 「行方」の使い方として最もよいものを、一つ選びなさい。

1 大きな台風は行方をかえたので、よかったです。

2 すみません、東京駅への行方を教えてください。

3 犯人の行方は今もまだ分からないそうです。

4 行方を達成するために、もっと努力しなければなりません。

文法

1 結婚してからは、映画（　　　　　）ほとんど見に行っていません。

1 なんて　　　2 ばかり　　　3 でさえ　　　4 くらい

2 事故現場から判断（　　　　　）、犯人はあっちへ逃げたようだ。

1 ともに　　　2 だけは　　　3 すると　　　4 として

3 フランスには甘いお菓子（　　　　）おいしい食べ物がたくさんある。

1 をもとに　　2 をはじめ　　3 をめぐり　　4 をこめて

4 受かるかどうか（　　　　　）、やってみる価値はある。

1 はもちろん　2 もかまわず　3 のもとで　　4 はともかく

5 うれしさ（　　　　）、母も姉も泣き出してしまいました。
　　1　とおりに　　2　のあまり　　3　しだいで　　4　のように

6 給料が上がる（　　　　）、責任も重くなるのは当然のことだ。
　　1　とともに　　2　としても　　3　にしては　　4　にしたら

7 みんなの予想（　　　　）、いつも弱いうちのチームが優勝した。
　　1　にもとづいて　　　　　　　　2　にわたって
　　3　にくわえて　　　　　　　　　4　にはんして

8 寝ようと思った（　　　　）、電話が鳴った。
　　1　通じて　　2　矢先に　　3　反面　　4　挙句に

9 彼はいつも考えるだけで、実行するまでには（　　　　）。
　　1　至らない　　2　応じない　　3　限りない　　4　関わりない

10 人生は一度（　　　　）なのだから、やりたいことはやったほ
　　うがいい。
　　1　こと　　　　2　きり　　　　3　もの　　　　4　わけ

解答

文字・語彙（每題5分）

1	2	3	4	5	6	7	8	9	10
1	2	4	3	4	2	4	1	4	3

文法（每題5分）

1	2	3	4	5	6	7	8	9	10
1	3	2	4	2	1	4	2	1	2

得分（滿分100分）

/100

中文翻譯＋解說

文字・語彙

1 間に合わないので、至急こちらに送ってください。

　　1 しきゅう　　　2 しっきゅう　　3 じきゅう　　　4 じっきゅう

中譯 由於來不及了，請火速送到這裡。

解說 本題考副詞「至急」（趕快、火速）的發音，選項1「しきゅう」為正確答案，其餘選項都是似是而非的陷阱。

2 この試験に合格したら、みんなで祝いましょう。

　　1 いのい　　　　　2 いわい　　　　3 ねがい　　　　4 ねむい

中譯 若考過這個考試，大家一起慶祝吧！

解說 本題考和語動詞「祝う」（慶祝、慶賀、祝賀）的發音，選項2「いわい」為正確答案。其餘選項：選項1無此字；選項3是名詞「願い」（願望）；選項4是い形容詞「眠い」（想睡覺的）。

3 駅の待合室に行くたびに、昔の彼のことを思い出す。

　　1 まつごうしつ　　　　　　2 まつあいしつ

　　3 まちごうしつ　　　　　　4 まちあいしつ

中譯 每當去車站的候車室時，就會想起以前的男朋友。

解說 本題考名詞「待合室」（等候室）的發音，選項4「まちあいしつ」為正確答案，其餘都是似是而非的陷阱。要特別注意，這裡的「待」要發名詞的「まち」而非動詞的「まつ」；「合」要發訓讀的「あい」而非音讀的「ごう」。

4 老後は田舎で畑を<u>たがやし</u>ながら、のんびり暮らしたいです。

　1　育し　　　　2　作し　　　　**3　耕し**　　　　4　造し

中譯 晚年想在鄉下一邊耕種、一邊悠閒度日。

解說 本題考動詞「たがやす」的漢字，也就是「耕す」（耕），選項3為正確答案。其餘選項1、2、4均無此字。

5 将来のことで<u>まよった</u>ときは、いつも父に相談します。

　1　困った　　　2　誤った　　　3　疑った　　　**4　迷った**

中譯 對未來感到迷惘時，總是找父親商量。

解說 本題考動詞「まよう」的漢字，也就是「迷う」（迷失、猶豫、迷戀），選項4為正確答案。其餘選項：選項1的原形是「困る」（感覺困難、難受、苦惱、窮困）；選項2的原形是「誤る」（錯誤、犯錯）；選項3的原形是「疑う」（懷疑）。

6 今日は風邪（　ぎみ　）なので、休ませてください。

　1　がち　　　　**2　ぎみ**　　　　3　ぎり　　　　4　ぶり

中譯 由於今天覺得有點感冒，所以請讓我休假。

解說 本題考以「〔動詞ます形／名詞〕＋接尾詞」形式出現的「接尾詞」。選項1是「がち」（常常～、動不動就～），例如「病気がち」（動不動就生病）；選項2是「ぎみ」（覺得有點～），例如「風邪ぎみ」（覺得有點感冒）；選項3非接尾詞；選項4是「ぶり」（～樣子、～狀況、隔～），例如「話し振り」（講話的樣子）、「五年振り」（隔五年），正確答案是選項2。

7 このケーキは甘くて（　ふわふわ　）で、とてもおいしいです。

　1　はきはき　　2　うろうろ　　3　ゆうゆう　　**4　ふわふわ**

中譯 這個蛋糕甜甜的、鬆鬆軟軟的，非常好吃。

解說 本題考「擬聲擬態語」。選項1是「はきはき」（爽快、活潑有精神）；選項2是「うろうろ」（徬徨、慌張失措）；選項3是「ゆうゆう」（悠悠、不慌不忙、從容不迫）；選項4是「ふわふわ」（輕飄飄、鬆軟貌），正確答案是選項4。

8 今回の失敗は（　あきらか　）に彼の責任だ。

1 **あきらか**　　　2 たいら　　　　3 あらた　　　　4 なごやか

中譯 這次的失敗明顯是他的責任。

解說 本題考「な形容詞」。選項1是「明らか」（明亮、清楚）；選項2是「平ら」（平坦）；選項3是「新た」（新、重新）；選項4是「和やか」（和睦、和諧）。當「な形容詞」後面接續「に」時會成為「副詞」，選項1成為「明らかに」（顯著地、明顯地）為正確答案。

9 _____の言葉に意味がもっとも近いものを、一つ選びなさい。
中に割れやすいものが入っているので、慎重に運んでください。

1 きゅうに　　2 忘れないで　　3 しずかに　　　**4 よく注意して**

中譯 請選擇一個和_____語彙意義最相近的答案。

由於裡面放著易碎品，所以請小心搬運。

解說 本題考な形容詞「慎重」（慎重、小心謹慎），當後面接續動詞時，加上「に」成為副詞，意思是「慎重地」。選項1是「急に」（突然、忽然）；選項2是「忘れないで」（不要忘記）；選項3是「静かに」（安靜地）；選項4是「よく注意して」（好好注意）。可和「慎重に」相互替換的，只有選項4「よく注意して」。

10 「行方」の使い方として最もよいものを、一つ選びなさい。
1 大きな台風は行方をかえたので、よかったです。
2 すみません、東京駅への行方を教えてください。
3 **犯人の行方は今もまだ分からないそうです。**
4 行方を達成するために、もっと努力しなければなりません。

解說 1 大きな台風は行方をかえたので、よかったです。（X）
→大きな台風は方向を変えたので、よかったです。（○）
2 すみません、東京駅への行方を教えてください。（X）
→すみません、東京駅への行き方を教えてください。（○）
3 **犯人の行方は今もまだ分からないそうです。（○）**

天

4　行方を達成するために、もっと努力しなければなりません。
　　（X）
→目標を達成するために、もっと努力しなければなりません。
　　（○）

中譯　就「行方」（去向、目的地、行蹤、前途）的使用方法，請選出一個最好的答案。

1　由於大型颱風改變方向，太好了。
2　不好意思，請告訴我到東京車站的去法。
3　據說歹徒的行蹤至今未明。
4　為了達到目標，非更努力不可。

文法

1　結婚してからは、映画（　なんて　）ほとんど見に行っていません。

1　なんて　　　　2　ばかり　　　　3　でさえ　　　4　くらい

中譯　自從結婚以後，電影什麼的幾乎沒去看。

解說　本題考「名詞＋〔など／なんか／なんて〕」的用法，意思是「～等等、～什麼的、～之類的」，所以「映画なんて」意思是「電影什麼的」，選項1為正確答案。其餘選項：選項2是「ばかり」（光～、僅～）；選項3是「でさえ」（甚至連～），用來「舉出極端的例子，表示其他更不用提了」；選項4是「くらい」（～之類的），用來表示「輕視、沒有什麼了不起、微不足道」。

2　事故現場から判断（　すると　）、犯人はあっちへ逃げたようだ。

1　ともに　　　2　だけは　　　　3　すると　　　4　として

中譯　從事故現場判斷的話，兇手好像逃到那邊了。

解說　「動詞辭書形＋と」的意思多元，包含「一～就～」（表必然的結果）、「～的話，就～」（表假定條件）、「～後」（表連續）等，所以「事故現場から判断すると」意思是「從事故現場判斷的話」，選項3為正確答案。其餘選項：選項1是「共に」（一起）；選項2一般以

「～だけは～が、～は」（雖然該～的也～了，但是～）的形式出現；選項4是「として」（以～來說、作為～）。

3 フランスには甘いお菓子（ をはじめ ）おいしい食べ物がたくさんある。

1 をもとに   2 をはじめ   3 をめぐり   4 をこめて

中譯 在法國以甜點為首，有很多好吃的食物。

解説 本題考「名詞＋をはじめ」的用法，意思是「以～為首、除了～之外還有～」，所以「甘いお菓子をはじめ」意思是「以甜點為首」，選項2為正確答案。其餘選項：選項1是「をもとに」（以～為基準）；選項3是「をめぐり」（圍繞著～）；選項4是「をこめて」（充滿～、傾注～）。

4 受かるかどうか（ はともかく ）、やってみる価値はある。

1 はもちろん   2 もかまわず   3 のもとで   4 はともかく

中譯 先不管考不考得上，有試試看的價值。

解説 本題考「名詞＋はともかく」的用法，意思是「姑且不論～、先不管～」，所以「受かるかどうかはともかく」意思是「先不管考不考得上」，選項4為正確答案。其餘選項：選項1是「はもちろん」（自不待言）；選項2是「もかまわず」（不顧～）；選項3是「のもとで」（在～之下）。

5 うれしさ（ のあまり ）、母も姉も泣き出してしまいました。

1 とおりに   2 のあまり   3 しだいで   4 のように

中譯 因為太過高興，不管媽媽還是姊姊都不由得哭了出來。

解説 本題考「〔動詞辭書形／動詞た形／な形容詞＋な／名詞＋の〕＋あまり」的用法，意思是「太過～、過於～」，所以「うれしさのあまり」意思是「太過高興」，選項2為正確答案。其餘選項：選項1是「とおりに」（正如～、按照～）；選項3是「しだいで」（全憑～、取決於～）；選項4是「のように」（像～一樣）。

6 給料が上がる（　とともに　）、責任も重くなるのは当然のことだ。

1　とともに　　　2　としても　　　3　にしては　　　4　にしたら

中譯 加薪的同時，責任也變重是理所當然的事。

解說 本題考「〔動詞辭書形／名詞〕＋とともに」的用法，意思是「與～的同時」，所以「上がるとともに」意思是「提高的同時」，選項1為正確答案。其餘選項：選項2是「としても」（即使～也～）；選項3是「にしては」（以～而言、照～來說）；選項4是「にしたら」（站在～的立場、從～角度來說）。

7 みんなの予想（　にはんして　）、いつも弱いうちのチームが優勝した。

1　にもとづいて　　　　　　　　2　にわたって

3　にくわえて　　　　　　　　　4　にはんして

中譯 和大家的預測相反，總是孱弱的我方隊伍獲勝了。

解說 本題考「名詞＋に半して」的用法，意思是「和～相反」，所以「予想に半して」意思是「和預測相反」，選項4為正確答案。其餘選項：選項1是「に基づいて」（基於～、根據～）；選項2是「にわたって」（持續～、長達～、經歷～）；選項3是「～に加えて」（再加上～）。

8 寝ようと思った（　矢先に　）、電話が鳴った。

1　通じて　　　2　矢先に　　　3　反面　　　4　挙句に

中譯 才剛想去睡，電話就響了。

解說 本題考「動詞た形＋矢先に」的用法，意思是「才剛～就～、正要～的時候」，所以「寝ようと思った矢先に」意思是「才剛想去睡，～」，選項2為正確答案。其餘選項：選項1一般以「～を通じて」（透過～）的形式出現；選項3是「反面」（另一方面、相反地）；選項4一般以「挙句」（最後～、結果卻～）的形式出現。

9 彼はいつも考えるだけで、実行するまでには（　至らない　）。
1　至らない　　　2　応じない　　　3　限りない　　　4　関わりない

中譯 他總是只有思考，沒有到達實行的地步。

解說 本題考「〔動詞辭書形 / 名詞〕＋に至る」的用法，意思是「到達～、達到～、發展到～的地步」，所以「実行するまでには至らない」意思是「未發展到實行的地步」，選項1為正確答案。其餘選項：選項2一般以「に応じて」（依～）的形式出現；選項3一般以「ない限り」（只要不～）的形式出現；選項4一般以「にかかわらず」（無論～、不管～）的形式出現。

10 人生は一度（　きり　）なのだから、やりたいことはやったほうがいい。
1　こと　　　　　2　きり　　　　　3　もの　　　　　4　わけ

中譯 因為人生只有一次，所以想做的事情去做比較好。

解說 「きり」有二種用法，一是「動詞た形＋きり」（之後就一直～），二是「〔動詞辭書形 / 動詞た形 / 名詞〕＋きり」（只有～）。本題考第二種用法，所以「人生は一度きり」意思是「人生只有一次」，選項2為正確答案。其餘選項1、3、4用法複雜，和本題無關，故不贅述。

📝 文字・語彙

1 この<u>粉薬</u>はご飯を食べたあとに飲みます。
　　1　こやく　　　2　ふんやく　　　3　こなくすり　4　こなぐすり

2 佐藤さんは外国人に<u>盆踊り</u>を教えるのが上手です。
　　1　ほんおどり　2　ぼんおどり　3　ほんおとり　4　ぼんおとり

3 駅前のスーパーは明日から<u>大安売り</u>が始まります。
　　1　おおあんうり　　　　　　　2　おおやすうり
　　3　だいあんうり　　　　　　　4　だいやすうり

4 最近の<u>わかもの</u>は人と交流するのが苦手だそうだ。
　　1　若人　　　　2　若者　　　　3　軽人　　　　4　軽者

5 昨日、夢の中で<u>ころしや</u>に殺されそうになりました。
　　1　殺し人　　　2　殺し手　　　3　殺し屋　　　4　殺し家

6 どんなに努力しても、阿部さんには追い（　　　　）。
　　1　かけません　2　つきません　3　だしません　4　こしません

7 何時間も話し合ったのに、（　　　　）は出ませんでした。
　　1　結果　　　　2　結論　　　3　決意　　　　4　決心

8 この雪が（　　　）ころ、きれいな花がたくさん咲きます。
　　1　なげた　　　2　とけた　　　3　にげた　　　4　ぬけた

9 _____ の言葉に意味がもっとも近いものを、一つ選びなさい。
使ったものは、きちんと元の場所に戻してください。
　1　しいんと　　2　せっせと　　3　さっさと　　4　ちゃんと

10 「方針」の使い方として最もよいものを、一つ選びなさい。
　1　ステーキを上手に焼く方針を教えてください。
　2　今年の方針は日本語能力試験の N2 に合格することです。
　3　台風の方針がそれたので、被害はありませんでした。
　4　社長がかわったので、会社の経営方針が新しくなります。

📟 文法

1 妻は毎朝わたしのために、心（　　　　）弁当を作ってくれる。
　1　によって　　2　につれて　　3　をこめて　　4　をいれて

2 父は帰宅時間が遅いので、いつも一人（　　　　）で食事をする。
　1　ほど　　　　2　きり　　　　3　こそ　　　　4　がち

3 自分で食べた食器（　　　　）、自分で洗いなさい。
　1　ばかり　　　2　でさえ　　　3　ぐらい　　　4　ほどは

4 アンケートの結果（　　　　）、たくさんの問題が明らかになった。
　1　において　　2　につれて　　3　にくらべて　4　にかわって

5 ただいま消毒中（　　　　）、中には入れません。
　1　にかけて　　2　につき　　　3　にせよ　　　4　にそって

6 日本では子ども（　　　　　）、大人もアニメや漫画が好きだ。
　　1　というものは　　　　　　　　2　にかかわらず
　　3　のもとで　　　　　　　　　　4　にかぎらず

7 このラーメン屋は有名（　　　　　）、いつも混んでいる。
　　1　はもとより　　　　　　　　　2　はともかく
　　3　なだけあって　　　　　　　　4　もかまわず

8 祖父はパソコンもスマホも上手に使い（　　　　　）。
　　1　かねる　　　2　めぐる　　　3　こたえる　　4　こなせる

9 試合に（　　　　　）、いくつか注意してほしいことをお話しします。
　　1　先立ち　　　2　従い　　　3　対し　　　4　限り

10 娘はもう三十才を過ぎたのに、まだ子ども（　　　　　）困る。
　　1　がちで　　　2　ぎみで　　　3　っぽくて　　4　だらけで

解答

文字・語彙（每題 5 分）

1	2	3	4	5	6	7	8	9	10
4	2	2	2	3	2	2	2	4	4

文法（每題 5 分）

1	2	3	4	5	6	7	8	9	10
3	2	3	1	2	4	3	4	1	3

得分（滿分 100 分）

/100

09
天

中文翻譯＋解說

🖋 文字・語彙

1 この粉薬はご飯を食べたあとに飲みます。

  1　こやく　　　2　ふんやく　　3　こなくすり　**4　こなぐすり**

中譯 這藥粉是飯後服用。

解說 本題考「名詞」的發音。雖然漢字「粉」的發音有「こ」、「ふん」、「こな」三種；漢字「藥」的發音有「やく」、「くすり」二種，但「粉薬」（藥粉）的發音固定是「こなぐすり」（注意！「薬」要發濁音「ぐすり」），答案為選項4。

2 佐藤さんは外国人に盆踊りを教えるのが上手です。

  1　ほんおどり　**2　ぼんおどり**　3　ほんおとり　4　ぼんおとり

中譯 佐藤小姐很會教外國人跳盂蘭盆舞。

解說 「盆踊り」（盂蘭盆舞）是日本在「お盆／盂蘭盆」（盂蘭盆節）時男女老少聚集在廣場跳的「踊り」（舞蹈），固定唸法就是「ぼんおどり」，選項2為正確答案。

3 駅前のスーパーは明日から大安売りが始まります。

  1　おおあんうり　　　　　　　　**2　おおやすうり**

  3　だいあんうり　　　　　　　　4　だいやすうり

中譯 車站前的超級市場從明天開始大減價。

解說 本題考生活用語「大安売り」的發音。「大安売り」（大減價）由接頭語「大」（大）以及名詞「安売り」（便宜賣）所組成，固定唸法就是「おおやすうり」，選項2為正確答案。要特別注意，此字中的「大」要唸訓讀的「おお」，而非音讀的「だい」。

4 最近のわかものは人と交流するのが苦手だそうだ。

1 若人　　　　2 若者　　　　3 軽人　　　　4 軽者

中譯 據說最近的年輕人不擅長與人交流。

解說 本題考「漢字」。「わかもの」的漢字是「若者」，意思是「年輕人」，選項2為正確答案。其餘選項：選項1是「若人」（年輕人）；選項3和選項4無此字。

5 昨日、夢の中でころしやに殺されそうになりました。

1 殺し人　　　2 殺し手　　　3 殺し屋　　　4 殺し家

中譯 昨天在夢中像是差一點被職業殺手給殺了。

解說 本題考「漢字」。「ころしや」的漢字是「殺し屋」，意思是「職業殺手」，選項3為正確答案。附帶一提，「屋」是「接尾語」，有二種用法：一表示「擁有該性格或特質的人物」，例如「寂しがり屋」（容易覺得寂寞的人）或「頑張り屋」（努力的人）；一表示「經營該事業的店家」，例如「八百屋」（蔬果店）、「本屋」（書店）或是本題的「殺し屋」。

6 どんなに努力しても、阿部さんには追い（ つきません ）。

1 かけません　2 つきません　3 だしません　4 こしません

中譯 再怎麼努力也追不上阿部同學。

解說 本題考「複合動詞」，句型是「動詞ます形＋動詞」，也就是用後面的那個動詞，讓前面的動詞增添更多意義，例如本題的「追いつきません」（追不上）即是，選項2為正確答案。其餘選項：選項1是「追いかけません」（不追趕）；選項3是「追い出しません」（不驅逐出去）；選項4是「追い越しません」（不趕過～）。

7 何時間も話し合ったのに、（ 結論 ）は出ませんでした。

1 結果　　　　2 結論　　　　3 決意　　　　4 決心

中譯 儘管都商量好幾個小時了，結論還是沒出來。

解說 本題考「名詞」。選項1是「結果」（結果）；選項2是「結論」（結論）；選項3是「決意」（決心）；選項4是「決心」（決心），正確答案是選項2。

8 この雪が（ とけた ）ころ、きれいな花がたくさん咲きます。

1 なげた　　　2 とけた　　　3 にげた　　　4 ぬけた

中譯 這雪融化了的時候，就會有許多美麗的花朵綻放。

解說 本題考「動詞」。選項1是「投げた」（投了）；選項2是「解けた」（融化了）；選項3是「逃げた」（逃跑了）；選項4是「抜けた」（脫落了、漏掉了、消失了），正確答案是選項2。

9 ＿＿＿＿の言葉に意味がもっとも近いものを、一つ選びなさい。
使ったものは、きちんと元の場所に戻してください。

1 しいんと　　2 せっせと　　3 さっさと　　4 ちゃんと

中譯 請選擇一個和＿＿＿＿語彙意義最相近的答案。
用完的東西，請確實歸回原位。

解說 本題考「副詞」。題目中的「きちんと」意思是「整整齊齊、準時、好好地」，而選項1是「しいんと」（靜悄悄地）；選項2是「せっせと」（孜孜不倦地、拚命地）；選項3是「さっさと」（迅速地、痛快地）；選項4是「ちゃんと」（規規矩矩地、確實地、好好地），所以可以替換的只有選項4。

10 「方針」の使い方として最もよいものを、一つ選びなさい。

1 ステーキを上手に焼く方針を教えてください。

2 今年の方針は日本語能力試験の N2 に合格することです。

3 台風の方針がそれたので、被害はありませんでした。

4 社長がかわったので、会社の経営方針が新しくなります。

解説 1 ステーキを上手に焼く方針を教えてください。 （X）
　　→ステーキを上手に焼く方法を教えてください。 （○）

2 今年の方針は日本語能力試験のN2に合格することです。 （X）
　　→今年の目標は日本語能力試験のN2に合格することです。 （○）

3 台風の方針がそれたので、被害はありませんでした。 （X）
　　→台風の方向がそれたので、被害はありませんでした。 （○）

4 社長がかわったので、会社の経営方針が新しくなります。 （○）

中譯 就「方針」（方針）的使用方法，請選出一個最好的答案。

1 請教我把牛排烤得好吃的方法。

2 今年的目標是考過日本語能力測驗N2。

3 颱風的方向偏離了，所以沒有損失。

4 由於社長換人了，所以公司的經營方針會更新。

文法

1 妻は毎朝わたしのために、心（　をこめて　）弁当を作ってくれる。

1 によって　　2 につれて　　3 をこめて　　4 をいれて

中譯 太太每天早上為了我，用心為我做便當。

解説 本題考「名詞＋をこめて」的用法，意思是「傾注〜、充滿〜」，所以「心をこめて」意思是「用心」，選項3為正確答案。其餘選項：選項1是「によって」（根據〜、透過〜、因〜）；選項2是「につれて」（隨著〜）；選項4是「をいれて」（放入〜）。

2 父は帰宅時間が遅いので、いつも一人（　きり　）で食事をする。

1　ほど　　　　　**2　きり**　　　　　3　こそ　　　　　4　がち

中譯　父親由於回家時間晚，所以總是只有一個人吃飯。

解說　「きり」有二種用法，一是「動詞た形＋きり」（之後就一直～），二
　　　是「〔動詞辭書形／動詞た形／名詞〕＋きり」（只有～）。本題考第
　　　二種用法，所以「一人きりで」意思是「只有一個人的狀態」，選項2
　　　為正確答案。其餘選項：選項1是「ほど」（表示「程度」）；選項3是
　　　「こそ」（正是、就是、才是）；選項4是「がち」（常常～、動不動
　　　就～）。

3 自分で食べた食器（　ぐらい　）、自分で洗いなさい。

1　ばかり　　　　2　でさえ　　　　**3　ぐらい**　　　　4　ほどは

中譯　不就是自己用過的餐具之類的，自己洗！

解說　本題考「〔動詞辭書形／い形容詞／名詞〕＋〔くらい／ぐらい〕」的
　　　用法。其用法有二，一個和「ほど」相同，用來表示「程度」，中文可
　　　翻譯成「到～程度」；另一個用來表示「輕視、沒有什麼了不起、微不
　　　足道」，中文可翻譯成「不就是～之類的」。本題考第二種用法，所以
　　　「食器ぐらい」意思是「不就是餐具之類的」，選項3為正確答案。其
　　　餘選項：選項1是「ばかり」（光～、僅～）；選項2是「でさえ」（甚
　　　至連～），用來「舉出極端的例子，表示其他更不用提了」；選項4是
　　　「ほどは」（到～程度）。

4 アンケートの結果（　において　）、たくさんの問題が明らかになった。

1　において　　　2　につれて　　　3　にくらべて　　　4　にかわって

中譯　在問卷調查的結果中，許多問題都變得明朗了。

解說　本題考「名詞＋〔において／における〕」的用法，意思是「在～、
　　　於～」，用來表示在某個場合、場景、領域、時代、期間等進行某件事
　　　情或存在某種情況，所以「アンケートの結果において」意思是「在問
　　　卷調查的結果中」，選項1為正確答案。其餘選項：選項2是「につれ
　　　て」（隨著～）；選項3是「にくらべて」（與～相比）；選項4是「に
　　　かわって」（代替～）。

5 ただいま消毒中（　につき　）、中には入れません。

1　にかけて 　　2　につき 　　　 3　にせよ 　　　 4　にそって

中譯 由於現在正在消毒，所以不能進到裡面。

解說 本題考「名詞＋につき」，用來表示原因，中文可翻譯成「由於～」，所以「消毒中につき」意思是「由於正在消毒」，選項2為正確答案。其餘選項：選項1一般以「にかけては」（在～方面、在～領域）的形式出現；選項3一般以「～にせよ～にせよ」（無論～還是～）的形式出現；選項4是「にそって」（沿著～、按照～）。

6 日本では子ども（　にかぎらず　）、大人もアニメや漫画が好きだ。

1　というものは 　　　　　　　 2　にかかわらず

3　のもとで 　　　　　　　　 4　にかぎらず

中譯 在日本，不只是小孩，連大人也喜歡動畫或漫畫。

解說 本題考「名詞＋に限らず」的用法，意思是「不只～」，所以「子どもにかぎらず」意思是「不只是小孩」，選項4為正確答案。其餘選項：選項1是「というものは」（像～這種東西）；選項2是「にかかわらず」（無論～）；選項3是「のもとで」（在～之下）。

7 このラーメン屋は有名（　なだけあって　）、いつも混んでいる。

1　はもとより 　　　　　　　 2　はともかく

3　なだけあって 　　　　　　 4　もかまわず

中譯 這家拉麵店正因為有名，所以總是擠滿人。

解說 本題考「名詞修飾形＋〔だけに／だけあって〕」的用法，意思是「正因為是～」，用來強調原因，所以「有名なだけあって」意思是「正因為有名」，選項3為正確答案。請注意，「有名」為な形容詞，所以後面接續「だけあって」時，要變成名詞修飾形「有名な」。其餘選項：選項1是「はもとより」（自不待言）；選項2是「はともかく」（暫且不談～）；選項3是「もかまわず」（不在意～、無視～、不顧～）。

8 祖父はパソコンもスマホも上手に使い（　こなせる　）。

　　1　かねる　　　　2　めぐる　　　　3　こたえる　　　**4　こなせる**

　中譯　祖父不管電腦還是智慧型手機，都能高明地運用自如。

　解說　本題考「動詞ます形＋こなす」的用法，意思是「～自如」，所以「使いこなせる」意思是「能運用自如」，選項4為正確答案。其餘選項：選項1是「～かねる」（難以～）；選項2一般以「をめぐる」（圍繞～）的形式出現；選項3一般以「にこたえて」（回應～、因應～）的形式出現。

9 試合に（　先立ち　）、いくつか注意してほしいことをお話しします。

　　1　先立ち　　　2　従い　　　　3　対し　　　　4　限り

　中譯　在比賽之前，有幾個希望（大家）注意的地方要說。

　解說　本題考「〔動詞辭書形／名詞〕＋に先立ち」的用法，意思是「在～之前」，所以「試合に先立ち」意思是「在比賽之前」，選項1為正確答案。其餘選項：選項2是「に従い」（遵從～、跟著～）；選項3是「に対し」（對於～）；選項4是「に限り」（僅限～）。

10 娘はもう三十才を過ぎたのに、まだ子ども（　っぽくて　）困る。

　　1　がちで　　　　2　ぎみで　　　　**3　っぽくて**　　　4　だらけで

　中譯　女兒明明都已經過三十歲了，還一副小孩樣，傷腦筋。

　解說　「〔動詞ます形／い形容詞／名詞〕＋っぽい」有三種用法：第一種是「感覺起來像～、看起來像～」，例如本題中的「子どもっぽくて」，意思是「孩子樣」，選項1為正確答案。第二種是「容易～」，例如「忘れっぽい」（健忘）。第三種是「～很多」，例如「油っぽい」（油膩膩）。其餘選項：選項1是「～がち」（常常～、動不動就～）；選項2是「～ぎみ」（有～的感覺）；選項4是「～だらけ」（滿是～、盡是～）。

考題

 讀解

問題1

　次の文章を読んで、質問に答えなさい。答えは、1・2・3・4から最もよいものを一つえらびなさい。

　以下は、ある高校生が書いた夏休みの日記である。

八月八日（火よう日）晴れ　気温三十六度

　昨日の夜、家族と果物を食べながらテレビを見た。それはアメリカの番組で、地球温暖化や環境問題についてだった。父が「今、世界中でこういう問題が起きているんだよ。水害とか森林火災とか砂漠化とか、どれも人間が作り出した災害だとも言えるんだ」と言った。最初は①その意味がよく分からなかったが、番組を見ながら、父の言っていたことの意味がだんだん理解できるようになった。

　世界中でさまざまな環境問題が発生している。番組の中で、ロシアでは森林火災、アメリカでは大雨による水害、アジア各国では大気汚染や水質汚染、アフリカでは異常な砂漠化が起きていた。そして知った。環境問題の多くは、人間社会が発展したせいで起こったのだ。

　では、どうすれば地球温暖化や環境問題をなくすことができる

のか。まずは、わたしたち先進国の人間が環境について考えていく必要があると思う。今、わたしたちは毎日快適な生活をしている。暑くなればクーラーや扇風機をつけて、出かけるときは車を使う。それらは悪いことではないが、クーラーの温度を少し上げたり、近くに行くときは自転車を使うなど、みんなが意識して小さなことを積み重ねていくうちに、環境も次第によくなっていくのではないだろうか。

問1　①「その」は何のことか。
1　世界中で地球温暖化や環境問題が起こっていること
2　日本では水害や森林火災や砂漠化は起こっていないこと
3　父が「地球温暖化や環境問題は人間が作り出した」と言ったこと
4　父が「人間は環境問題を作り出さずにはいられない」と言ったこと

問2　筆者は地球温暖化や環境問題をなくすには、まずどうしたらいいと考えているか。
1　環境問題は人間が作り出したということを理解すればいい。
2　クーラーや車を使わないなど、快適な生活をやめたほうがいい。
3　地球温暖化が進まないように、クーラーや扇風機を使わない。
4　環境にとっていいことは何かを考えながら、生活する必要がある。

問題 2

　次の文章を読んで、質問に答えなさい。答えは、1・2・3・4から最もよいものを一つえらびなさい。

　毎日の生活の中で、とくに疑問に思わずやり過ごしていることも、「なぜ?」と思い始めると、じつはよく分かっていないことがけっこうある。ここでは、最近わたしが特に気になって、調べたことを書きたい。

【疑問】スーパーの卵売り場には赤い卵と白い卵の二種類が置かれている。値段がぜんぜんちがうので、栄養価 (注1) もちがうのか。

【答え】同じ。

【解説】じつは、与える餌 (注2) などの条件が同じなら、栄養価も同じなのだそうだ。ある栄養学の教授の論文によると、「殻の色のちがいと栄養価はまったく無関係。昔は赤い卵を産む鶏を育てるほうがお金がかかったため、赤い卵のほうが値段が高かった。しかし、現代は改良が重ねられて、その飼育にかかる費用の差はほとんどない」のだという。消費者は見た目のイメージで、勝手に赤い卵は値段も栄養価も高いと思っているようだ。

　調べる前まで、わたしもずっと赤い卵は高いから高級で、おいしいし、栄養も白いものより多いと思っていた。だから、病気の父に料理を出すときや、給料をもらった日など、特別な日には必ず赤い卵を買っていた。思いがけない結果に、少しくやしい気がするが、少し賢くなってよかった。

問1　この記事にタイトルをつけるとすると、ふさわしいのはどれか。

　　　1　白い卵と赤い卵、栄養価は同じ？

　　　2　白い卵と赤い卵の栄養関係は？

　　　3　赤い卵の値段が高い理由について

　　　4　卵の色による栄養の研究

問2　「昔は赤い卵のほうが値段が高かった」というが、それはなぜか。

　　　1　赤い卵はきれいで、かなりめずらしかったから。

　　　2　昔は研究して作った赤い卵のほうが栄養価が高かったから。

　　　3　卵の外側に赤い色をつけるのには時間と費用がかかった
　　　　　から。

　　　4　かつては赤い卵を産む鶏を飼育するのにお金がかかった
　　　　　から。

 聴解

問題1 🎧 MP3-06

　問題1では、まず質問を聞いてください。それから話を聞いて、問題用紙の1から4の中から、最もよいものを一つ選んでください。

1　四千円
2　四千五百円
3　五千円
4　五千五百円

問題2

　問題2では、まず文を聞いてください。それから、それに対する返事を聞いて、1から3の中から最もよいものを一つ選んでください。

1番） 🎧 MP3-07　① ② ③

2番） 🎧 MP3-08　① ② ③

3番） 🎧 MP3-09　① ② ③

問題3 🎧 MP3-10

　問題3では、まず話を聞いてください。それから、質問と選択肢を聞いて、1から4の中から、最もよいものを一つ選んでください。

① ② ③ ④

10
天

解答

讀解

問題 1（每題 10 分）

1	2
3	4

問題 2（每題 10 分）

1	2
1	4

聽解

問題 1（每題 15 分）

1
4

問題 3（每題 15 分）

1
3

問題 2（每題 10 分）

1	2	3
2	3	2

得分（滿分 100 分）

/100

中文翻譯＋解説

問題1

次の文章を読んで、質問に答えなさい。答えは、1・2・3・4から最もよいものを一つえらびなさい。

以下は、ある高校生が書いた夏休みの日記である。

八月八日（火よう日）晴れ　気温三十六度

昨日の夜、家族と果物を食べながらテレビを見た。それはアメリカの番組で、地球温暖化や環境問題についてだった。父が「今、世界中でこういう問題が起きているんだよ。水害とか森林火災とか砂漠化とか、どれも人間が作り出した災害だとも言えるんだ」と言った。最初は①その意味がよく分からなかったが、番組を見ながら、父の言っていたことの意味がだんだん理解できるようになった。

世界中でさまざまな環境問題が発生している。番組の中で、ロシアでは森林火災、アメリカでは大雨による水害、アジア各国では大気汚染や水質汚染、アフリカでは異常な砂漠化が起きていた。そして知った。環境問題の多くは、人間社会が発展したせいで起こったのだ。

では、どうすれば地球温暖化や環境問題をなくすことができるのか。まずは、わたしたち先進国の人間が環境について考えていく必要があると思う。今、わたしたちは毎日快適な生活をしている。暑くなればクーラーや扇風機をつけて、出かけるときは車を使う。それらは悪いことではないが、クーラーの温度を少し上げたり、近くに行くときは自転車を

使うなど、みんなが意識して小さなことを積み重ねていくうちに、環境も次第によくなっていくのではないだろうか。

問1　①「その」は何のことか。
1　世界中で地球温暖化や環境問題が起こっていること
2　日本では水害や森林火災や砂漠化は起こっていないこと
3　父が「地球温暖化や環境問題は人間が作り出した」と言ったこと
4　父が「人間は環境問題を作り出さずにはいられない」と言ったこと

問2　筆者は地球温暖化や環境問題をなくすには、まずどうしたらいいと考えているか。
1　環境問題は人間が作り出したということを理解すればいい。
2　クーラーや車を使わないなど、快適な生活をやめたほうがいい。
3　地球温暖化が進まないように、クーラーや扇風機を使わない。
4　環境にとっていいことは何かを考えながら、生活する必要がある。

中譯

以下是某高中生所寫的暑假日記。

八月八日（星期二）晴　氣溫三十六度

昨天晚上，和家人一邊吃水果一邊看電視。那是美國的節目，關於地球暖化和環境問題。父親說：「現在世界上正發生這樣的問題喔！不管是水災啦、森林火災啦、沙漠化啦，哪一個都可以說是人類製造出來的災害。」我一開始不是很清楚①那個意思，但是一邊看節目，變得漸漸能理解到父親所言之事的意思。

世界上正發生各式各樣的環境問題。在節目裡面，俄羅斯發生了森林火

災、美國發生了因大雨的水災、亞洲各國發生了大氣汙染和水質汙染，還有非洲發生了異常的沙漠化。所以我了解了。環境問題的大多數，都是因為人類社會發展所造成的。

那麼，要怎麼做才能消除地球暖化或環境問題呢？首先，我認為我們先進國家的人們有必要就環境加以思考。現在，我們每天過著舒適的生活。只要一變熱就開冷氣或電風扇，出門時就用車。那些雖然不是壞事，但像是稍微調高冷氣的溫度，或是到附近時就用腳踏車等等，大家在有意識地累積小事情的過程中，環境不也逐漸變好起來了嗎？

問1　①「那個」指的是什麼事情呢？
　　　1　世界各地正發生地球暖化或環境問題一事
　　　2　在日本沒有發生水災或森林火災或沙漠化一事
　　　3　父親說的「地球暖化或環境問題是人類製造出來的」一事
　　　4　父親說的「人類不由得製造出環境問題」一事

問2　筆者認為要消除地球暖化或環境問題，首先該怎麼做才好呢？
　　　1　只要了解環境問題是人類製造出來的這件事就好。
　　　2　不要使用冷氣或車子等等，捨棄舒適的生活比較好。
　　　3　為了不加速地球暖化，不要用冷氣或電風扇。
　　　4　有必要一邊思考對環境而言什麼才是好的，一邊過生活。

解說

文字・語彙：

- 作り出した：原形為「作り出す」（製造出來、生產出來、創作、發明）。

- なくす：失去、丟掉、喪失、消滅。

- 積み重ねて：原形是「積み重ねる」（堆起來、累積、繼續）。

- 次第に：逐漸。

文法：

- 動詞ます形＋ながら：一邊～一邊～，所以「食べながら」意思是「一邊吃一邊～」。

- 名詞＋について：關於～，所以「地球温暖化や環境問題について」意思是「有關地球暖化或環境問題」。

- ～とか～とか：用來表示列舉，中文可翻譯成「～啦、～啦」，所以「水害とか森林火災とか砂漠化とか」意思是「像是水災啦、森林火災啦、沙漠化啦」。

- とも言える：也可以說。

- 可能動詞＋ようになった：用來表示能力的變化，中文可翻譯成「變得會～、變得能～」，所以「理解できるようになった」意思是「變得能理解」。

- 名詞＋による：用來表示原因，中文可翻譯成「由於～」，所以「大雨による」意思是「由於大雨」。

- 名詞修飾形＋せいで：用來表示負面的原因或理由，中文可翻譯成「因為～、～害的」，所以「発展したせいで」意思是「因為發展而～」。

- 動詞た形＋り：用來表示動作的列舉，中文可翻譯成「又～又～」，所以「クーラーの温度を少し上げたり」意思是「像是把冷氣的溫度調高，或是～」。

- 名詞修飾形＋うちに：有「在～過程中」以及「趁著～時」二種用法，所以「小さなことを積み重ねていくうちに」意思是「在累積小事情的過程中」。

- 動詞ない形＋ずにはいられない：不由得～、不禁～，所以「作り出さずにはいられない」意思是「不由得製造出來」。

- 動詞た形＋ほうがいい：用來表示建議，中文可翻譯成「～比較好」，所以「快適な生活をやめたほうがいい」意思是「捨棄舒適的生活比較好」。

・動詞ない形＋ように：為了不要~，所以「地球温暖化が進まないように」
意思是「為了不加速地球暖化」。

問題2

次の文章を読んで、質問に答えなさい。答えは、1・2・3・4から最もよいものを一つえらびなさい。

毎日の生活の中で、とくに疑問に思わずやり過ごしていることも、「なぜ？」と思い始めると、じつはよく分かっていないことがけっこうある。ここでは、最近わたしが特に気になって、調べたことを書きたい。

【疑問】スーパーの卵売り場には赤い卵と白い卵の二種類が置かれている。値段がぜんぜんちがうので、栄養価(注1)もちがうのか。

【答え】同じ。

【解説】じつは、与える餌(注2)などの条件が同じなら、栄養価も同じなのだそうだ。ある栄養学の教授の論文によると、「殻の色のちがいと栄養価はまったく無関係。昔は赤い卵を産む鶏を育てるほうがお金がかかったため、赤い卵のほうが値段が高かった。しかし、現代は改良が重ねられて、その飼育にかかる費用の差はほとんどない」のだという。消費者は見た目のイメージで、勝手に赤い卵は値段も栄養価も高いと思っているようだ。

~ 133 ~

調べる前まで、わたしもずっと赤い卵は高いから高級で、おいしいし、栄養も白いものより多いと思っていた。だから、病気の父に料理を出すときや、給料をもらった日など、特別な日には必ず赤い卵を買っていた。思いがけない結果に、少しくやしい気がするが、少し賢くなってよかった。

注1）栄養価：栄養の価値のこと
注2）餌：動物が食べる食べ物のこと

問1　この記事にタイトルをつけるとすると、ふさわしいのはどれか。
　1　白い卵と赤い卵、栄養価は同じ？
　2　白い卵と赤い卵の栄養関係は？
　3　赤い卵の値段が高い理由について
　4　卵の色による栄養の研究

問2　「昔は赤い卵のほうが値段が高かった」というが、それはなぜか。
　1　赤い卵はきれいで、かなりめずらしかったから。
　2　昔は研究して作った赤い卵のほうが栄養価が高かったから。
　3　卵の外側に赤い色をつけるのには時間と費用がかかったから。
　4　かつては赤い卵を産む鶏を飼育するのにお金がかかったから。

中譯

　　在每天的生活當中，有很多不覺得特別有疑問就讓它過去的事情，也是一旦開始思考「為什麼？」，才發現其實不是很清楚。在這裡，我想寫最近特別在意而調查了的事情。

　　【疑問】超級市場的雞蛋販賣區放置著紅色的蛋和白色的蛋二個種類。由於價格完全不同，營養價值（注1）也不一樣嗎？

【答案】一樣。

【解說】其實，據說如果給予的飼料（注2）等條件相同的話，營養價值也會一樣。根據某位營養學教授的論文，據說「殼顏色的不同與營養價值完全無關。以前由於培育下紅色蛋的雞比較花錢，所以紅色的蛋價格比較高。但是，現代歷經多次改良，其飼養所需費用幾乎沒有差別。」應該是消費者用外觀的印象，任意判斷紅色的蛋價格和營養價值都高。

直至調查之前，我也一直以為紅色的蛋因為貴所以高級，不但美味，而且營養也比白色的更多。所以，不管是做菜給生病的父親時，或是領薪日等，在特別的日子一定都會買紅色的蛋。而對此意想不到的結果，儘管覺得有些懊惱，但是稍微變聰明太好了。

注1）營養價值：指營養的價值
注2）飼料：指動物吃的食物

問1　如果幫這篇報導下標題的話，哪一個合適呢？
　　1　白色的蛋和紅色的蛋，營養價值相同？
　　2　白色的蛋和紅色的蛋的營養關係是？
　　3　有關紅色的蛋價格高之理由
　　4　根據蛋的顏色之營養研究

問2　有提到「以前紅色的蛋價格比較高」，那是為什麼呢？
　　1　因為紅色的蛋既漂亮，且相當罕見。
　　2　因為以前研究後所製作的紅色的蛋營養價值比較高。
　　3　因為要在蛋的外殼塗上紅色要花時間和費用。
　　4　因為以前飼養下紅色蛋的雞要花錢。

10
天

解説

文字・語彙：

- やり過ごして：原形為「やり過ごす」（讓〜先過去、等〜過去）。

- けっこう：相當。

- 気になって：慣用語，原形為「気になる」（掛心、擔心、惦記、在意）。

- 与える：給予、供給、授予、使蒙受。

- 育てる：培育、撫育、培養。

- 重ねられて：原形為「重ねる」（疊放、反覆、屢次），所以「改良が重ねられて」意思為「歷經多次改良」。

- 見た目：看起來、外觀、外表。

- イメージ：形象、印象。

- 勝手に：任意、隨便。

- 思いがけない：意想不到的。

- 気がする：慣用語，意思是「覺得、好像」。

- 記事：新聞、消息、報導。

- タイトル：題目、標題。

- かつて：曾經、以前、過去。

文法：

- 動詞ます形＋始める：開始〜 所以「思い始めると」意思是「一旦開始思考」。

- 常體＋そう：用來表示傳聞，中文可翻譯成「聽說〜、據說〜」，所以「同じなのだそうだ」意思是「據說相同」。

- 名詞＋によると：表示傳聞的消息來源，中文可翻譯成「根據」，所以「論文によると」意思是「根據論文」。

- 常體＋という：聽說〜。

 聽解

問題1 🎧 MP3-06

問題1では、まず質問を聞いてください。それから話を聞いて、問題用紙の1から4の中から、最もよいものを一つ選んでください。

遊園地の窓口で男の人が聞いています。男の人はぜんぶでいくら払いますか。

M： すみません、大人二人、子ども二人なんですが、いくらですか。

F： 大人は一枚二千円、五歳以上十二歳以下のお子様は大人料金の半分になります。

M： じゃあ、上の子は七歳だから千円ですね。
下の子は四歳なので、無料ですか。

F： いえ、二歳以下は無料ですが、四歳だと子ども料金で五百円になります。
ただし、四歳でも身長が百センチない場合は無料です。

M： そうなんですか。ちょっと待ってください。息子に聞いてみます。
隆、背、いくつ？百三十二？そんな大きいのか。
すみません、じゃあこの子の分もお願いします。

F： かしこまりました。

男の人はぜんぶでいくら払いますか。
1 四千円
2 四千五百円
3 五千円
4 五千五百円

10
天

中譯

男人正在遊樂園的窗口詢問。男人總共要付多少錢呢？

M： 不好意思，二個大人、二個小孩，是多少錢呢？

F： 大人是一張二千日圓，五歲以上十二歲以下的小孩是大人費用的一半。

M： 那麼，大的那個小孩是七歲，所以是一千日圓吧！

小的小孩是四歲，所以免費嗎？

F： 不是，二歲以下是免費，但如果是四歲的話就是小孩票價五百日圓。

不過，就算是四歲若身高未達一百公分的情況下也免費。

M： 那樣啊！請稍等我一下。我問問看兒子。

小隆，身高，多少？一百三十二？有那麼高喔？

不好意思，那麼麻煩也算這個小孩的份。

F： 好的。

男人總共要付多少錢呢？

1　四千日圓

2　四千五百日圓

3　五千日圓

4　五千五百日圓

解說

• 遊園地：遊樂園。

• 窓口：窗口。

• 払います：支付。

• お子様：尊稱別人的小孩。

• 料金：費用。

• 半分：一半、二分之一。

• 名詞＋になります：成為～、變成～，所以對話中的「大人料金の半分になります」意思是「變成大人費用的一半」。

- 無料（むりょう）：免費。

- 常體＋と＋未實現的事情：用來表示假定條件，中文可翻譯成「如果〜就〜」，所以對話中的「四歲（よんさい）だと」意思是「如果是四歲的話，就是〜」。

- 名詞＋で＋も：就算〜也，所以對話中的「四歲（よんさい）でも」意思是「就算是四歲也〜」。

- 場合（ばあい）：場合、時候、情況。

問題（もんだい）2

> 問題（もんだい）2では、まず文（ぶん）を聞（き）いてください。それから、それに対（たい）する返事（へんじ）を聞（き）いて、1から3の中（なか）から最（もっと）もよいものを一（ひと）つ選（えら）んでください。

1番（ばん）) 🎧 MP3-07

M：先週（せんしゅう）のパーティー、鈴木（すずき）さんも来（く）ればよかったのに。

F：1 じゃあ、いっしょに行（い）きましょう。

　　2 次（つぎ）の機会（きかい）にはぜひ。

　　3 ほんとに楽（たの）しかったですね。

中譯

M：上星期的宴會，鈴木小姐要是也能來就好了。

F：1 那麼，一起去吧！

　　2 下次還有機會的話一定（去）。

　　3 真的很開心耶！

解說

- 常體＋のに：「のに」用法很多，放在句末時，表示對意外結果的「不滿、後悔、遺憾」，中文可翻譯成「要是〜就好了」。

- ぜひ：務必、一定。

10
天

2番）🎧 MP3-08

M：ああ、また失敗しちゃったよ。うっかりしてた。

F： 1　おかげで助かりました。

　　 2　ええ、それもいいですね。

　　 3　えっ、何したの？

中譯

M：唉，又失敗了啦！一不留神。

F： 1　多虧您幫了我大忙。

　　 2　是的，那樣也很好呢！

　　 3　咦，你做了什麼？

解説

・うっかりして：原形為「うっかりする」（一不注意、一不留神、一不小心）。

・おかげで：多虧～、託～的福。

3番）🎧 MP3-09

F： 遅れてすみません。道に迷っちゃって。

M： 1　それはよかったですね。

　　 2　この場所、分かりにくいんですよね。

　　 3　ここ、遠くて困りますよね。

中譯

F： 不好意思遲到了。我迷路了。

M： 1　那太好了啊！

　　 2　這個地方，不好找呢！

　　 3　這裡，很遠很傷腦筋吧！

解説

・動詞ます形＋にくい：難～、不易～，所以「分かりにくい」意思是「不容易明白、不好找」。

> 問題3では、まず話を聞いてください。それから、質問と選択肢を聞いて、1から4の中から、最もよいものを一つ選んでください。

ある家族が旅行について話しています。

F1： ねえ、お父さん、今週の土よう日、海に連れてって。

M： 土よう日は社長と部長といっしょにゴルフなんだよ。
　　 ごめんね。お母さんと行きなさい。

F1： お母さんは車の運転できないじゃない。電車じゃなくて、車がいい。

M： それじゃ、夏休みまで待って。もうすぐだろう？

F1： うん。それはそうだけど……。土よう日、優子ちゃんたちは海に行くんだよ。わたしも海で泳ぎたい。

M： それじゃ、優子ちゃんたちといっしょに行ったらどうだ？

F1： 優子ちゃんは彼氏と行くんだって。

M： そうか。

F2： 清美、お母さんと行きましょう。電車だっていいじゃない。
　　 電車に乗る前に、駅のデパートで水着とワンピース買ってあげるから。

F1： ほんと？うん、じゃあ、行く！

M： （小さい声で）お母さん、清美と彼氏、別れちゃったのか。

F2： （さらに小さい声で）そうなのよ。

女の子は今週の土よう日、どうすることに決めましたか。
1　お父さんと車で海に行く。
2　両親と買物をしてから海に行く。
3　お母さんと買物してから電車で海に行く。
4　お母さんと一日買物を楽しむ。

某個家庭正在談旅行的事。

F1： 那個，爸爸，有說這個星期六，要帶我們去海邊。

M： 星期六要和社長和部長一起打高爾夫球耶。

　　 對不起啊。和媽媽去吧！

F1： 媽媽不就不會開車！我不要電車，要車。

M： 那樣的話，就等到暑假。就快了吧？

F1： 嗯。話是沒錯，可是……。星期六，優子她們要去海邊耶！我也想在海裡
　　 游泳。

M： 那樣的話，和優子她們一起去的話如何？

F1： 優子說要跟男朋友去。

M： 那樣啊。

F2： 清美，和媽媽去吧！搭電車很好不是嗎？

　　 搭電車前，會在車站的百貨公司買泳裝和洋裝給妳。

F1： 真的？嗯，那麼，我去！

M： （用小小的聲音）媽媽，清美和男朋友，是分手了嗎？

F2： （用更小的聲音）對啦！

女孩這星期六，決定要怎麼做了呢？

1　和父親開車去海邊。

2　和雙親購物後去海邊。

3　和母親購物後搭電車去海邊。

4　和母親開心購物一天。

解說

- って：引用聽到的話，是較隨便的口語表達方式。

- 名詞＋なんだ：「〔名詞＋な〕＋のだ」的口語用法，用來「說明原因」或
  「表達主張」，所以「ゴルフなんだ」意思是「因為要打高爾夫」。

- 名詞＋じゃなくて：不是～而是～，所以「電車じゃなくて」意思是「不是電車～而是～」。

- 名詞＋が＋いい：我想要～、～比較好，所以「車がいい」意思是「我要車子」。

- 名詞＋まで：到～，所以「夏休みまで待って」意思是「等到暑假」。

- 動詞＋んだ：「動詞＋のだ」的口語用法，用來「說明原因」或「表達主張」，所以「彼氏と行くんだ」意思是「因為要和男朋友去」。

- 句尾的「から」：表示警告或安慰，所以「買ってあげるから」意思是「會幫妳買～」。

📝 文字・語彙

1 息子は試合の最中、人差し指を怪我しました。
1 ひとさしゆび　　　　2 ひとざしゆび
3 じんさしゆび　　　　4 じんざしゆび

2 公園の桜の花はぜんぶ散ってしまいました。
1 にって　　2 ちって　　3 かって　　4 さって

3 梅雨に入ったとたん、毎日大雨が降っています。
1 うめう　　2 つゆ　　3 ばいあめ　　4 うめあめ

4 東京の大学に受かったので、ひっこしすることにしました。
1 搬っ移し　　2 引っ移し　　3 搬っ越し　　4 引っ越し

5 子どものとき、父に「ばかもの」と怒られたことがあります。
1 笨蛋者　　2 笨蛋人　　3 馬鹿者　　4 馬鹿人

6 理論（　　　　　）では、もっとうまくいくはずでした。
1 上　　　2 元　　　3 中　　　4 下

7 北海道はとても寒くて、手足が（　　　　）そうでした。
1 かぞえ　　2 こごえ　　3 くわえ　　4 おぼえ

8 すみません、父は（　　　　）外出しております。
1 あいにく　　2 さいわい　　3 どうやら　　4 きちんと

9 _____の言葉に意味がもっとも近いものを、一つ選びなさい。

テストが始まる前は、いつも緊張して手が震えます。

1　どんどんして　　　　　　　2　どきどきして

3　ぞくぞくして　　　　　　　4　ぶつぶつして

10 「アイデア」の使い方として最もよいものを、一つ選びなさい。

1　自分の将来のアイデアはぜんぜん想像できません。

2　彼はおもしろいアイデアがどんどん浮かぶようです。

3　甘いものはアイデアが高いので、食べすぎないでください。

4　アイデアが壊れて動かないので、修理をお願いしました。

📖 文法

1 ぜんぜん勉強していないのだから、受かり（　　　　　）。

1　かねない　　2　っこない　　3　まい　　　　4　ものか

2 電話で聞いてみた（　　　　　）、やっぱりだめだった。

1　ことか　　　2　ものは　　　3　うえに　　　4　ところ

3 生まれ変われる（　　　　　）、誰になりたいですか。

1　からすると　　　　　　　　2　としたら

3　のみならず　　　　　　　　4　にしては

4 発表の時間が近づく（　　　　　）、心臓がどきどきしてきた。

1　にこたえて　　　　　　　　2　にもとづいて

3　にともなって　　　　　　　4　にかけて

5 夫が一生懸命働いている（　　　　）、子供たちは全員大学に
行くことができた。
1　せいで　　　2　うえに　　　3　わりに　　　4　おかげで

6 この車は性能がいい（　　　　）、ガソリンを食いすぎるのが
欠点だ。
1　とおり　　　2　はんめん　　3　あげく　　　4　かぎり

7 悪いことをしたら、きちんとあやまる（　　　　）。
1　べきだ　　　2　まい　　　　3　しだいだ　　4　ようがない

8 短所は見方を変えれば、長所に（　　　　）ものだ。
1　なり甲斐　　2　なり得る　　3　なる反面　　4　なる次第

9 さっきは気分が悪くて、立っていられない（　　　　）だった。
1　もと　　　　2　つつ　　　　3　ほう　　　　4　ほど

10 明らかに古い卵を食べた（　　　　）、ひどい下痢になった。
1　からして　　2　ばかりに　　3　きりで　　　4　くらいに

解答

文字・語彙（每題 5 分）

1	2	3	4	5	6	7	8	9	10
1	2	2	4	3	1	2	1	2	2

文法（每題 5 分）

1	2	3	4	5	6	7	8	9	10
2	4	2	3	4	2	1	2	4	2

得分（滿分 100 分）

/100

中文翻譯＋解說

✎ 文字・語彙

1 息子は試合の最中、人差し指を怪我しました。

　1　ひとさしゆび　　　　　　　　2　ひとざしゆび

　3　じんさしゆび　　　　　　　　4　じんざしゆび

中譯　兒子正在比賽的時候，把食指弄傷了。

解說　本題考「身體部位」。大拇指是「親指」；食指是「人差し指」；中指是「中指」；無名指是「薬指」；小指是「小指」，選項1為正確答案。

2 公園の桜の花はぜんぶ散ってしまいました。

　1　にって　　　　2　ちって　　　3　かって　　　4　さって

中譯　可惜公園的櫻花全部都凋謝了。

解說　本題考「動詞」。選項1無此字，一般以「煮て」（原形為「煮る」；燉、熬、煮）的形態出現；選項2是「散って」（原形為「散る」；落、謝、凋謝）；選項3是「買って」（原形為「買う」；買）或「飼って」（原形是「飼う」；飼養）；選項4是「去って」（原形為「去る」；離去），正確答案是選項2。

3 梅雨に入ったとたん、毎日大雨が降っています。

　1　うめう　　　　2　つゆ　　　3　ばいあめ　　　4　うめあめ

中譯　一進入梅雨季節，就每天下著大雨。

解說　本題考「名詞」的發音。雖然漢字「梅」的發音有「うめ」、「ばい」二種；漢字「雨」的發音有「あめ」、「う」二種，但「梅雨」（梅雨）的發音卻固定是「つゆ」，所以答案為選項2，其餘選項均為陷阱。

4 東京の大学に受かったので、ひっこしすることにしました。

1 搬っ移し　　2 引っ移し　　3 搬っ越し　　4 引っ越し

中譯 由於考上了東京的大學，所以決定搬家了。

解說 本題考「動詞」的漢字。「ひっこしする」（搬家）的漢字固定為「引っ越しする」，選項4為正確答案，其餘選項皆無此字。附帶一提，「ひっこしする」與「引っ越す」意思相同。

5 子どものとき、父に「ばかもの」と怒られたことがあります。

1 笨蛋者　　2 笨蛋人　　3 馬鹿者　　4 馬鹿人

中譯 孩提時代，曾被父親怒罵「混蛋」過。

解說 本題考「名詞」的漢字，「ばかもの」的漢字固定是「馬鹿者」，意思是「傻瓜、混蛋」，選項3為正確答案，其餘選項皆無此字。

6 理論（上）では、もっとうまくいくはずでした。

1 上　　2 元　　3 中/中　　4 下

中譯 理論上，原本應該可以更順利進行的。

解說 本題考「接尾語」。選項1是「上」（～上），例如「経済上」（經濟上）、「理論上」（理論上），為正確答案；選項2是「元」（～棵；計算草或樹木的量詞），例如「一元の松」（一棵松樹）；選項3是表示限定範圍或正在進行的「中」（～中），例如「工事中」（工事中），或是表示全部範圍的「中」（整個～），例如「日本中」（全日本）；選項4是「下」（～下），例如「戦時下」（戰時下）。

7 北海道はとても寒くて、手足が（こごえ）そうでした。

1 かぞえ　　2 こごえ　　3 くわえ　　4 おぼえ

中譯 北海道非常寒冷，手腳快凍僵了。

解說 本題考「～える」結尾的動詞。選項1是「数える」（計算、數）；選項2是「凍える」（凍僵）；選項3是「加える」（加、加上、增加）；選項4是「覚える」（記住、記得），正確答案是選項2。

8 すみません、父は（　あいにく　）外出しております。

1 あいにく　　　2 さいわい　　　3 どうやら　　　4 きちんと

中譯 不好意思，父親不巧外出。

解説 本題考「副詞」。選項1是「あいにく」（不湊巧）；選項2是「さいわい」（幸好）；選項3是「どうやら」（總算、看來）；選項4是「きちんと」（整整齊齊、準時、好好地），正確答案是選項1。

9 _____の言葉に意味がもっとも近いものを、一つ選びなさい。

テストが始まる前は、いつも緊張して手が震えます。

1 どんどんして　　　　　　　2 どきどきして

3 ぞくぞくして　　　　　　　4 ぶつぶつして

中譯 請選擇一個和_____語彙意義最相近的答案。

考試開始之前，總是緊張到手發抖。

解説 本題考漢語動詞「緊張する」（緊張）及其相對應的擬聲擬態語。四個選項意思分別如下：選項1「どんどん」（咚咚、連續不斷、順利）是副詞；選項2「どきどき〔する〕」（撲通撲通、七上八下）是動詞，也可以是副詞；選項3「ぞくぞく〔する〕」（陣陣發冷、打寒顫）是動詞，也可以是副詞；選項4「ぶつぶつ」（抱怨、牢騷、一顆顆）是副詞。可和「緊張して」相互替換的，只有選項2「どきどきして」。

10 「アイデア」の使い方として最もよいものを、一つ選びなさい。

1 自分の将来のアイデアはぜんぜん想像できません。

2 彼はおもしろいアイデアがどんどん浮かぶようです。

3 甘いものはアイデアが高いので、食べすぎないでください。

4 アイデアが壊れて動かないので、修理をお願いしました。

解説 1 自分の将来のアイデアはぜんぜん想像できません。（X）

→自分の将来のイメージはぜんぜん想像できません。（○）

2 彼はおもしろいアイデアがどんどん浮かぶようです。（○）

3　甘いものは<u>アイデア</u>が高いので、食べすぎないでください。
　　（✗）
　→甘いものは<u>カロリー</u>が高いので、食べすぎないでください。
　　（○）
4　<u>アイデア</u>が壊れて動かないので、修理をお願いしました。　（✗）
　→<u>エアコン</u>が壊れて動かないので、修理をお願いしました。　（○）

中譯　就「アイデア」（主意、點子）的使用方法，請選出一個最好的答案。
1　完全無法想像自己將來的樣子。
2　他有趣的點子好像會接連不斷地浮現。
3　由於甜的東西卡路里很高，所以請不要吃過多。
4　由於空調壞掉無法運轉，所以叫修理了。

🖳 文法

1　ぜんぜん勉強していないのだから、受かり（　っこない　）。
　1　かねない　　　2　っこない　　　3　まい　　　　4　ものか

中譯　因為完全沒有讀書，所以絕對不會考上。

解說　本題考「動詞ます形＋っこない」的用法，用來表示強烈否定，意思是
「絕對不會～」，所以「受かりっこない」意思是「絕對不會考上」，
選項2為正確答案。其餘選項：選項1一般以「動詞ます形＋かねない」
（有可能～〔變成不好的結果〕）的形式出現，意思不對；選項3一般
以「動詞辭書形＋まい」（不會～吧、絕不～）的形式出現，要改成
「受かるまい」才對；選項4一般以「名詞修飾形＋ものか」（絕對
不～、怎麼可能～）的形式出現，要改成「受かるものか」才對。

11
天

2 電話で聞いてみた（　ところ　）、やっぱりだめだった。

1　ことか　　　2　ものは　　　3　うえに　　　**4　ところ**

中譯 試著用電話詢問，結果還是不行。

解說 本題考「動詞た形＋ところ」的用法，意思是「之後～、結果～」，所以「聞いてみたところ」意思是「試著詢問，結果～」，選項4為正確答案。其餘選項：選項1是「ことか」（多麼地～啊！）；選項2無此用法；選項3是「うえに」（不僅～而且～）。

3 生まれ変われる（　としたら　）、誰になりたいですか。

1　からすると　**2　としたら**　　3　のみならず　4　にしては

中譯 如果能投胎轉世，想成為誰呢？

解說 本題考「常體＋としたら」的用法，意思是「如果～、假如～」，所以「生まれ変われるとしたら」意思是「若能投胎轉世」，選項2為正確答案。其餘選項：選項1是「からすると」（從～立場來判斷）；選項3是「のみならず」（不只～）；選項4是「にしては」（就～而言、照～來說）。

4 発表の時間が近づく（　にともなって　）、心臓がどきどきしてきた。

1　にこたえて　　　　　　　　2　にもとづいて

3　にともなって　　　　　　4　にかけて

中譯 隨著發表時間的接近，心撲通撲通地跳。

解說 本題考「〔動詞辭書形／名詞〕＋に伴って」的用法，意思是「伴隨著～」，所以「発表の時間が近づくにともなって」意思是「伴隨著發表時間的接近」，選項3為正確答案。其餘選項：選項1是「に応えて」（回應～）；選項2是「に基づいて」（基於～、根據～）；選項4一般以「～から～にかけて」（從～到～）或「にかけては」（在～方面）的形式出現。

5 夫が一生懸命働いている（　おかげで　）、子供たちは全員大学に
行くことができた。

1　せいで　　　　2　うえに　　　　3　わりに　　　　**4　おかげで**

中譯　多虧丈夫拚命工作著，小孩們才能全都上了大學。

解說　本題考「名詞修飾形＋おかげで」的用法，意思是「歸功於～」，所以
「夫が一生懸命働いているおかげで」意思是「歸功於丈夫拚命工作
著」，選項4為正確答案。其餘選項：選項1是「せいで」（都怪～、歸
咎於～）；選項2是「うえに」（不僅～而且～）；選項3是「わりに」
（出乎意料）。

6 この車は性能がいい（　はんめん　）、ガソリンを食いすぎるのが
欠点だ。

1　とおり　　　　**2　はんめん**　　　3　あげく　　　　4　かぎり

中譯　這台車性能好，另一方面卻有太耗油的缺點。

解說　本題考「名詞修飾形＋半面／反面」的用法，意思是「另一方面～」，
所以「性能がいいはんめん」意思是「性能好的另一方面是～」，選項
2為正確答案。其餘選項：選項1是「とおり」（如同～、按照～）；選
項3是「あげく」（結果～）；選項4是「かぎり」（只要～就～）。

7 悪いことをしたら、きちんとあやまる（　べきだ　）。

1　べきだ　　　2　まい　　　　3　しだいだ　　　4　ようがない

中譯　做不好的事情，就應該好好道歉。

解說　本題考「動詞辭書形＋べき」的用法，用來表示強烈的意見，意思是
「應該～」，所以「あやまるべきだ」意思是「應該道歉」，選項1為
正確答案。其餘選項：選項2是「まい」（不會～吧、絕不～）；選項3
是「しだいだ」（全憑～、取決於～、根據～）；選項4是「ようがな
い」（無法～）。

8 短所は見方を変えれば、長所に（　なり得る　）ものだ。
1　なり甲斐　　　2　なり得る　　　3　なる反面　　　4　なる次第

中譯　若能改變看法，缺點居然可能變成優點。

解說　本題考「動詞ます形＋得る」的用法，意思是「有～的可能性」，所以「長所になり得る」意思是「有可能變成優點」，選項2為正確答案。其餘選項：選項1一般以「～甲斐がある」（值得～）的形式出現；選項3是「なる反面」（變成～的另一方面）；選項4一般以「動詞ます形＋次第」（一～就～）的形式出現，所以「なる次第」是錯誤用法。

9 さっきは気分が悪くて、立っていられない（　ほど　）だった。
1　もと　　　　2　つつ　　　　3　ほう　　　　4　ほど

中譯　剛剛不舒服到幾乎沒辦法站的程度。

解說　本題考「〔動詞辭書形／動詞ない形／い形容詞／な形容詞＋な／名詞〕＋ほど」的用法，用來表示「程度」，中文可翻譯成「幾乎到～的程度」，所以「立っていられないほど」意思是「幾乎到無法站立的程度」，選項4為正確答案。其餘選項：選項1一般以「のもとで／のもとに」（在～之下）的形式出現；選項2是「つつ」（一邊～一邊～、雖然～但是～）；選項3一般以「～ほうが～」（～比較～）的形式出現。

10 明らかに古い卵を食べた（　ばかりに　）、ひどい下痢になった。
1　からして　　　2　ばかりに　　　3　きりで　　　4　くらいに

中譯　很明顯地只是因為吃了不新鮮的蛋就狂拉肚子。

解說　本題考「名詞修飾形＋ばかりに」的用法，意思是「只是因為～」，所以「古い卵を食べたばかりに」意思是「只是因為吃了不新鮮的蛋」，選項2為正確答案。其餘選項：選項1是「からして」（單從～來看）；選項3是「きりで」（從～之後就再～）；選項4一般以「くらい」（大約～）的形式出現。

文字・語彙

1 パーティーのドレスは自分で<u>生地</u>を買ってきて、作るつもりです。
1 きち　　　　2 きじ　　　　3 なまち　　　4 なまじ

2 空港に着いてから<u>両替</u>する時間はありますか。
1 りょうか　 2 りょうが　 3 りょうがい 4 りょうがえ

3 妻が寝ているときの<u>横顔</u>は、とても可愛いです。
1 よこかお　 2 よこがお　 3 おうかん　 4 おうがん

4 昨日の深夜、部長が交通事故で<u>なくなった</u>そうです。
1 無くなった 2 死くなった 3 亡くなった 4 過くなった

5 彼女は美人で頭もよくて、ほんとうに<u>うらやましい</u>です。
1 羨ましい　 2 慕ましい　 3 望ましい　 4 憧ましい

6 卒業する先輩を学校の門で見（　　　　）ることにしました。
1 届　　　　　2 送　　　　　3 別　　　　　4 告

7 彼は（　　　　）文句を言うだけで、自分の意見はまったく言わない。
1 しみじみ　 2 ぞくぞく　 3 まごまご　 4 ぶつぶつ

8 このポスターで会社の（　　　　　）を高めることができるで
しょう。
1　シーズン　　2　イメージ　　3　アンテナ　　4　ステージ

9 ＿＿＿＿の言葉に意味がもっとも近いものを、一つ選びなさい。
時間はたくさんあるので、ゆっくりやっていいですよ。
1　はっきり　　2　たっぷり　　3　ぱったり　　4　さっぱり

10 「たいして」の使い方として最もよいものを、一つ選びなさい。
1　病気で入院中の先生はたいしてよくなったそうです。
2　祖父は地震の被害者のために、財産をたいして寄付しました。
3　この本はたいしておもしろくありませんでした。
4　病人のほうがたいして元気に見えます。

🔲 文法

1 父は最近、テレビを見ている（　　　　　）寝てしまう。
1　うちに　　　2　たびに　　　3　ままに　　　4　うえに

2 わたしは感動（　　　　　）、大通りで泣き出してしまった。
1　のかぎり　　2　のように　　3　のあまり　　4　のとおり

3 たくさん練習すれば、上手になる（　　　　　）。
1　というものではない　　　　2　ものがある
3　というわけになる　　　　　4　どころではない

4 資料が（　　　　）、会議は始められません。

1 届かないおかげで　　　　2 届かないわりには

3 届けないまでは　　　　　4 届かないことには

5 ストレスが溜まったときは、カラオケで歌う（　　　　）。

1 いっぽうだ　　　　　　　2 にそういない

3 にかぎる　　　　　　　　4 しだいだ

6 わたしの英語はだいぶうまく（　　　　）。

1 なりかけだ　　　　　　　2 なりつつある

3 なる向きだ　　　　　　　4 なるにかぎる

7 毎日遅くまで勉強した（　　　　）、テストの点数はひどかった。

1 にもかかわらず　　　　　2 からといって

3 のみならず　　　　　　　4 だけあって

8 彼は外見（　　　）さっぱり（　　　　）、頭もよくないようだ。

1 は/ば　　　2 は/なら　　3 も/ば　　　4 も/なら

9 目標がある（　　　　）、どんな苦労にも耐えられるのです。

1 からこそ　　2 からでも　　3 きりにも　　4 だけなら

10 お客様のご予算（　　　　）、料理をご用意いたします。

1 に代わって　2 に応じて　　3 に比べて　　4 に対して

解答

文字・語彙（每題 5 分）

1	2	3	4	5	6	7	8	9	10
2	4	2	3	1	2	4	2	2	3

文法（每題 5 分）

1	2	3	4	5	6	7	8	9	10
1	3	1	4	3	2	1	4	1	2

得分（滿分 100 分）

/100

中文翻譯＋解說

文字・語彙

1 パーティーのドレスは自分で生地を買ってきて、作るつもりです。

1 きち　　　　2 きじ　　　　3 なまち　　　　4 なまじ

中譯 宴會的禮服打算自己買布料來做。

解說 本題考「名詞」的發音。雖然漢字「生」的發音有「せい」、「しょう」、「き」、「なま」、「ふ」等多種；漢字「地」的發音有「ち」、「じ」二種，但「生地」（布料）的發音固定是「きじ」，所以答案為選項2，其餘選項均為陷阱。

2 空港に着いてから両替する時間はありますか。

1 りょうか　　2 りょうが　　3 りょうがい　　4 りょうがえ

中譯 到機場後還有換錢的時間嗎？

解說 本題考動詞「両替〔する〕」的發音，固定唸法為「りょうがえ〔する〕」，意思是「兌換、換錢」，選項4為正確答案。其餘選項：選項1為「良化〔する〕」（優化）；選項2為「凌駕〔する〕」（凌駕、超過）；選項3為「領外」（領土之外）。

3 妻が寝ているときの横顔は、とても可愛いです。

1 よこかお　　2 よこがお　　3 おうかん　　4 おうがん

中譯 太太睡覺時的側臉非常可愛。

解說 本題考「名詞」的發音。雖然漢字「横」的發音有「おう」、「よこ」二種；漢字「顔」的發音有「かお」、「がお」、「がん」三種，但「横顔」（側臉、側面、側影）的發音固定是「よこがお」，所以答案為選項2，其餘選項均為陷阱。

4 昨日の深夜、部長が交通事故でなくなったそうです。

1 無くなった　2 死くなった　3 亡くなった　4 過くなった

中譯 據說昨天深夜，部長因交通事故身亡了。

解說 本題考動詞「なくなる」的漢字。當漢字為「無くなる」，意思是「沒了、消失、遺失」；當漢字為「亡くなる」時，意思是「死去」，選項3為正確答案。

5 彼女は美人で頭もよくて、ほんとうにうらやましいです。

1 羨ましい　　2 慕ましい　　3 望ましい　　4 憧ましい

中譯 她既是美女，頭腦又好，真是令人羨慕。

解說 本題考「い形容詞」的發音。選項1是「羨ましい」（令人羨慕的），為正確答案；選項2無此字；選項3是「望ましい」（最好的、最理想的）；選項4無此字。

6 卒業する先輩を学校の門で見（　送　）ることにしました。

1 届　　　　2 送　　　　3 別　　　　4 告

中譯 決定在校門口為畢業的學長姊送行。

解說 本題考「動詞」，選項2「見送る」（目送、送行）為正確答案，其餘均為錯誤的日文。

7 彼は（　　　　）文句を言うだけで、自分の意見はまったく言わない。

1 しみじみ　2 ぞくぞく　3 まごまご　4 ぶつぶつ

中譯 他只會嘀嘀咕咕地抱怨，完全不說自己的意見。

解說 本題考「擬聲擬態語」。選項1是「しみじみ」（痛切、深切、懇切、仔細）；選項2是「ぞくぞく」（陣陣發冷、打寒顫）；選項3是「まごまご」（張皇失措）；選項4是「ぶつぶつ」（抱怨、牢騷、一顆顆），正確答案是選項4。

8 このポスターで会社の（ イメージ ）を高めることができるで
しょう。

1 シーズン　　**2 イメージ**　　3 アンテナ　　4 ステージ

中譯 藉由這個海報，可以提升公司的形象吧！

解說 本題考「外來語」。選項1是「シーズン」（季、季節）；選項2是「イ
メージ」（形象、印象）；選項3是「アンテナ」（天線、觸角）；選
項4是「ステージ」（舞台、講壇、階段），正確答案是選項2。

9 ＿＿＿＿の言葉に意味がもっとも近いものを、一つ選びなさい。
時間はたくさんあるので、ゆっくりやっていいですよ。

1 はっきり　　**2 たっぷり**　　3 ぱったり　　4 さっぱり

中譯 請選擇一個和＿＿＿＿語彙意義最相近的答案。
由於時間充裕，所以慢慢做沒關係喔！

解說 本題「副詞」。題目中的「たくさん」意思是「很多、許多、足夠」，
而選項1是「はっきり」（清楚地、明確地、斷然地）；選項2是「たっ
ぷり」（充分地、足夠地）；選項3是「ぱったり」（啪地一下、突然
倒下、突然中斷、意外相遇）；選項4是「さっぱり」（俐落地、爽快
地、清爽地），所以可以和「たくさん」相互替換的，只有選項2「たっ
ぷり」。

10 「たいして」の使い方として最もよいものを、一つ選びなさい。
1 病気で入院中の先生はたいしてよくなったそうです。
2 祖父は地震の被害者のために、財産をたいして寄付しました。
3 この本はたいしておもしろくありませんでした。
4 病人のほうがたいして元気に見えます。

解說 1 病気で入院中の先生はたいしてよくなったそうです。 （X）
→病気で入院中の先生はだいぶよくなったそうです。 （○）
2 祖父は地震の被害者のために、財産をたいして寄付しました。
（X）
→祖父は地震の被害者のために、財産をすべて寄付しました。 （○）

12
天

3　この本<ruby>本<rt>ほん</rt></ruby>はたいしておもしろくありませんでした。（〇）

4　病人<ruby>病人<rt>びょうにん</rt></ruby>のほうがたいして元気<ruby>元気<rt>げんき</rt></ruby>に見<ruby>見<rt>み</rt></ruby>えます。（X）

　→病人<ruby>病人<rt>びょうにん</rt></ruby>のほうがかえって元気<ruby>元気<rt>げんき</rt></ruby>に見<ruby>見<rt>み</rt></ruby>えます。（〇）

中譯 就「たいして」（後面接續否定；並不太～、並不怎麼～）的使用方法，請選出一個最好的答案。

1　據說因病住院中的老師變得好多了。

2　祖父為了地震的災民，捐出了所有的財產。

3　這本書並不怎麼有趣。

4　病人反而看起來比較有精神。

📖 文法

1　父<ruby>父<rt>ちち</rt></ruby>は最近<ruby>最近<rt>さいきん</rt></ruby>、テレビを見<ruby>見<rt>み</rt></ruby>ている（　うちに　）寝<ruby>寝<rt>ね</rt></ruby>てしまう。

　1　うちに　　　2　たびに　　　3　ままに　　　4　うえに

中譯 父親最近電視看著看著，不知不覺就會睡著。

解說 本題考「名詞修飾形＋うちに」的用法，意思有二，分別是「在～過程中」以及「趁著～」，所以「テレビを見ているうちに」意思是「在看著電視的過程中」，選項1為正確答案。其餘選項：選項2是「たびに」（每當～）；選項3是「ままに」（任憑～、按照～）；選項4是「うえに」（不僅～而且～）。

2　わたしは感動<ruby>感動<rt>かんどう</rt></ruby>（　のあまり　）、大通<ruby>大通<rt>おおどお</rt></ruby>りで泣<ruby>泣<rt>な</rt></ruby>き出<ruby>出<rt>だ</rt></ruby>してしまった。

　1　のかぎり　　2　のように　　3　のあまり　　4　のとおり

中譯 我太過感動，竟然在大馬路上就哭出來了。

解說 本題考「〔動詞辭書形／動詞た形／な形容詞＋な／名詞＋の〕＋あまり」的用法，意思是「太～、過於～」，所以「感動<ruby>感動<rt>かんどう</rt></ruby>のあまり」意思是「太過感動」，選項3為正確答案。其餘選項：選項1是「のかぎり」（只要～就～、在～範圍之內）；選項2是「のように」（像～一樣）；選項4是「のとおり」（按照～）。

3 たくさん練習すれば、上手になる（　というものではない　）。

1　というものではない　　　　　2　ものがある

3　というわけになる　　　　　　4　どころではない

中譯　並非多多練習，就會變厲害。

解說　本題考「常體＋というものではない」的用法，意思是「並非～
就～」，所以「上手になるというものではない」意思是「並非～就會
變厲害」，選項1為正確答案。其餘選項：選項2是「ものがある」（確
實有～之處）；選項3一般以「というわけだ」（所以～）的形式出
現；選項4是「どころではない」（哪是～的時候、哪有閒工夫～）。

4 資料が（　届かないことには　）、会議は始められません。

1　届かないおかげで　　　　　　2　届かないわりには

3　届けないまでは　　　　　　　4　届かないことには

中譯　如果資料沒有送到，會議就無法開始。

解說　本題考「動詞ない形＋ないことには」的用法，意思是「如果不～，
就～」，所以「資料が届かないことには」意思是「如果資料沒有送
到，就～」，選項4為正確答案。其餘選項：選項1是「届かないおか
げで」（多虧〔資料〕沒有送到～）；選項2是「届かないわりには」
（〔資料〕沒有送到，但卻～）；選項3的「届けないまでは」無此用
法，要「届くまでは」（在〔資料〕送到前）才對。

5 ストレスが溜まったときは、カラオケで歌う（　にかぎる　）。

1　いっぽうだ　　　　　　　　　2　にそういない

3　にかぎる　　　　　　　　　　4　しだいだ

中譯　壓力累積時，最好用卡拉OK唱唱歌。

解說　本題考「〔動詞辭書形／動詞ない形／名詞〕＋にかぎる」的用法，
意思是「最好～」，所以「カラオケで歌うにかぎる」意思是「最好
用卡拉OK唱唱歌」，選項3為正確答案。其餘選項：選項1是「いっ
ぽうだ」（越來越～、不斷～）；選項2是「にそういない」（一定
是～）；選項4是「しだいだ」（全憑～、取決於～）。

12
天

6 わたしの英語はだいぶうまく（　なりつつある　）。

1　なりかけだ　　　　　　　　2　なりつつある

3　なる向きだ　　　　　　　　4　なるにかぎる

中譯　我的英文正不斷變得相當好。

解説　本題考「動詞ます形＋つつある」的用法，意思是「正在不斷地～」，所以「うまくなりつつある」意思是「正在不斷地變好」，選項2為正確答案。其餘選項：選項1是「なりかけだ」（差一點就～〔的狀態〕）；選項3和選項4無此用法。

7 毎日遅くまで勉強した（　にもかかわらず　）、テストの点数はひどかった。

1　にもかかわらず　　　　　　2　からといって

3　のみならず　　　　　　　　4　だけあって

中譯　儘管每天讀到很晚，但是考試分數很慘。

解説　本題考「常體＋にもかかわらず」的用法，意思是「儘管～但是～」。由於題目前面出現「遅くまで勉強した」（讀到很晚了），後面出現「点数はひどかった」（分數很慘），所以得知中間要用逆態接續「にもかかわらず」（儘管～但是～）來連接，選項1為正確答案。其餘選項：選項2是「からといって」（不能因為～就～）；選項3是「のみならず」（不僅～）；選項4是「だけあって」（正因為是～）。

8 彼は外見（　も　）さっぱり（　なら　）、頭もよくないようだ。

1　は／ば　　　2　は／なら　　　3　も／ば　　　4　も／なら

中譯　他的外貌不好，頭腦好像也不行。

解説　本題考「〔名詞＋も＋各詞類假定形〕＋〔名詞＋も＋～〕」的用法，用來表示「並列」，意思是「又～又～」。「さっぱり」有「爽快、不油膩」等多種意思，但在本句中意思是「不好、糟糕」，其假定形為「さっぱりなら」，於是形成了「外見もさっぱりなら、頭もよくない」（外貌也不好，頭腦也不行）的句型，選項4為正確答案。

9 目標がある（　からこそ　）、どんな苦労にも耐えられるのです。

1　からこそ　　　2　からでも　　　3　きりにも　　　4　だけなら

中譯　正因為有目標，所以不管怎樣的辛苦都能忍耐。

解說　本題考「常體＋からこそ」的用法，意思是「正因為～」，所以「目標があるからこそ」意思是「正因為有目標」，選項1為正確答案。其餘選項似是而非，均無該用法。

10 お客様のご予算（　に応じて　）、料理をご用意いたします。

1　に代わって　　2　に応じて　　　3　に比べて　　　4　に対して

中譯　會依客人的預算來準備料理。

解說　本題考「名詞＋に応じて」的用法，意思是「依～」，所以「ご予算に応じて」意思是「依預算」，選項2為正確答案。其餘選項：選項1是「に代わって」（代替～）；選項3是「に比べて」（和～相比）；選項4是「に対して」（對於～）。

12
天

13 天

文字・語彙

1　彼にプレゼントするため、ウールのセーターを<u>編んで</u>います。
　　1　かんで　　　2　たんで　　　3　あんで　　　4　なんで

2　<u>詳しい</u>内容については、こちらのプリントをご覧ください。
　　1　けわしい　　2　こいしい　　3　あやしい　　4　くわしい

3　息子がデパートのおもちゃ売り場で<u>暴れて</u>、ほんとうに困った。
　　1　こわれて　　2　あばれて　　3　おそれて　　4　たおれて

4　わたしは<u>すっぱい</u>食べ物が大好きです。
　　1　甘っぱい　　2　辛っぱい　　3　爽っぱい　　4　酸っぱい

5　千葉に行くなら、東京駅で青い電車に<u>のりかえて</u>ください。
　　1　乗り調えて　2　乗り移えて　3　乗り交えて　4　乗り換えて

6　この飛行機は台北、羽田（　　　　　）を飛びます。
　　1　所　　　　　2　域　　　　　3　間　　　　　4　場

7　雨が降る確率はおよそ七十（　　　　　）だそうです。
　　1　マーケット　2　パイロット　3　エチケット　4　パーセント

8　母とわたしは顔も性格も（　　　　　）だと、よく言われます。
　　1　そっくり　　2　たっぷり　　3　すっかり　　4　やっぱり

9 _____ の言葉に意味がもっとも近いものを、一つ選びなさい。

新しいシステムは複雑すぎて、ぜんぜん分かりません。

1 仕入れ　　　2 仕立て　　　3 支払い　　　4 仕組み

10 「わざと」の使い方として最もよいものを、一つ選びなさい。

1 息子はわざと怪我をして、学校を休もうとした。

2 わざと来たのだから、ゆっくりしていってください。

3 自分の部屋はわざときれいに掃除しなさい。

4 夜は危ないので、わざと家まで送ります。

文法

1 本日は台風（　　　　　）お休みします。

1 にわたり　　2 について　　3 につき　　　4 につれて

2 白線の内側に入る（　　　　　）。

1 べからず　　　　　　　　2 べきである

3 べきなり　　　　　　　　4 べかりない

3 治療が遅れると、感染が広がる（　　　　　）。

1 のみならない　　　　　　2 おそれがある

3 にかぎる　　　　　　　　4 しだいだ

4 朝から何も食べていないので、おなかがすいて（　　　　　）。

1 しかない　　　　　　　　2 たまらない

3 かまわない　　　　　　　4 かかわらない

13
天

5 社会人になる（　　　　）、敬語が正しく使えるようにしておくべきた。

　　1　からでは　　2　からとて　　3　からので　　4　からには

6 A「わざわざお見舞いにきてくださり、ありがとうございました」
　 B「いえ。一日でも早く退院できますよう（　　　　）」

　　1　願うしまつです　　　　　　　2　願うにすぎない
　　3　願ってやみません　　　　　　4　願ってたまらない

7 風邪の（　　　　）、どうも寒気がします。

　　1　おかげか　　2　せいか　　　3　ぎみに　　　4　あげくに

8 入院中の課長に（　　　　）、わたしが発表させていただきます。

　　1　おうじて　　　　　　　　2　したがって
　　3　ともなって　　　　　　　4　かわって

9 お客さまの声（　　　　）、しっかり改善していきたいと思います。

　　1　をこめて　　2　をもとに　　3　において　　4　につれて

10 娘は合格発表の通知を（　　　　）、泣き出した。

　　1　見るとたん　2　見たとたん　3　見次第に　　4　見て末に

解答

文字・語彙（每題 5 分）

1	2	3	4	5	6	7	8	9	10
3	4	2	4	4	3	4	1	4	1

文法（每題 5 分）

1	2	3	4	5	6	7	8	9	10
3	1	2	2	4	3	2	4	2	2

得分（滿分 100 分）

/100

13
天

中文翻譯＋解說

文字・語彙

1 彼^{かれ}にプレゼントするため、ウールのセーターを編^あんでいます。

　　1　かんで　　　2　たんで　　　**3　あんで**　　　　4　なんで

中譯　為了送男朋友禮物，正在織毛衣。

解說　本題考動詞「編む」的發音，固定唸法為「あむ」，意思是「編、織」。其餘選項：選項1為「噛む」（咬、咀嚼）；選項2和4無此字。

2 詳^{くわ}しい内容^{ないよう}については、こちらのプリントをご覧^{らん}ください。

　　1　けわしい　　2　こいしい　　3　あやしい　　　**4　くわしい**

中譯　有關詳細的內容，請看這裡印出來的資料。

解說　本題考「い形容詞」的發音。選項1是「険^{けわ}しい」（險峻的、陡峭的、崎嶇的）；選項2是「恋^{こい}しい」（思慕的）；選項3是「怪^{あや}しい」（可疑的）；選項4是「詳^{くわ}しい」（詳細的），正確答案是選項4。

3 息子^{むすこ}がデパートのおもちゃ売^うり場^ばで暴^{あば}れて、ほんとうに困^{こま}った。

　　1　こわれて　　　**2　あばれて**　　　3　おそれて　　　4　たおれて

中譯　兒子在百貨公司的玩具賣場亂鬧，真是傷透腦筋。

解說　本題考「動詞」的漢字。選項1是「壊^{こわ}れて」（壞掉、碎掉、坍塌、破裂）；選項2是「暴^{あば}れて」（胡鬧、亂鬧）；選項3是「恐^{おそ}れて」（害怕、恐懼、擔心）；選項4是「倒^{たお}れて」（倒塌、垮台、倒閉、病倒），正確答案是選項2。

4 わたしは<u>すっぱい</u>食べ物が大好きです。

1 甘っぱい　　2 辛っぱい　　3 爽っぱい　　**4 酸っぱい**

中譯　我非常喜歡酸的食物。

解說　本題考「い形容詞」的漢字。「すっぱい」的漢字是「酸っぱい」，意思是「酸的」，正確答案為選項4。其餘選項1、2、3均無該字。

5 千葉に行くなら、東京駅で青い電車に<u>のりかえて</u>ください。

1 乗り調えて　2 乗り移えて　3 乗り交えて　**4 乗り換えて**

中譯　去千葉的話，請在東京車站換乘藍色的電車。

解說　本題考「動詞」的漢字。「のりかえて」的漢字是「乗り換えて」，意思是「換乘」，正確答案為選項4。其餘選項1、2、3均無該字。

6 この飛行機は台北、羽田（　間　）を飛びます。

1 所/所　　2 域　　**3 間**　　4 場

中譯　這架飛機飛行於台北、羽田之間。

解說　本題考「接尾詞」。選項1是「所/所」（場所、地方），例如「事務所」（辦公室）或「研究所」（研究室）；選項2是「域」（區域），例如「水域」（水域）；選項3是「間」（之間），例如「東京、大阪間」（東京、大阪之間）、「学校間の連絡」（學校間的聯絡），為正確答案；選項4是「場」（場），例如「駐車場」（停車場）或「飛行場」（機場）。

7 雨が降る確率はおよそ七十（　パーセント　）だそうです。

1 マーケット　2 パイロット　3 エチケット　**4 パーセント**

中譯　據說降雨的機率大約是百分之七十。

解說　本題考「外來語」。選項1是「マーケット」（市場、商場）；選項2是「パイロット」（飛行員）；選項3是「エチケット」（禮儀、禮節）；選項4是「パーセント」（百分比），正確答案是選項4。

13 天

8 母とわたしは顔も性格も（　そっくり　）だと、よく言われます。

1　そっくり　　　2　たっぷり　　　3　すっかり　　　4　やっぱり

中譯 經常被人家說，媽媽和我不管臉和個性都一模一樣。

解説 本題考「AっBり型」的單字。選項1是「そっくり」（全部、一模一樣）；選項2是「たっぷり」（充分、足夠）；選項3是「すっかり」（完全、全部）；選項4是「やっぱり」（果然），正確答案是選項1。

9 _____の言葉に意味がもっとも近いものを、一つ選びなさい。

新しいシステムは複雑すぎて、ぜんぜん分かりません。

1　仕入れ　　　2　仕立て　　　3　支払い　　　4　仕組み

中譯 請選擇一個和_____語彙意義最相近的答案。

新的系統太過複雜，完全不懂。

解説 本題考外來語「システム」，意思是「系統、組織、構造」，而選項1是「仕入れ」（買進、採購）；選項2是「仕立て」（縫紉、預備、教育）；選項3是「支払い」（支付、付款）；選項4是「仕組み」（結構、構造），所以可和「システム」相互替換的，只有選項4「仕組み」。

10 「わざと」の使い方として最もよいものを、一つ選びなさい。

1　息子はわざと怪我をして、学校を休もうとした。

2　わざと来たのだから、ゆっくりしていってください。

3　自分の部屋はわざときれいに掃除しなさい。

4　夜は危ないので、わざと家まで送ります。

解説 1　息子はわざと怪我をして、学校を休もうとした。（〇）

2　わざと来たのだから、ゆっくりしていってください。（X）

→せっかく来たのだから、ゆっくりしていってください。（〇）

3　自分の部屋はわざときれいに掃除しなさい。（X）

→自分の部屋はちゃんときれいに掃除しなさい。（〇）

4　夜は危ないので、わざと家まで送ります。（X）

→夜は危ないので、やっぱり家まで送ります。（〇）

中譯 就「わざと」（故意）的使用方法，請選出一個最好的答案。

1 兒子故意受傷，企圖跟學校請假了。

2 難得都來了，所以請（像自己的家一樣）輕鬆過。

3 自己的房間要好好打掃乾淨！

4 由於晚上很危險，所以還是送到家裡。

文法

1 本日は台風（　につき　）お休みします。

1 にわたり　　2 について　　3 につき　　　4 につれて

中譯 今日因颱風停業。

解說 本題考「名詞＋につき」的用法，屬於書面用語，用來說明原因，意思是「由於～」，所以「台風につき」意思是「由於颱風」，選項3為正確答案。其餘選項：選項1是「にわたり」（橫跨～、長達～、歷經～）；選項2是「について」（關於～、就～）；選項4是「につれて」（隨著～）。

2 白線の内側に入る（　べからず　）。

1 べからず　　2 べきである　3 べきなり　　4 べかりない

中譯 禁止進入白線內側。

解說 本題考「動詞辭書形＋べからず」的用法，意思是「禁止～、不可以～」，所以「入るべからず」意思是「禁止進入」，選項1為正確答案。其餘選項：選項2是「べきである」（應該～）；選項3和選項4無此用法。

13
天

3 治療が遅れると、感染が広がる（　おそれがある　）。

1　のみならない　　　　　　　2　おそれがある

3　にかぎる　　　　　　　　　4　しだいだ

中譯 延遲治療的話，感染有擴散之虞。

解說 本題考「〔動詞辭書形／名詞＋の〕＋おそれがある」的用法，意思是「有可能～、恐怕～、有～之虞」，所以「感染が広がるおそれがある」意思是「感染有擴散之虞」，選項2為正確答案。其餘選項：選項1一般以「のみならず」（不僅～）的形式出現；選項3是「にかぎる」（僅限～、最好～）；選項4是「しだいだ」（全憑～、根據～、〔表明原委的〕所以～）。

4 朝から何も食べていないので、おなかがすいて（　たまらない　）。

1　しかない　　2　たまらない　　3　かまわない　　4　かかわらない

中譯 由於從早上開始就什麼都沒吃，所以肚子餓到不行。

解說 本題考「各詞類て形＋たまらない」的用法，意思是「～得受不了、～得不得了」，用來強調難以忍受，「おなかがすいてたまらない」意思是「餓到不行」，選項2為正確答案。其餘選項：選項1是「しかない」（只好～、只能～）；選項3是「かまわない」（沒關係、不要緊、不在乎）；選項4一般以「にかかわらず」（不論～、～不拘）的形式出現。

5 社会人になる（　からには　）、敬語が正しく使えるようにしておくべきた。

1　からでは　　2　からとて　　3　からので　　4　からには

中譯 既然即將成為社會人士，就應該事先培養能夠正確使用敬語的習慣。

解說 本題考「常體＋からには」的用法，意思是「既然～就～」，所以「社会人になるからには」意思是「既然即將成為社會人士」，選項4為正確答案。其餘選項：選項1無此用法；選項2是「からとて」（不能因為～就～、雖說～但也～）；選項3無此用法。

6 A「わざわざお見舞いにきてくださり、ありがとうございました」
B「いえ。一日でも早く退院できますよう（　願ってやみません　）」

1 願うしまつです　　　　　　　　2 願うにすぎない

3 願ってやみません　　　　　　　4 願ってたまらない

中譯 A「謝謝您還特別來探病。」
B「不會。衷心祝福您早日出院。」

解說 本題考「動詞て形＋やみません」的用法，意思是「衷心～」，用來表達強烈的願望或情感，所以前面常接續「期待する」（期待）、「願う」（希望）、「祈る」（祈禱）等表達情感的動詞，例如本題的「願ってやみません」（衷心祝福～）即是，選項3為正確答案。其餘選項：選項1無此用法；選項2是「願うにすぎない」（只不過是希望）；選項4無此用法。

7 風邪の（　せいか　）、どうも寒気がします。

1 おかげか　　　2 せいか　　　　3 ぎみに　　　4 あげくに

中譯 都是感冒害的，總覺得好冷。

解說 本題考「名詞修飾形＋せいか」的用法，意思是「～害的、因為～」，用來表示負面的理由，所以「風邪のせいか」意思是「都是感冒害的」，選項2為正確答案。其餘選項：選項1是「おかげか」（多虧～吧）；選項3無此用法；選項4是「あげくに」（最後～）。

8 入院中の課長に（　かわって　）、わたしが発表させていただきます。

1 おうじて　　2 したがって　　3 ともなって　　4 かわって

中譯 請讓我代替住院中的課長來發表。

解說 本題考「名詞＋に代わって」的用法，意思是「代替～、取代～」，所以「課長に代わって」意思是「代替課長」，選項4為正確答案。其餘選項：選項1是「〔に〕応じて」（根據～）；選項2是「〔に〕従って」（隨著～）；選項3是「〔に〕伴って」（伴隨著～）。

9 お客さまの声（ をもとに ）、しっかり改善していきたいと思います。

1 をこめて　　2 をもとに　　3 において　　4 につれて

中譯 我希望以顧客的聲音為依據，確實地進行改善。

解說 本題考「名詞＋をもとに」的用法，意思是「以～為基準、以～為依據」，所以「お客さまの声をもとに」意思是「以顧客的聲音為依據」，選項2為正確答案。其餘選項：選項1是「をこめて」（滿懷～、傾注～）；選項3是「において」（在～、於～）；選項4是「につれて」（隨著～）。

10 娘は合格発表の通知を（ 見たとたん ）、泣き出した。

1 見るとたん　2 見たとたん　3 見次第に　　4 見て末に

中譯 女兒一看到合格揭曉的通知，就哭出來了。

解說 本題考「動詞た形＋とたん」的用法，意思是「一～就～、在～的瞬間」，所以「通知を見たとたん」意思是「一看到通知，就～」，選項2為正確答案。其餘選項：選項1「見るとたん」要改成「見たとたん」才對；選項3和4均無此用法。

🖊 文字・語彙

1 わたしは両親から愛情をたくさん<u>与えられて</u>、育ちました。
1 あたえられて　　　　　　2 あまえられて
3 くわえられて　　　　　　4 つたえられて

2 二人でいっしょに<u>流れ星</u>にお願いしましょう。
1 なかれほし　2 なかれぼし　3 ながれほし　4 ながれぼし

3 あの馬の耳から<u>血</u>が出ています。
1 ち　　　　　2 し　　　　　3 き　　　　　4 り

4 空が<u>くもって</u>きたので、午後は雨になりそうですね。
1 雲って　　　2 陰って　　　3 曇って　　　4 影って

5 今日は<u>おおや</u>さんに家賃を払う日です。
1 大家　　　　2 大矢　　　　3 房家　　　　4 房矢

6 日本の若者は政治に（　　　　　）関心だ。
1 未　　　　　2 無　　　　　3 非　　　　　4 不

7 友だちを外見や成績で（　　　　　）してはいけません。
1 判別　　　　2 差別　　　　3 分別　　　　4 離別

8 もう三日（　　　　　）で残業しているが、完成しそうもない。
1 連続　　　　2 持続　　　　3 継続　　　　4 接続

9 _____ の言葉に意味がもっとも近いものを、一つ選びなさい。

せっかく料理したのに、誰も食べてくれませんでした。

1　いよいよ　　2　わざわざ　　3　しみじみ　　4　ゆうゆう

10 「利益」の使い方として最もよいものを、一つ選びなさい。

1　薬を飲んだのに、ぜんぜん利益が出ません。

2　彼女の利益は優しくて、責任感があることです。

3　毎日、プールで泳ぐことは健康にとって利益です。

4　今回の取引で、三十万円ほどの利益を得ました。

文法

1　この試合で勝てたのは、チーム全員の努力の結果に（　　　　　）。

1　かぎりない　　　　　　　2　あたらない

3　およばない　　　　　　　4　ほかならない

2　うちの夫は一日たりともお酒を飲まずには（　　　　　）。

1　いられない　　　　　　　2　たえない

3　おかない　　　　　　　　4　たまらない

3　こんなつまらないツアーには二度と参加（　　　　　）。

1　したい　　　2　しえない　　　3　せまい　　　4　するまい

4　A「暑くて食欲がないから、ビールとサラダだけでいいや」

B「それじゃ、体によくないよ。冷たいうどん（　　　　　）どう？」

1　こそ　　　　　2　ほど　　　　　3　なんか　　　4　あげく

5 　最近ちょっと太り（　　　　　）なので、女房が弁当を作ってくれた。

　　1　つつ　　　　　2　ぎみ　　　　　3　だらけ　　　　4　げ

6 　スポーツが苦手な息子が、マラソンで（　　　　　）。

　　1　走りかけた　2　走りかねた　3　走りえない　4　走りぬいた

7 　子どもがしたいと思うことは、できるだけ（　　　　　）。

　　1　させてしたい　　　　　　　　2　やらせてやりたい
　　3　したがってやりたい　　　　　4　やらされてしたい

8 　今年は去年（　　　　　）、地震や台風が多いようだ。

　　1　にかわって　2　にくらべて　3　はもちろん　4　はもとより

9 　雰囲気のいい場所で、彼女と二人（　　　　　）になりたい。

　　1　つつ　　　　　2　げ　　　　　3　っきり　　　　4　くらい

10 　ごみは各地域のルール（　　　　　）、きちんと捨ててください。

　　1　にしたがって　　　　　　　　2　につれて
　　3　をしたがって　　　　　　　　4　をつれて

解答

文字・語彙（毎題 5 分）

1	2	3	4	5	6	7	8	9	10
1	4	1	3	1	2	2	1	2	4

文法（毎題 5 分）

1	2	3	4	5	6	7	8	9	10
4	1	4	3	2	4	2	2	3	1

得分（滿分 100 分）

/100

中文翻譯＋解說

文字・語彙

1 わたしは両親から愛情をたくさん与えられて、育ちました。

1 あたえられて　　　　　　　2 あまえられて

3 くわえられて　　　　　　　4 つたえられて

中譯 我是在雙親給予滿滿的愛下成長的。

解說 本題考動詞「与える」（給予）的發音，應為「あたえる」，正確答案為選項1「与えられて」（被給予）。其餘選項：選項2是「甘えられて」（被撒嬌）；選項3是「くわえられて」（被銜著、被叼著）；選項4是「伝えられて」（被傳達）。

2 二人でいっしょに流れ星にお願いしましょう。

1 なかれほし　　2 なかれぼし　　3 ながれほし　　4 ながれぼし

中譯 兩人一起向流星許願吧！

解說 本題考名詞「流れ星」（流星）的發音，固定就是「ながれぼし」，正確答案為選項4，其餘選項均似是而非。「流星」（流星）意思相同。

3 あの馬の耳から血が出ています。

1 ち　　　　　　2 し　　　　　　3 き　　　　　　4 り

中譯 那匹馬的耳朵流血了。

解說 本題考名詞「血」（血）的發音，固定就是「ち」，正確答案為選項1。

4 空がくもってきたので、午後は雨になりそうですね。

1 雲って　　　2 陰って　　　3 曇って　　　4 影って

中譯 由於天變陰了，所以看來下午會下雨呢。

解說 本題考動詞「くもる」的漢字，固定就是「曇る」，意思是「天陰」，
選項3為正確答案，其餘選項均無該字。

5 今日はおおやさんに家賃を払う日です。

1 大家　　　2 大矢　　　3 房家　　　4 房矢

中譯 今天是付房租給房東的日子。

解說 題目中的「家賃を払う」意思是「付房租」，付的對象是「おおや」，
也就是「房東」，漢字是「大家」，選項1為正確答案。其餘選項均無
該字。

6 日本の若者は政治に（　無　）関心だ。

1 未　　　2 無　　　3 非　　　4 不

中譯 日本的年輕人對政治漠不關心。

解說 本題考「接頭語」。選項1是「未」（尚未），例如「未解決」（尚未
解決）；選項2是「無」（無、沒有），例如「無責任」（沒有責任、
不負責任）、「無関心」（漠不關心），為正確答案；選項3是「非」
（非、沒有），例如「非常識」（沒有常識）或「非公式」（非正
式、非公開）；選項4是「不」（不），例如「不自然」（不自然、做
作）。

7 友だちを外見や成績で（　差別　）してはいけません。

1 判別　　　2 差別　　　3 分別　　　4 離別

中譯 不可以用外表或成績歧視朋友。

解說 本題考以「別」結尾的語彙。選項1是「判別」（辨別）；選項2是「差
別」（區別對待、歧視）；選項3是「分別」（分別、區別、區分、分
類）；選項4是「離別」（離別），選項2為正確答案。

8 もう三日（ 連続 ）で残業しているが、完成しそうもない。
　1 連続　　　　　2 持続　　　　　3 継続　　　　　4 接続

中譯 都已經連續三天加班了，但看起來也不會完成。

解説 本題考以「続」結尾的名詞。選項1是「連続」（接連、連續）；選項
　　 2是「持続」（持續）；選項3是「継続」（繼續）；選項4是「接続」
　　 （接續），選項1為正確答案。

9 ＿＿＿＿＿の言葉に意味がもっとも近いものを、一つ選びなさい。
　せっかく料理したのに、誰も食べてくれませんでした。

　1 いよいよ　　　2 わざわざ　　　3 しみじみ　　　4 ゆうゆう

中譯 請選擇一個和＿＿＿＿＿語彙意義最相近的答案。
　　 都特意做菜了，結果誰都不想吃。

解説 本題考副詞「せっかく」，意思是「特意、好不容易、難得」。選項
　　 1是「いよいよ」（越發、果真、終於）；選項2是「わざわざ」（特
　　 意、故意）；選項3是「しみじみ」（痛切、深切、懇切、仔細）；選
　　 項4是「ゆうゆう」（不慌不忙、悠悠）。可和「せっかく」相互替換
　　 的，只有選項2「わざわざ」。

10 「利益」の使い方として最もよいものを、一つ選びなさい。
　1 薬を飲んだのに、ぜんぜん利益が出ません。
　2 彼女の利益は優しくて、責任感があることです。
　3 毎日、プールで泳ぐことは健康にとって利益です。
　4 今回の取引で、三十万円ほどの利益を得ました。

解説 1 薬を飲んだのに、ぜんぜん利益が出ません。　（X）
　　 →薬を飲んだのに、ぜんぜん効果が出ません。　（○）
　　 2 彼女の利益は優しくて、責任感があることです。　（X）
　　 →彼女の長所は優しくて、責任感があることです。　（○）
　　 3 毎日、プールで泳ぐことは健康にとって利益です。　（X）
　　 →毎日、プールで泳ぐことは健康にとって有効です。　（○）
　　 4 今回の取引で、三十万円ほどの利益を得ました。　（○）

14
天

就「利益」（盈利、利潤、收益、利益）的使用方法，請選出一個最好
的答案。

1 明明吃藥了，卻一點效果都沒有。
2 她的優點是溫柔又有責任感。
3 每天在游泳池游泳對健康有幫助。
4 在這次的交易，獲得了三十萬日圓左右的收益。

📘 文法

1 この試合で勝てたのは、チーム全員の努力の結果に（ ほかならな
い ）。

1 かぎりない 2 あたらない 3 およばない 4 ほかならない

中譯 這次比賽的勝利，不外乎是全體隊員努力的結果。

解說 本題考「名詞＋にほかならない」的用法，用來表示說話者強烈的斷
定，意思是「正是～、不外乎～」，所以「努力の結果にほかならな
い」意思是「不外乎是努力的結果」，選項4為正確答案。其餘選項：
選項1一般以「名詞＋にかぎりがない」（沒有極限）的形式出現；選
項2是「名詞＋にあたらない」（不必～、用不著～）；選項3一般以
「名詞＋にはおよばない」（用不著～、不需要～）的形式出現。

2 うちの夫は一日たりともお酒を飲まずには（ いられない ）。

1 いられない 2 たえない 3 おかない 4 たまらない

中譯 我家的老公是一日不可無酒。

解說 題目一開始的「一日たりとも」意思是「即使連一天也都～」，而要考
的「動詞ない形＋ずにはいられない」用來表達無法克制、油然而生要
做某事，意思是「非～不可、不由得要～、不禁～」，所以「一日たり
ともお酒を飲まずにはいられない」意思是「連一天都不能不喝酒」，
選項1為正確答案。
其餘選項：選項2一般以「〔動詞辭書形／名詞〕＋にたえない」（不
值得～、不堪～、忍耐不了～）的形式出現；選項3是「動詞ない形＋

ずにはおかない」（肯定會使〜、怎能不讓人〜、不做到〜絕不放棄）；選項4一般以「各詞類て形＋たまらない」（〜得受不了、〜得不得了）的形式出現。

3 こんなつまらないツアーには二度と参加（ するまい ）。

1 したい　　　2 しえない　　3 せまい　　　4 するまい

中譯 這種無聊的旅行，絕對不會再參加。

解說 本題考「動詞辭書形＋まい」，用法有二：一是表示否定的推測「不會〜吧」，例如「明日、雨は降るまい。」（明天不會下雨吧！），二是表示強烈否定的「絕對不〜」，例如題目中的「二度と参加するまい」（絕對不再參加），選項4為正確答案。其餘選項：選項1是「〔参加〕したい」（想參加）；選項2是「〔参加〕しえない」（無法參加）；選項3無此用法。

4 A「暑くて食欲がないから、ビールとサラダだけでいいや」
B「それじゃ、体によくないよ。冷たいうどん（ なんか ）どう？」

1 こそ　　　　2 ほど　　　　3 なんか　　　4 あげく

中譯 A「好熱沒有食慾，所以只要啤酒和沙拉就好。」
B「那樣對身體不好啦！冰涼的烏龍麵之類的如何？」

解說 本題考「名詞＋〔など／なんか／なんて〕」的用法，意思是「〜等等、〜之類的」，所以「冷たいうどんなんかどう？」意思是「冰涼的烏龍麵之類的如何？」，選項3為正確答案。其餘選項：選項1是「こそ」（才是〜、正是〜）；選項2是「ほど」（〔表概數的〕〜左右、〔表程度的〕〜得、〔表比較的〕沒有像〜那麼〜）；選項4是「あげく」（結果〜）。

5 最近ちょっと太り（　ぎみ　）なので、女房が弁当を作ってくれた。

1 つつ　　　　　2 ぎみ　　　　　3 だらけ　　　　4 げ

中譯 由於覺得最近有點胖，所以老婆幫我做了便當。

解說 本題考「〔動詞ます形／名詞〕＋ぎみ」的用法，意思是「覺得有
點～」，所以「ちょっと太りぎみ」意思是「覺得有點胖」，選項2為
正確答案。其餘選項：選項1是「つつ」（一邊～一邊～、雖然～但
是～）；選項3是「だらけ」（滿是～、盡是～）；選項4是「げ」（一
副～的樣子）。

6 スポーツが苦手な息子が、マラソンで（　走りぬいた　）。

1 走りかけた　　2 走りかねた　　3 走りえない　　4 走りぬいた

中譯 運動不在行的兒子跑完馬拉松了。

解說 本題考「動詞ます形＋ぬく」的用法，用來表示動作做到最後、堅持
到底，意思是「～完、～到最後」，所以「走りぬいた」意思是「跑
完」，選項4為正確答案。其餘選項：選項1是「走りかけた」（跑了一
半）；選項2和選項3無此用法。

7 子どもがしたいと思うことは、できるだけ（　やらせてやりた
い　）。

1 させてしたい　　　　　　　2 やらせてやりたい
3 したがってやりたい　　　　4 やらされてしたい

中譯 小孩子想做的事情，希望盡可能讓他們做。

解說 本題考「動詞使役形」的用法，「やらせてやりたい」（希望讓〔小孩
子〕做）是由「やらせる」（讓～做）＋「てやる」（給身分比自己
低的人做～）＋「たい」（希望～、想～）組合而成，選項2為正確答
案，其餘選項均無該用法。

8 今年は去年（　にくらべて　）、地震や台風が多いようだ。

1 にかわって　2 にくらべて　3 はもちろん　4 はもとより

中譯 今年和去年相比，地震或颱風好像都比較多。

解説 本題考「名詞＋に比べて」的用法，意思是「比起～、和～相比」，所以「去年にくらべて」意思是「和去年相比」，選項2為正確答案。其餘選項：選項1是「に代わって」（代替～）；選項3是「はもちろん」（～自不待言）；選項4是「はもとより」（～自不待言）。

---

9 雰囲気のいい場所で、彼女と二人（ っきり ）になりたい。

1 つつ　　　　 2 げ　　　　 **3 っきり**　　　 4 くらい

中譯 想在氣氛好的地方，只和女朋友二人獨處。

解説 本題考「〔動詞た形／動詞ます形／名詞〕＋〔きり／っきり〕」，用法有三：

- 一是「從～之後，就一直～」，例如「日本へ行ったきり、戻ってこない。」（去日本之後，就一直沒回來了。）

- 二是「完全～」，例如「夏休みに思いっきり遊ぶ。」（暑假時盡情玩樂。）

- 三是「只有～」，例如本題的「彼女と二人っきりになりたい。」（想只和女朋友二人獨處。），選項3為正確答案。

其餘選項：選項1是「つつ」（一邊～一邊～、雖然～但是～）；選項2是「げ」（一副～的樣子）；選項4是「くらい」（大約、左右、上下）。

---

10 ごみは各地域のルール（ にしたがって ）、きちんと捨ててください。

1 にしたがって　　　　　　 2 につれて

3 をしたがって　　　　　　 4 をつれて

中譯 垃圾請遵從各地區的規則確實丟棄。

解説 本題考「〔名詞／動詞辭書形〕＋に従って」的用法，意思是「伴隨～、跟著～、遵從～」，所以「ルールに従って」意思是「遵從規則」，選項1為正確答案。其餘選項：選項2是「につれて」（隨著～）；選項3和4無此用法。

15 _天

考題

 讀解

問題 1

次の文章を読んで、質問に答えなさい。答えは、1・2・3・4から最もよいものを一つえらびなさい。

野生の猫は、基本的には単独で生活し、家族を持ちません。大人になった猫は自立して一匹で生きていきます。しかし、ペットとして人間に飼われている猫はちがいます。人がごはんをくれて、世話してくれるのですから、自立する必要はまったくありません。でも、人間をただ「ごはんをくれる道具」と考えて、まったく頼らず生きているのは寂しいものですね。飼い主は「親」や「兄弟」として、猫と信頼関係を築くことができるのが理想的です。飼い主のみなさん、いっしょに学んで、「いい親猫」、「いい兄弟猫」になりましょう。

まずはじめに、あなたは猫に信頼されていますか。それとも、警戒されていますか。もし警戒されているとしたら、それはあなたが知らないうちに猫を怖がらせたことがあるのかもしれません。大きい声で猫に近づいていったり、猫が予測できない動きをしたりすると、猫は警戒心を抱きます。また、猫は生まれつきの本能で、「いい思い」と「悪い思い」をしっかり覚えているそうです。特に子猫のときに「怖い」と思われてしまった人は、その後もずっと①そういう存在になってしまいがちです。猫に信頼してもらうまでは、かなりの時間がかかるでしょう。

問1　「野生の猫とペットの猫のちがい」で、筆者が書いていないことはどれか。

　　1　野生の猫は家族を持たず、人に飼われている猫には家族が必要だ。

　　2　野生の猫は自立していて、ペットの猫は自立していない。

　　3　ペットの猫は人といっしょにいたいが、野生の猫は人の存在が怖い。

　　4　野生の猫は一匹で生きるが、ペットの猫には家族がいたほうがいい。

問2　①「そういう存在」とあるが、どういう存在か。

　　1　警戒するべきそうぞうしい存在

　　2　用心するべきおそろしい存在

　　3　大声を出すみっともない存在

　　4　動きがにぶい怖い存在

問題2

　次の文章を読んで、質問に答えなさい。答えは、1・2・3・4から最もよいものを一つえらびなさい。

　以下は、高校生の夏休み作文コンクールで優秀賞をとった作品の一部である。

　わたしの家は自然の美しい田舎にあります。家の後ろは山で、近くには川があります。でも、川は汚れて濁っているので、鯉や蛙しかいません。祖母によれば、昔は飲めるほどきれいで、魚がたくさん住んでいたそうです。人が住みやすいようにコンクリー

トで周りを固めて、生活排水を流すようになった結果、水をきれいにしてくれる植物さえも減ってしまったのです。

　このままでいいのでしょうか。もちろん、住みやすい生活環境は必要です。わたしがここで言いたいのは、自然環境を維持するためには人間が不便な生活をするべきだということではありません。言いたいのは、ここに住むわたしたちが便利さだけを求めて、どんどん自然を破壊していけば、取り返しがつかなくなるということです。環境を守りながら、上手に生活し続けていく方法を、住民の一人一人がきちんと考えていく必要があるのではないでしょうか。具体的な改善策を以下に述べたいと思います。

問1　この作品のテーマとして、ふさわしいのは次のどれか。
　　　1　住みやすい生活についての考察
　　　2　人間の生存と自然破壊の関係
　　　3　住みやすさと自然環境の持続
　　　4　人と自然は共存できない

問2　筆者が主張したいことは次のどれか。
　　　1　人が便利さのために自然を破壊していけば、いつか取り返しがつかなくなる。
　　　2　自然環境を維持するためには、人間の生活が不便になってもしょうがない。
　　　3　自然を上手に壊しながら、すばらしい生活をする方法を住民一人一人が考えるべきだ。
　　　4　住みやすい家にするためには、多少の犠牲もがまんするしかない。

 **聴解**

問題 1 🎧 MP3-11

　問題 1 では、まず質問を聞いてください。それから話を聞いて、問題用紙の 1 から 4 の中から、最もよいものを一つ選んでください。

1　メールで先生に聞く
2　電話やメールで友だちに聞く
3　先生の部屋の前にある掲示板を見る
4　アパートの前にある看板を見る

問題 2

　問題 2 では、まず文を聞いてください。それから、それに対する返事を聞いて、1 から 3 の中から最もよいものを一つ選んでください。

1 番）　🎧 MP3-12　　① ② ③
2 番）　🎧 MP3-13　　① ② ③
3 番）　🎧 MP3-14　　① ② ③

問題 3 🎧 MP3-15

　問題 3 では、まず話を聞いてください。それから、質問と選択肢を聞いて、1 から 4 の中から、最もよいものを一つ選んでください。

① ② ③ ④

**15
天**

解答

讀解

問題 1（每題 10 分）

1	2
3	2

問題 2（每題 10 分）

1	2
3	1

聽解

問題 1（每題 15 分）

1
3

問題 3（每題 15 分）

1
2

問題 2（每題 10 分）

1	2	3
2	3	3

得分（滿分 100 分）

/100

中文翻譯＋解說

 讀解

問題1

　次の文章を読んで、質問に答えなさい。答えは、1・2・3・4から最もよいものを一つえらびなさい。

　野生の猫は、基本的には単独で生活し、家族を持ちません。大人になった猫は<u>自立して</u>一匹で生きていきます。しかし、ペット<u>として</u>人間に飼われている猫はちがいます。人がごはんをくれて、世話してくれるのですから、<u>自立する</u>必要はまったくありません。でも、人間をただ「ごはんをくれる道具」と考えて、まったく頼らず生きているのは寂しいものですね。飼い主は「親」や「兄弟」<u>として</u>、猫と信頼関係を築くことができるのが理想的です。飼い主のみなさん、いっしょに学んで、「いい親猫」、「いい兄弟猫」になりましょう。

　まず<u>はじめに</u>、あなたは猫に信頼されていますか。それとも、警戒されていますか。もし警戒されている<u>としたら</u>、それはあなたが知らないうちに<u>猫を怖がらせた</u>ことがあるのかもしれません。大きい声で猫に近づいていったり、猫が予測できない<u>動きをしたり</u>すると、猫は警戒心を抱きます。また、猫は<u>生まれつきの本能</u>で、「いい<u>思い</u>」と「悪い思い」をしっかり覚えているそうです。特に子猫のときに「怖い」と思われてしまった人は、その後もずっと①<u>そういう存在</u>になってしまい<u>がち</u>です。猫に信頼し<u>てもらう</u>までは、かなりの時間がかかるでしょう。

問1　「野生の猫とペットの猫のちがい」で、筆者が書いていないことは
どれか。

1　野生の猫は家族を持たず、人に飼われている猫には家族が必要だ。

2　野生の猫は自立していて、ペットの猫は自立していない。

3　ペットの猫は人といっしょにいたいが、野生の猫は人の存在が
怖い。

4　野生の猫は一匹で生きるが、ペットの猫には家族がいたほうが
いい。

問2　①「そういう存在」とあるが、どういう存在か。

1　警戒するべきそうぞうしい存在

2　用心するべきおそろしい存在

3　大声を出すみっともない存在

4　動きがにぶい怖い存在

中譯

　　野生的貓基本上是單獨生活，沒有家人。長大的貓會自食其力，獨自活下去。但是，被人類當作寵物飼養的貓就不同。因為人類會給貓吃飯、會照顧貓，所以貓完全不需要獨立。但是，認為人類只是「給貓吃飯的工具」，完全不依賴人類就能活下去，就太寂寞了啊！飼主若能以「父母親」或「兄弟姊妹」的身分，和貓建立信賴關係，是最理想的。飼主的各位，且讓我們一起學習，成為「好的貓爸爸貓媽媽」、「好的貓兄弟姊妹」吧！

　　首先，你是被貓信賴著呢？還是被警戒著呢？如果是被警戒著，那麼說不定你在不知不覺中曾經讓貓害怕過。像是大聲地接近貓，或是做出貓無法預測的舉動，都會讓貓懷有警戒心。此外，據說在貓與生俱來的本能裡，會牢牢記住「好的感覺」和「不好的感覺」。尤其是在小貓時期就讓貓覺得「恐怖」的人，之後也很容易一直成為①那樣的存在。直到得到貓的信賴為止，需要相當的時間吧！

問1　在「野生貓和寵物貓的不同」當中，作者沒有寫到的是哪一項呢？

　　　1　野生貓沒有家人，被人類飼養的貓需要家人。

　　　2　野生貓會自食其力，寵物貓不會自食其力。

　　　3　雖然寵物貓想和人類在一起，但是野生貓則對人類的存在感到恐懼。

　　　4　野生貓會獨自活下去，但是寵物貓有家人比較好。

問2　文中提到①「那樣的存在」，指的是哪樣的存在呢？

　　　1　應該警戒之吵鬧的存在

　　　2　應該提防之可怕的存在

　　　3　發出巨大聲音之不像話的存在

　　　4　動作遲緩之可怕的存在

解說

文字・語彙

- 自立して：原形為「自立する」，意思是「自食其力、獨立、獨自」。

- 人間に飼われている猫：被人類飼養著的貓。「飼われる」（被飼養）是「飼う」（飼養）的被動形。

- はじめに：首先、最初。

- 知らないうちに：在不知不覺當中。

- 猫を怖がらせた：讓貓害怕。「怖がらせる」（使〜害怕）是「怖がる」（害怕）的使役形。

- 警戒心を抱きます：懷有警戒心。「抱く」：懷有、懷抱、抱有。

- 生まれつき：與生俱來。

- 思い：思、思想、思考、感覺、想念、願望、思慕、仇恨、憂慮。

- 騒々しい：吵鬧的、喧囂的。

- 用心する：注意、小心、提防、留神。

- みっともない：不像樣的、不體面的、不成體統的。

- にぶい：遲鈍的、遲緩的。

文法

- 名詞＋として：作為～、以～身分。

- 常體＋としたら：如果～。

- 動詞た形＋り、動詞た形＋りする：表示動作的列舉，中文可翻譯成「又～又～」。

- 〔動詞ます形／名詞〕＋がち：用來表達即使是在無意之中也容易發生的動作，中文可翻譯成「往往～、容易～、經常會～」。

- 動詞て形＋もらう：得到～，所以「猫<ruby>に<rt>ねこ</rt></ruby>信頼<ruby>しんらい<rt></rt></ruby>してもらうまで」意思是「直到得到貓的信賴為止」。

問題2
<ruby>問題<rt>もんだい</rt></ruby>

<ruby>次<rt>つぎ</rt></ruby>の<ruby>文章<rt>ぶんしょう</rt></ruby>を<ruby>読<rt>よ</rt></ruby>んで、<ruby>質問<rt>しつもん</rt></ruby>に<ruby>答<rt>こた</rt></ruby>えなさい。<ruby>答<rt>こた</rt></ruby>えは、1・2・3・4から<ruby>最<rt>もっと</rt></ruby>もよいものを<ruby>一<rt>ひと</rt></ruby>つえらびなさい。

<ruby>以下<rt>いか</rt></ruby>は、<ruby>高校生<rt>こうこうせい</rt></ruby>の<ruby>夏休<rt>なつやす</rt></ruby>み<ruby>作文<rt>さくぶん</rt></ruby>コンクールで<ruby>優秀賞<rt>ゆうしゅうしょう</rt></ruby>をとった<ruby>作品<rt>さくひん</rt></ruby>の<ruby>一部<rt>いちぶ</rt></ruby>である。

わたしの<ruby>家<rt>いえ</rt></ruby>は<ruby>自然<rt>しぜん</rt></ruby>の<ruby>美<rt>うつく</rt></ruby>しい<ruby>田舎<rt>いなか</rt></ruby>にあります。<ruby>家<rt>いえ</rt></ruby>の<ruby>後<rt>うし</rt></ruby>ろは<ruby>山<rt>やま</rt></ruby>で、<ruby>近<rt>ちか</rt></ruby>くには<ruby>川<rt>かわ</rt></ruby>があります。でも、<ruby>川<rt>かわ</rt></ruby>は<ruby>汚<rt>よご</rt></ruby>れて<ruby>濁<rt>にご</rt></ruby>っているので、<ruby>鯉<rt>こい</rt></ruby>や<ruby>蛙<rt>かえる</rt></ruby>しかいません。<ruby>祖母<rt>そぼ</rt></ruby>によれば、<ruby>昔<rt>むかし</rt></ruby>は<ruby>飲<rt>の</rt></ruby>めるほどきれいで、<ruby>魚<rt>さかな</rt></ruby>がたくさん<ruby>住<rt>す</rt></ruby>んでいたそうです。<ruby>人<rt>ひと</rt></ruby>が<ruby>住<rt>す</rt></ruby>みやすいようにコンクリートで<ruby>周<rt>まわ</rt></ruby>りを<ruby>固<rt>かた</rt></ruby>めて、<ruby>生活排水<rt>せいかつはい</rt></ruby>を<ruby>流<rt>なが</rt></ruby>すようになった<ruby>結果<rt>けっか</rt></ruby>、<ruby>水<rt>みず</rt></ruby>をきれいにしてくれる<ruby>植物<rt>しょくぶつ</rt></ruby>さえも<ruby>減<rt>へ</rt></ruby>ってしまったのです。

このままでいいのでしょうか。もちろん、<ruby>住<rt>す</rt></ruby>みやすい<ruby>生活環境<rt>せいかつかんきょう</rt></ruby>は<ruby>必要<rt>ひつよう</rt></ruby>です。わたしがここで<ruby>言<rt>い</rt></ruby>いたいのは、<ruby>自然環境<rt>しぜんかんきょう</rt></ruby>を<ruby>維持<rt>いじ</rt></ruby>するためには<ruby>人間<rt>にんげん</rt></ruby>が<ruby>不便<rt>ふべん</rt></ruby>な<ruby>生活<rt>せいかつ</rt></ruby>をするべきだということではありません。<ruby>言<rt>い</rt></ruby>いたいのは、

ここに住むわたしたちが便利さだけを求めて、どんどん自然を破壊していけば、取り返しがつかなくなるということです。環境を守りながら、上手に生活し続けていく方法を、住民の一人一人がきちんと考えていく必要があるのではないでしょうか。具体的な改善策を以下に述べたいと思います。

問1　この作品のテーマとして、ふさわしいのは次のどれか。
　　1　住みやすい生活についての考察
　　2　人間の生存と自然破壊の関係
　　3　住みやすさと自然環境の持続
　　4　人と自然は共存できない

問2　筆者が主張したいことは次のどれか。
　　1　人が便利さのために自然を破壊していけば、いつか取り返しがつかなくなる。
　　2　自然環境を維持するためには、人間の生活が不便になってもしょうがない。
　　3　自然を上手に壊しながら、すばらしい生活をする方法を住民一人一人が考えるべきだ。
　　4　住みやすい家にするためには、多少の犠牲もがまんするしかない。

中譯

　　以下是高中生暑假作文比賽中，獲得優秀獎之作品的其中一部分。

　　我家位於有美麗大自然的鄉下。家的後面是山，附近有河川。但是，由於河川被汙染變得混濁後，就只剩下鯉魚或青蛙了。依祖母所言，據說以前是乾淨到可以飲用的程度，有許多魚居住著。人們為了居住方便，用混凝土固定住周圍，排放日常生活排水的結果，就是連可以淨化水質的植物也減少了。

　　再這樣下去可以嗎？當然，易於居住的生活環境是必要的。我在這裡想表

達的是，並非為了維護自然環境，人們就應該過著不方便的生活。想陳述的是，居住在此的我們，如果只是為了求方便，不斷地破壞自然的話，將變得無法挽回。居民的每一個人，是不是有必要好好地思考出一邊守護環境、一邊又能聰明地繼續生活下去的方法呢？

問1　作為這個作品的題目，以下何者合適呢？
　　　1　有關適宜居住之生活的考察
　　　2　人類的生存與自然破壞的關係
　　　3　適宜居住與自然環境的永續發展
　　　4　人與自然無法共存

問2　筆者想要主張的事情，是以下哪一個呢？
　　　1　如果人們為了方便再破壞自然下去的話，將變得無法挽回。
　　　2　為了維護自然環境，人們的生活就算變得不方便也無可奈何。
　　　3　居民每個人都應該思考出一邊聰明地破壞自然、一邊過著美好生活的
　　　　 方法。
　　　4　為了有適宜居住的家，多多少少的犧牲也只能忍耐。

解說

文字・語彙

- コンクール：比賽、競賽。

- 優秀賞（ゆうしゅうしょう）：優秀獎。

- 汚（よご）れて：原形是「汚（よご）れる」，意思是「弄髒了」。

- 濁（にご）っている：原形是「濁（にご）る」，意思是「混濁、不透明」。

- コンクリート：混凝土。

- 固（かた）めて：原形是「固（かた）める」，意思是「使～凝固、加固、增強」。

- 流（なが）す：沖走、使～流走、流。

- このまま：就按照現在這樣。

~ 198 ~

- 求めて：原形是「求める」，意思是「尋求」。

- 取り返しがつかない：無法挽回。

- 一人一人：每個人。

- 改善策：改善對策。

- しょうがない：沒辦法。

文法：

- 名詞＋によれば：根據〜所言、根據〜報導。

- 〔動詞辭書形 / 動詞ない形 / い形容詞 / な形容詞＋な / 名詞〕＋ほど：表示「極端的程度」，所以「飲めるほどきれいで」意思是「乾淨到能夠飲用的程度」。

- 名詞＋〔さえ / さえも〕：連〜都〜、甚至〜。

- 名詞＋ということだ：〜一回事。

聴解

問題1 🎧 MP3-11

問題1では、まず質問を聞いてください。それから話を聞いて、問題用紙の1から4の中から、最もよいものを一つ選んでください。

日本語学校のクラスで先生が話しています。学生は授業を休んだとき、宿題の内容をどうやって確認しますか。

F： これから言うことをよく聞いてくださいね。
　　授業を休むときは、必ず前の日までに受付に連絡してください。
　　何も言わないで休むと、ここに×がつきます。
　　×が三つになると、学校をやめなきゃなりませんよ。

M： 先生、連絡はメールでもいいですか。

F： だめです。きちんと受付に電話して、休む理由も伝えてください。
　　それから、休んだときは、先生の部屋の前にある掲示板をチェックしてくださいね。そこに宿題の内容が書いてありますから。友達に電話やメールで聞くのはだめですよ。自分の目できちんと確認してください。

M： はい。

F： それと、今日来ていないのは李さんと陳さんだけど、どうしたのかな。

M： 先生、あの二人は今日バイトです。
　　わたしは二人と同じアパートに住んでいますから、伝えておきます。

F： そう、じゃあ、お願い。それと、ついでに言っておいてくれるかな。
　　バイトも大事だけど、授業はもっと大事ですよって。

M： わかりました。

F： じゃあ、お願いね。

学生は授業を休んだとき、宿題の内容をどうやって確認しますか。
1　メールで先生に聞く
2　電話やメールで友達に聞く
3　先生の部屋の前にある掲示板を見る
4　アパートの前にある看板を見る

中譯

日語學校的課堂上，老師正在說話。學生沒來上課時，要如何確認作業的內容呢？

F：接下來所說的話，請仔細聽喔！
　　沒來上課的時候，請務必前一天之前和櫃檯聯絡。
　　什麼都沒說就不來，就會在這裡打個×。
　　一旦變成三個×，就非退學不可喔！
M：老師，也可以用電子郵件聯絡嗎？
F：不可以。請確實地打電話到櫃檯，傳達要請假的理由。
　　然後，請假的時候，請確認在老師研究室前面的布告欄喔！因為那邊有寫作業的內容。不可以用電話或電子郵件問朋友喔！請用自己的眼睛好好確認。
M：好的。
F：還有，今天沒有來的李同學和陳同學，是怎麼了嗎？
M：老師，那兩個人今天要打工。
　　我和他們兩個人住同樣的公寓，所以我會轉達。
F：那樣啊！那麼，拜託了！還有，可以順便跟他們說嗎？
　　說打工雖然也很重要，但是上課更重要喔！
M：知道了。
F：那麼，拜託囉！

學生沒來上課時，要如何確認作業的內容呢？

1　用電子郵件請問老師
2　用電話或電子郵件請問朋友
3　看在老師研究室前面的布告欄
4　看在公寓前面的招牌

解說

- 授業を休む：不上課、請假、曠課。

- 〔動詞辭書形 / 名詞〕＋までに：在～之前。

- 受付：受理處、接待處、詢問處、櫃檯。

- 学校を辞める：退學、輟學。

- 伝えて：原形為「伝える」，意思是「傳達、轉告、傳授、傳、傳給」。

- 掲示板：公告欄、布告欄。

- 動詞て形＋あります：用來表示動作結束後留下的狀態，所以「書いてあります」意思是「已經有寫好了」。

- それと：還有。

- 動詞て形＋おきます：用法有二，第一種是「為了某目的，預先做好某動作」；第二種是「採取某行為，使結果的狀態持續下去」，所以會話中的「伝えておきます」（會好好轉達）、「言っておいて」（要好好跟～說）都屬於第二種用法。

- ついでに：順便。

- 〔終助詞ね / よ〕＋って：表示「引用」的內容，中文可翻譯成「（某人）說～」。

- 看板：招牌。

問題 2

<ruby>問題<rt>もんだい</rt></ruby>2では、まず<ruby>文<rt>ぶん</rt></ruby>を<ruby>聞<rt>き</rt></ruby>いてください。それから、それに対する返事<ruby>対<rt>たい</rt></ruby>する<ruby>返事<rt>へんじ</rt></ruby>を<ruby>聞<rt>き</rt></ruby>いて、1から3の<ruby>中<rt>なか</rt></ruby>から<ruby>最<rt>もっと</rt></ruby>もよいものを<ruby>一<rt>ひと</rt></ruby>つ<ruby>選<rt>えら</rt></ruby>んでください。

1<ruby>番<rt>ばん</rt></ruby>） 🎧 **MP3-12**

M：<ruby>岡田<rt>おかだ</rt></ruby>さん、<ruby>今日<rt>きょう</rt></ruby>残業し<ruby>残業<rt>ざんぎょう</rt></ruby>してもらえるかな。

F： 1 <ruby>今日<rt>きょう</rt></ruby>もたいへんですね。

　　 2 <ruby>今日<rt>きょう</rt></ruby>ですか。<ruby>分<rt>わ</rt></ruby>かりました。

　　 3 <ruby>今日<rt>きょう</rt></ruby>の<ruby>分<rt>ぶん</rt></ruby>はもうやり<ruby>終<rt>お</rt></ruビ>えました。

中譯

M：岡田小姐，今天能幫忙加班嗎？

F： 1 今天也很辛苦呢！

　　 2 今天嗎？知道了。

　　 3 今天的份已經做完了。

解說

- 動詞て形＋もらえるか：意思是「能幫忙～嗎」。

- 動詞ます形＋<ruby>終<rt>お</rt></ruby>える：表示做完某事，所以「やり<ruby>終<rt>お</rt></ruby>えました」意思是「做完了」。

2<ruby>番<rt>ばん</rt></ruby>） 🎧 **MP3-13**

M：<ruby>今度<rt>こんど</rt></ruby>の<ruby>日曜日<rt>にちようび</rt></ruby>、いっしょに<ruby>映画<rt>えいが</rt></ruby>を<ruby>見<rt>み</rt></ruby>に<ruby>行<rt>い</rt></ruby>きませんか。

F： 1 ええ、<ruby>考<rt>かんが</rt></ruby>えました。

　　 2 ええ、<ruby>考<rt>かんが</rt></ruby>えてあります。

　　 3 ええ、<ruby>考<rt>かんが</rt></ruby>えておきます。

M： 這個禮拜天，要不要一起去看電影呢？

F： 1　是的，我考慮了。

　　2　是的，我已經有想好了。

　　3　是的，我會好好考慮。

解說

- 「てあります」：

　「てあります」（已經有～好了）表示「動作結果的存在」，所以選項2的「考<ruby>考<rt>かんが</rt></ruby>えてあります」意思是「（我）已經有想好了」，由於這樣回答意思怪怪的，所以選項2不對。

- 「ておきます」：

　「ておきます」（會好好～）表示「採取某行為，使結果的狀態持續下去」，所以選項3的「考<ruby>考<rt>かんが</rt></ruby>えておきます」意思是「會好好考慮」，為正確答案。

3<ruby>番<rt>ばん</rt></ruby>）🎧 MP3-14

F：　<ruby>陳<rt>ちん</rt></ruby>さん、<ruby>日本語<rt>にほんご</rt></ruby>がお<ruby>上手<rt>じょうず</rt></ruby>ですね。

M：1　ええ、もっとがんばります。

　　2　いいえ、もうじゅうぶんです。

　　3　いえ、まだまだです。

中譯

F：　陳先生，您的日文很好耶！

M：　1　是的，會更加努力。

　　　2　沒有，已經夠了。

　　　3　哪裡，還差得遠呢！

解說

- じゅうぶん：十分、充分、足夠。

- まだまだ：還差得遠。

問題3では、まず話を聞いてください。それから、質問と選択肢を聞いて、1から4の中から、最もよいものを一つ選んでください。

テレビで絵本を紹介しています。

F1：最後に、番組からプレゼントがあります。こちらに大人向けの絵本を二冊とお子様向けの絵本を二冊、ご用意しました。それぞれ一冊ずつ、四名の方にプレゼントします。今からご紹介しますので、ぜひ画面の下に出ているこちらの住所に応募してください。ええと、まず1冊目は都会でしか生活したことのなかった夫婦が、田舎で田植えをする話です。2冊目は戦争中の話で、床屋の主人が地域の人を救う話です。戦争を経験した人たちは、その時代を思い出して涙を流すかもしれません。そして、子供さんのために書かれた3冊目の本ですが、こちらは親指と小指がけんかして、最後に仲良しになる話です。とても可愛いストーリーです。最後に4冊目は、最近子供が生まれたお母さんが書いた温かい作品です。

F2：応募してみようかな。

M：幼稚園の子供たちに読んであげるの？

F2：ちがうわよ。幼稚園には絵本、いっぱいあるもの。
お父さんにプレゼントしてあげようと思って。
さっき言ってたあれ、その時代を思い出してってやつ。

M：ああ、いいかも。お父さん、喜びそう。

二人はどの<u>絵本</u>に<u>応募</u>することにしましたか。
1　1冊目の<u>絵本</u>
2　2冊目の<u>絵本</u>
3　3冊目の<u>絵本</u>
4　4冊目の<u>絵本</u>

中譯

電視裡面正在介紹繪本。

F1：　最後，節目會送出禮物。這裡準備了針對大人的繪本二本，以及針對小孩的繪本二本。會贈送給四位觀眾各一本。由於接下來會開始介紹，所以請務必在畫面下面顯示的這裡的地址報名參加。這個呢，首先第1本是只有在都市生活過的夫婦在鄉下種田的故事。第2本是戰爭時期的故事，是理髮店的老闆拯救了那個地區的人們的故事。經驗過戰爭的人們，回想起那個時代，說不定會流淚。接下來，是為了小朋友而寫的第3本書，這是一本大拇指和小指吵架，但是最後和好的故事。是非常可愛的故事。最後的第4本，則是最近剛生完小孩的母親所寫的溫馨作品。

F2：　要報名參加看看嗎？
M：　是要唸給幼稚園的小朋友們聽嗎？
F2：　不是啦！幼稚園裡已經有一大堆繪本了。
　　　是想要送給爸爸。
　　　剛剛說的那個，會回想起那個時代的書。
M：　啊，說不定不錯耶。爸爸可能會喜歡。

二個人決定要報名參加哪本繪本呢？
1　第1本繪本
2　第2本繪本
3　第3本繪本
4　第4本繪本

解說

- 絵本：繪本、圖畫書。

- 名詞＋向け：專為～、針對～。所以「大人向けの絵本」意思是「專為大人打造的繪本」。

- 応募して：原形為「応募する」，意思是「應徵、應試、應募、報名參加」。

- ～しか～ない：只有。所以「都会でしか生活したことのなかった夫婦」意思是「只有在都市生活過的夫婦」。

- 田植えをする：種田、插秧。

- 床屋：理髮店。

- 主人：一家之主、丈夫、老闆。

- 救う：拯救。

- けんかして：原形為「けんかする」，意思是「吵嘴、吵架、打架」。

- 仲良し：好朋友、友好。所以「仲良しになる」是「和好」。

- あれ：那個。

- やつ：傢伙、東西、事情。所以文中的「やつ」指的是「書」。

- かも：「かもしれない」（說不定）的口語用法。

- 動詞ます形＋そうです：看起來～、好像～、有可能～。所以「喜びそう」意思是「可能會歡喜」。

16 天

考題

📝 文字・語彙

1 兄は学校の試験に<u>備えて</u>、毎日遅くまで勉強しています。
   1　ささえて　　2　ふるえて　　3　そなえて　　4　くわえて

2 仕事があるので、子供を保育園に<u>預ける</u>ことにしました。
   1　あずける　　2　とどける　　3　つづける　　4　たすける

3 このドレスは彼女にとても<u>似合う</u>と思います。
   1　いわう　　2　いあう　　3　におう　　4　にあう

4 明日は授業で絵を描くので、<u>えのぐ</u>を持ってきてください。
   1　画具　　2　絵具　　3　顔料　　4　絵料

5 父はまだ<u>きたく</u>していないので、家の中でお待ちください。
   1　帰家　　2　帰宅　　3　回家　　4　回宅

6 運転免許証の（　　　）発行はどこでしますか。
   1　重　　2　再　　3　次　　4　先

7 夫は（　　　）でアメリカに行くたびに、チョコレートを買ってくる。
   1　出演　　2　出張　　3　出場　　4　出勤

8　最近、体の（　　　　）が悪いので、病院で検査してもらうつもりだ。

　　1　調子　　　　　2　調度　　　　　3　調節　　　　　4　調整

9　＿＿＿＿の言葉に意味がもっとも近いものを、一つ選びなさい。
　　お忙しいところお手数をおかけして、すみませんでした。

　　1　きのどく　　2　でむかえ　　3　てつづき　　4　めんどう

10　「だらけ」の使い方として最もよいものを、一つ選びなさい。

　　1　海で遊んできたので、靴の中が砂だらけだ。
　　2　今朝は風邪だらけなので、会社を休んだ。
　　3　夫はいつも仕事だらけで、ほとんど家にいない。
　　4　あの子はまだ六才なのに、話し方が大人だらけだ。

🗐 文法

1　このアニメは子ども（　　　　）、大人にも人気がある。
　　1　くらいか　　2　ばかりか　　3　さえも　　　4　なども

2　社長（　　　　）、店を閉めるという決断は辛かっただろう。
　　1　にあたって　　　　　　　2　にしても
　　3　にかけては　　　　　　　4　につけて

3　英語の上達には、書くことは（　　　　）話すことはもっと大事だ。
　　1　もとで　　2　かまって　　3　もとより　　4　かまわず

4 寝ずに車を運転したら、交通事故を起こし（　　　　　）よ。
1　かけません　　　　　　　2　えません
3　かねません　　　　　　　4　きれません

5 今日は重要な会議があるので、風邪（　　　　）休むわけには
いかない。
1　だからといって　　　　　2　といいつつも
3　といったら　　　　　　　4　のみならず

6 こんなに値段が高いのだから、おいしい（　　　　）。
1　にすぎない　　　　　　　2　にきまっている
3　にかぎる　　　　　　　　4　ほかない

7 頭のいい横山さん（　　　　　）、かならず百点が取れるとは限
らない。
1　としたところで　　　　　2　ともなると
3　とあいまって　　　　　　4　といったら

8 年をとる（　　　　）、記憶力も衰えるのは当然のことだ。
1　をとおして　　　　　　　2　をこめて
3　につれて　　　　　　　　4　について

9 わたしはプロではないので、アドバイスは（　　　　）。
1　することか　　　　　　　2　するもんだ
3　しかねます　　　　　　　4　したいものだ

10 外で子どもたちが（　　　　）に遊んでいる。
1　楽しい　　　2　楽しく　　　3　楽しめ　　　4　楽しげ

解答

文字・語彙（每題 5 分）

1	2	3	4	5	6	7	8	9	10
3	1	4	2	2	2	2	1	4	1

文法（每題 5 分）

1	2	3	4	5	6	7	8	9	10
2	2	3	3	1	2	1	3	3	4

得分（滿分 100 分）

/100

中文翻譯＋解說

文字・語彙

① 兄は学校の試験に備えて、毎日遅くまで勉強しています。

1 ささえて　　2 ふるえて　　3 そなえて　　4 くわえて

中譯 哥哥為學校的考試做準備，每天讀書到很晚。

解說 本題考「～える」結尾的動詞。選項1是「支える」（支撐、支持、維持）；選項2是「震える」（震動、發抖、抖動）；選項3是「備える」（準備、防備、設置、具備）為正確答案；選項4是「加える」（加上、增加、加大、施加）。以上皆為重要單字，請牢記。

② 仕事があるので、子供を保育園に預けることにしました。

1 あずける　　2 とどける　　3 つづける　　4 たすける

中譯 由於有工作，所以決定把小孩托給保育園了。

解說 本題考「～ける」結尾的動詞。選項1是「預ける」（託付、寄放、交給、存錢、倚靠）為正確答案；選項2是「届ける」（送到、送給、送去、報告）；選項3是「続ける」（繼續、連續）；選項4是「助ける」（幫助、幫忙）。以上皆為重要單字，請牢記。

附帶一提，日本的「幼稚園」和「保育園」不同。

- 「幼稚園」是由「文部科学省」（相當於台灣的「教育部」）管轄，收「3歲～小學就學前」一般家庭的幼兒。

- 「保育園」是「厚生労働省」（相當於台灣的「衛福部」和「勞動部」的總合）管轄，收家長因工作、就學或其他情事無法正常照顧幼兒之「0歲～小學就學前」的幼兒。

3 このドレスは彼女にとても似合うと思います。
1 いわう　　　2 いあう　　　3 におう　　　4 にあう

中譯 我覺得這件洋裝非常適合她。

解説 本題考「～う」結尾的動詞。選項1是「祝う」（祝賀、送賀禮、祝福）；選項2無此字；選項3是「匂う」（有香味、顏色顯得漂亮）或「臭う」（發臭、有臭味）；選項4是「似合う」（相配、合適）。以上皆為重要單字，請牢記。

4 明日は授業で絵を描くので、えのぐを持ってきてください。
1 画具　　　2 絵具　　　3 顔料　　　4 絵料

中譯 明天課堂上要畫圖，所以請帶顏料來。

解説 本題考與圖畫相關的名詞。選項1是「画具」（畫具）；選項2是「絵具」（顏料）為正確答案；選項3是「顔料」（顏料）；選項4無此字。

5 父はまだきたくしていないので、家の中でお待ちください。
1 帰家　　　2 帰宅　　　3 回家　　　4 回宅

中譯 由於家父還沒有回家，所以請在家中等候。

解説 本題考動詞「帰宅する」（回家），選項2為正確答案，其餘選項均無該字。

6 運転免許証の（ 再 ）発行はどこでしますか。
1 重　　　2 再　　　3 次　　　4 先

中譯 駕駛執照的補發，要在哪裡辦理呢？

解説 本題考「接頭語」。選項1是「重」（重～），例如「重金属」（重金屬）或是「重婚」（重婚）；選項2是「再」（再～），例如「再放送」（重播）或是「再発行」（重新發行、重新發放、重新發售）；選項3是「次」（次～、下一個～），例如「次回」（下次、下回）；選項4是「先」（前一個～、上一個～），例如「先月」（上個月），選項2為正確答案。

7 夫は（ 出張 ）でアメリカに行くたびに、チョコレートを買って
くる。

1 出演　　　　2 出張　　　　3 出場　　　　4 出勤

中譯 每當丈夫因出差去美國時，就會買巧克力回來。

解說 本題考「出～」的相關單字。

首先，「〔名詞＋の／動詞辭書形〕＋たびに」意思是「每當～
就～」。

接著，選項1是「出演」（演出、出場、登台）；選項2是「出張」（出
差）；選項3是「出場」（出場、參加）；選項4是「出勤」（出勤、出
門上班），正確答案是選項2。以上選項均為重要單字，並請留意漢字
「出」的發音是否為促音。

8 最近、体の（ 調子 ）が悪いので、病院で検査してもらうつもりだ。

1 調子　　　　2 調度　　　　3 調節　　　　4 調整

中譯 最近，由於身體的狀況不好，所以打算在醫院接受檢查。

解說 本題考「調～」的相關單字。選項1是「調子」（〔人或事物進展的〕
情況、狀態）；選項2是「調度」（日用器具、家具）；選項3是「調
節」（調整、調節）；選項4是「調整」（調整、調節），正確答案是
選項1。

9 ＿＿＿＿の言葉に意味がもっとも近いものを、一つ選びなさい。
お忙しいところお手数をおかけして、すみませんでした。

1 きのどく　　2 でむかえ　　3 てつづき　　4 めんどう

中譯 請選擇一個和＿＿＿＿語彙意義最相近的答案。

在您忙碌時給您添麻煩，對不起。

解說 本題考可以和「お手数」（費事、費心、麻煩）代換的單字。選項1是
「気の毒」（可憐、過意不去）；選項2是「出迎え」（迎接）；選項
3是「手続き」（手續）；選項4是「面倒」（麻煩、費事、棘手）。可
以和「お手数をおかけして」（給您添麻煩）代換的，只有「（ご）面
倒をおかけして」，正確答案為選項4。

10 「だらけ」の使い方として最もよいものを、一つ選びなさい。

1 海で遊んできたので、靴の中が砂だらけだ。

2 今朝は風邪だらけなので、会社を休んだ。

3 夫はいつも仕事だらけで、ほとんど家にいない。

4 あの子はまだ六才なのに、話し方が大人だらけだ。

解説 1 海で遊んできたので、靴の中が砂だらけだ。（○）

2 今朝は風邪だらけなので、会社を休んだ。（X）

→今朝は風邪ぎみなので、会社を休んだ。（○）

3 夫はいつも仕事だらけで、ほとんど家にいない。（X）

→夫はいつも仕事ばかりで、ほとんど家にいない。（○）

4 あの子はまだ六才なのに、話し方が大人だらけだ。（X）

→あの子はまだ六才なのに、話し方が大人みたいだ。（○）

中譯 就「だらけ」（滿、淨、全）的使用方法，請選出一個最好的答案。

1 由於從海邊玩回來，所以鞋子裡面全是沙。

2 由於今天早上覺得有點感冒，所以跟公司請了假。

3 老公總是一味地工作，幾乎不在家。

4 那個小孩明明才六歲，講話的方式卻像大人一樣。

文法

1 このアニメは子ども（ ばかりか ）、大人にも人気がある。

1 くらいか　　　2 ばかりか　　　3 さえも　　　4 なども

中譯 這部動畫不僅小孩，對大人也很受歡迎。

解說 本題考「名詞修飾形＋ばかりか」的用法，意思是「不僅～而且～」，正確答案為選項2。其餘選項：選項1一般以「くらい」（大約～）的形式出現；選項3是「さえも」（連～、甚至～）；選項4一般以「など」（～之類、～等等～）的形式出現。

2 社長（ にしても ）、店を閉めるという決断は辛かっただろう。

1 にあたって　　2 にしても　　3 にかけては　4 につけて

中譯 就算是社長，要關店這樣的決斷也很痛苦吧！

解說 本題考「名詞＋にしても」的用法，意思是「即使～也～、就算～也～」，所以「社長にしても」意思是「就算是社長也～」，選項2為正確答案。其餘選項：選項1是「にあたって」（值此～之際、在～的時候）；選項3是「にかけては」（在～方面〔無人能敵〕）；選項4是「につけて」（每當～就～）。

3 英語の上達には、書くことは（ もとより ）話すことはもっと大事だ。

1 もとで　　　2 かまって　　　3 もとより　　4 かまわず

中譯 想要英文進步，寫就不用說了，說更重要。

解說 本題考「名詞＋は＋もとより」的用法，意思是「當然～、不用說～」，所以「書くことはもとより」意思是「寫就不用說了」，選項3為正確答案。其餘選項：選項1一般以「のもとで」（在～之下）的形式出現；選項2無此用法；選項4一般以「もかまわず」（不顧～、無視～）的形式出現。

4 寝ずに車を運転したら、交通事故を起こし（ かねません ）よ。

1 かけません　2 えません　　3 かねません　4 きれません

中譯 沒睡覺就開車的話，有可能發生交通事故喔！

解說 本題考「動詞ます形＋かねない」的用法，用於可能變成不好的結果，中文可翻譯成「恐怕有可能～」，所以「交通事故を起こしかねません」意思是「恐怕有可能發生交通事故」，選項3為正確答案。
其餘選項：選項1一般以「動詞ます形＋かける」（剛～了一半）的形式出現；選項2一般以「動詞ます形＋得る」（有可能～）或「動詞ます形＋得ない」（不可能～）的形式出現；選項4一般以「動詞ます形＋きれる」（能～完）或「動詞ます形＋きれない」（～不完）的形式出現。

附帶一提，容易混淆的「動詞ます形＋かねる」意思為「無法～、難以～」，例如「決めかねる」（難以決定），請一起記住。

5 今日は重要な会議があるので、風邪（　だからといって　）休むわけにはいかない。

1 だからといって　　　　　2 といいつつも

3 といったら　　　　　　　4 のみならず

中譯 今天由於有重要的會議，所以就算感冒，也不能請假。

解說 首先，句尾的「休むわけにはいかない」意思是「不能請假」。和句裡的「風邪」一對照，便知道答案要選擇「雖然～但是～」這種「逆接」的文法。

選項當中：選項1是「だからといって」（雖說～但也～）；選項2是「といいつつも」（雖然嘴上說～但卻～）；選項3是「といったら」（說到～那可真的是～）；選項4是「のみならず」（不僅～而且～），所以選項1為正確答案。

6 こんなに値段が高いのだから、おいしい（　にきまっている　）。

1 にすぎない　　　　　　　2 にきまっている

3 にかぎる　　　　　　　　4 ほかない

中譯 因為價格是如此地貴，所以肯定好吃。

解說 本題考「常體＋にきまっている」的用法，意思是「一定～、肯定～」，所以「おいしいにきまっている」意思是「肯定好吃」，選項2為正確答案。其餘選項：選項1是「にすぎない」（只不過是～）；選項3是「名詞＋に限る」（只限～）或是「〔動詞辭書形／動詞ない形／名詞〕＋に限る」（～最棒、～最好）；選項4是「ほかない」（只好～）。

7 頭のいい横山さん（　としたところで　）、かならず百点が取れるとは限らない。

1　としたところで　　　　　　2　ともなると

3　とあいまって　　　　　　　4　といったら

中譯　即使是頭腦好的橫山同學，也未必一定考一百分。

解說　首先，句尾的「百点が取れるとは限らない」意思是「未必考一百分」。和句首的「頭のいい横山さん」（頭腦很好的橫山同學）一對照，便知道答案要選擇「雖然～但是～」這種「逆接」的文法。選項當中：選項1是「としたところで」（從～立場來看，即使～也～）；選項2是「ともなると」（要是～就～、一旦～就～）；選項3是「とあいまって」（與～相輔相成、與～相配合）；選項4是「といったら」（說到～那可真的是～），所以選項1為正確答案。

8 年をとる（　につれて　）、記憶力も衰えるのは当然のことだ。

1　をとおして　　2　をこめて　　3　につれて　　4　について

中譯　隨著年齡增長，記憶力也跟著衰退是理所當然的事。

解說　本題考「〔動詞辭書形 / 名詞〕＋につれて」的用法，意思是「隨著～」，所以「年をとるにつれて」意思是「隨著年齡增長」，選項3為正確答案。其餘選項：選項1是「を通して」（透過～、通過～）；選項2是「をこめて」（懷著～、帶著～）；選項4是「について」（關於～）。

9 わたしはプロではないので、アドバイスは（　しかねます　）。

1　することか　　　　　　　　2　するもんだ

3　しかねます　　　　　　　　4　したいものだ

中譯　由於我不是專家，所以難以給建議。

解說　本題考「動詞ます形＋かねる」的用法，意思為「無法～、難以～」，所以「アドバイスはしかねます」意思是「難以給建議」，選項3為正確答案。其餘選項：選項1一般以「ことか」（多麼～啊！）的形式出

現；選項2一般以「ものだ」（本來就～）的形式出現，「もんだ」是
「ものだ」的口語用法；選項4一般以「たいものだ」（真想～啊！）
的形式出現。

10 外で子どもたちが（　楽しげ　）に遊んでいる。
1 楽しい　　　2 楽しく　　　3 楽しめ　　　4 楽しげ

中譯 在外面的孩子們感覺很高興地玩著。

解說 本題考「〔い形容詞／な形容詞〕＋げ」的用法，用來表示說話者認
為～看起來有某種樣子的感覺，中文可翻譯成「好像～、顯得～」，
所以「楽しげ」意思是「感覺很高興的樣子」，選項4為正確答案。其
餘選項：選項1是「楽しい」（高興的），用來修飾名詞，後面不可以
接續「に」，所以錯誤；選項2是「楽しく」（高興地），用來修飾動
詞，後面不可以接續「に」，所以錯誤；選項3一般以「楽しめる」
（能享受）的形式出現，所以錯誤。

17 天

考題

文字・語彙

1　最近、悲しい<u>出来事</u>がたくさんありました。
　　1　てきこと　　2　てきごと　　3　できこと　　4　できごと

2　このパンは<u>小麦粉</u>と牛乳と卵でできています。
　　1　こむぎこ　　2　こむぎふん　3　おむぎこ　　4　おむぎふん

3　突然、アメリカの友だちが<u>訪ねて</u>きて、おどろきました。
　　1　たずねて　　2　ほうねて　　3　おとねて　　4　からねて

4　いろいろな国の<u>ことば</u>が話せるようになりたいです。
　　1　言葉　　　　2　葉言　　　　3　言語　　　　4　語言

5　今の日本の子どもは戦争の苦しみを<u>あじわった</u>ことがない。
　　1　味わった　　2　嘗わった　　3　験わった　　4　感わった

6　旅行（　　　　）でパスポートをなくしてしまった。
　　1　先　　　　　2　点　　　　　3　所　　　　　4　場

7　この試験に合格できるのは（　　　　）五人くらいだろう。
　　1　いちいち　　2　くれぐれ　　3　しばしば　　4　せいぜい

8 教授は病気なのだから、研究が（　　　　　）てもやむをえない。

　　1　しずまなく　2　たのまなく　3　すすまなく　4　のぞまなく

9 ＿＿＿＿＿の言葉に意味がもっとも近いものを、一つ選びなさい。

　選挙の時期は朝から<u>うるさくて</u>、勉強ができません。

　　1　そそっかしくて　　　　　　2　あわただしくて

　　3　そうぞうしくて　　　　　　4　ずうずうしくて

10 「くだらない」の使い方として最もよいものを、一つ選びなさい。

　　1　新しい家は大通りにあるので、とても<u>くだらない</u>です。

　　2　あの先生の話は<u>くだらない</u>ので、クラスの半分は寝ています。

　　3　大好きな人から食事に誘われて、<u>くだらなくて</u>たまりません。

　　4　夜、一人で歩くのは<u>くだらない</u>ので、いっしょに行きましょう。

文法

1 歯は歯みがき粉を（　　　　　）、少量で磨くのがいいそうです。

　　1　使うにすぎず　　　　　　　2　使うにすぎなく

　　3　使いすぎもせず　　　　　　4　使いすぎずに

2 どんなに偉い人でも、死ぬときは一人の人間（　　　　　）。

　　1　にしかない　　　　　　　　2　でしかない

　　3　にないことだ　　　　　　　4　でないことだ

3 姉はケーキ作りが上手だが、甘い物が好き（　　　　）そうでもない。
1　のみならず　　　　　　　2　にもかかわらず
3　なのかといえば　　　　　4　だとしたら

4 あの新人は会社にやっと来た（　　　　）、もういない。
1　と思ったら　　　　　　　2　どおりに
3　かどうか　　　　　　　　4　うえで

5 A「今日はもう止めましょう。時間のむだです」
B「いや、みんなでもう一度（　　　　）」
1　話し合うではないか　　　2　話し合おうではないか
3　話し合うとかするもんか　4　話し合おうものがあるか

6 今日は朝から忙しくて、食事（　　　　）水も飲んでいない。
1　ところも　2　どころか　3　ことなく　4　こととか

7 大学生のテスト問題が小学生に分かる（　　　　）。
1　ことな　　2　ことか　　3　ものな　　4　ものか

8 とても楽しみにしていた試合（　　　　）、中止になって残念だ。
1　ものに　　2　もので　　3　だけに　　4　だけで

9 息子は自分の将来に（　　　　）、悩んでいるようだ。
1　とって　　2　ついて　　3　よって　　4　おいて

10 その問題は中学二年生（　　　　）、難しすぎると思います。
1　によって　　2　にとって　　3　とともに　　4　として

解答

文字・語彙（每題5分）

1	2	3	4	5	6	7	8	9	10
4	1	1	1	1	1	4	3	3	2

文法（每題5分）

1	2	3	4	5	6	7	8	9	10
4	2	3	1	2	2	4	3	2	2

得分（滿分100分）

/100

中文翻譯＋解說

📝 文字・語彙

1 最近、悲しい<u>出来事</u>がたくさんありました。

1 てきこと　　2 てきごと　　3 できこと　　**4 できごと**

中譯 最近，有許多令人悲傷的事件。

解說 本題考「出来事」（〔偶發的〕事件、變故）的發音，固定就是「できごと」，選項4為正確答案。

附帶一提，「出来事」和常見的「事」之差異。

- 「出来事」：偶發的事件或變故。

- 「事」：泛指所有的事情。

2 このパンは<u>小麦粉</u>と牛乳と卵でできています。

1 こむぎこ　　2 こむぎふん　　3 おむぎこ　　4 おむぎふん

中譯 這個麵包是用麵粉和牛奶和蛋做成的。

解說 本題考「小麦粉」（麵粉）的發音。「小麦」（小麥）的唸法固定就是「こむぎ」，而「粉」（粉）雖然有「こ」、「こな」、「ふん」幾種唸法，但是和「こむぎ」結合時固定要唸「こ」，選項1「こむぎこ」為正確答案。

3 突然、アメリカの友だちが<u>訪ねて</u>きて、おどろきました。

1 たずねて　　2 ほうねて　　3 おとねて　　4 からねて

中譯 美國的友人突然來訪，嚇了我一跳。

解說 本題考和語動詞「訪ねる」（拜訪）的發音，固定就是「たずねる」，意思和「訪問する」（拜訪）一樣。

4 いろいろな国(くに)のことばが話(はな)せるようになりたいです。

1 言葉(ことば)　　　2 葉言　　　3 言語(げんご)　　　4 語言

中譯 希望變得能說各種國家的話。

解說 本題考名詞「ことば」的漢字,固定就是「言葉」,意思是「話、語言」,選項1為正確答案。其餘選項:選項2無此字;選項3是「言語(げんご)」(語言);選項4無此字。

5 今(いま)の日本(にほん)の子(こ)どもは戦争(せんそう)の苦(くる)しみをあじわったことがない。

1 味(あじ)わった　　2 嘗わった　　3 験わった　　4 感わった

中譯 現在的日本小孩沒有吃過戰爭的苦。

解說 本題考「味(あじ)わう」(嚐、品味、欣賞、體驗)的漢字,正確答案為選項1,其餘選項皆無該字。

6 旅行(りょこう)(先(さき))でパスポートをなくしてしまった。

1 先(さき)　　　2 点(てん)　　　3 所/所(しょ/じょ)　　　4 場/場(ば/じょう)

中譯 在旅行的地方不小心把護照弄丟了。

解說 本題考「接尾語」。選項1是「先(さき)」(～目的地、～處),例如「旅行(りょこう)先(さき)」(旅行的地方)、「勤(つと)め先(さき)」(工作的地方),為正確答案;選項2是「点(てん)」(～分、～品項),例如「百点(ひゃくてん)」(一百分)、「何点(なんてん)」(幾個品項);選項3是「所(しょ)」(～所)或「所(じょ)」(～所),例如「区役所(やくしょ)」(區公所)或「洗面所(せんめんじょ)」(盥洗室、化妝間、廁所);選項4是「場(ば)」(～場)或「場(じょう)」(～場),例如「売(う)り場(ば)」(賣場)或「駐車場(ちゅうしゃじょう)」(停車場)。

7 この試験(しけん)に合格(ごうかく)できるのは(せいぜい)五人(ごにん)くらいだろう。

1 いちいち　　2 くれぐれ　　3 しばしば　　4 せいぜい

中譯 這個考試能及格的充其量五個人左右吧!

解說 本題考「副詞」。選項1是「いちいち」(逐一);選項2一般以「くれぐれも」(千萬、一定)的形式出現;選項3是「しばしば」(屢次、再三);選項4是「せいぜい」(充其量、最多也),正確答案是選項4。

8 教授は病気なのだから、研究が（ すすまなく ）てもやむをえない。

1 しずまなく　　　　　　　　2 たのまなく

3 すすまなく　　　　　　　　4 のぞまなく

中譯 教授因為生病，所以研究沒有進展也無可奈何。

解說 本題考「～む」結尾的動詞。選項1是「沈まなく」（沒有沉沒；
原形為「沈む」）；選項2是「頼まなく」（沒有請求；原形為「頼
む」）；選項3是「進まなく」（沒有前進；原形為「進む」）；選項4
是「望まなく」（沒有眺望、沒有期望；原形為「望む」），正確答案
是選項3。另外，題目中的「やむをえない」意思是「不得已、無可奈
何」。

9 ＿＿＿＿＿の言葉に意味がもっとも近いものを、一つ選びなさい。
選挙の時期は朝からうるさくて、勉強ができません。

1 そそっかしくて　　　　　　2 あわただしくて

3 そうぞうしくて　　　　　　4 ずうずうしくて

中譯 請選擇一個和＿＿＿＿＿語彙意義最相近的答案。
選舉期間從早上開始就吵吵鬧鬧的，無法讀書。

解說 本題考「～しい」結尾的形容詞。選項1是「そそっかしい」（舉止慌
張的、粗心大意的、冒失的）；選項2是「慌しい」（慌張的、匆忙
的）；選項3是「騒々しい」（吵鬧的、喧囂的）；選項4是「ずうず
うしい」（厚臉皮的、無恥的）。可以和題目中的「うるさくて」（吵
雜的、煩人的）相互替換的，只有選項3「そうぞうしくて」（吵鬧
的）。

10 「くだらない」の使い方として最もよいものを、一つ選びなさい。
1 新しい家は大通りにあるので、とてもくだらないです。
2 あの先生の話はくだらないので、クラスの半分は寝ています。
3 大好きな人から食事に誘われて、くだらなくてたまりません。
4 夜、一人で歩くのはくだらないので、いっしょに行きましょう。

解說 1 新しい家は大通りにあるので、とても<u>くだらない</u>です。 （X）

→新しい家は大通りにあるので、とてもやかましいです。 （○）

2 あの先生の話はくだらないので、クラスの半分は寝ています。 （○）

3 大好きな人から食事に誘われて、<u>くだらなくて</u>たまりません。（X）

→大好きな人から食事に誘われて、<u>嬉しくて</u>たまりません。 （○）

4 夜、一人で歩くのは<u>くだらない</u>ので、いっしょに行きましょう。（X）

→夜、一人で歩くのは<u>危ない</u>ので、いっしょに行きましょう。（○）

中譯 就「くだらない」（無用、無益、無價值、無聊、不足取）的使用方法，請選出一個最好的答案。

1 由於新家在大馬路上，所以很吵。

2 由於那位老師講的內容很無聊，所以班上半數都睡著了。

3 被非常喜歡的人邀約吃飯，開心得不得了。

4 由於晚上一個人走路很危險，所以一起去吧！

文法

1 歯は歯みがき粉を（ 使いすぎずに ）、少量で磨くのがいいそうです。

1 使うにすぎず　　　　　2 使うにすぎなく

3 使いすぎもせず　　　　4 使いすぎずに

中譯 據說牙齒不要用太多牙膏，用少量來刷比較好。

解說 本題考「動詞ます形＋すぎる」（太～）以及「動詞ない形＋ずに」（不要～、沒～）二種用法。所以「使いすぎずに」（不要用太多）源自於「使います＋すぎない＋ずに」，選項4為正確答案，其餘選項均似是而非。

2 どんなに偉い人でも、死ぬときは一人の人間（　でしかない　）。

1　にしかない　　　　　　　　**2　でしかない**

3　にないことだ　　　　　　　4　でないことだ

中譯 再怎麼偉大的人，死的時候也只不過是一個普通人。

解說 本題考「名詞＋でしかない」的用法，意思是「只不過是～」，所以「一人の人間でしかない」意思是「只不過是一個普通人」，選項2為正確答案。其餘選項：選項1一般以「しかない」（只有～）的形式出現；選項3和4一般以「ないことだ」（不要～比較好）的形式出現。此外，本題之「でしかない」用法雖相當於「に過ぎない」（只不過是～），但是帶有「評價不高、沒有什麼了不起」的語感，所以使用時要特別注意。

3 姉はケーキ作りが上手だが、甘い物が好き（　なのかといえば　）そうでもない。

1　のみならず　　　　　　　　2　にもかかわらず

3　なのかといえば　　　　　　4　だとしたら

中譯 姊姊雖然很會做蛋糕，但若談到是喜歡甜食嗎，也不完全是那樣。

解說 首先，句尾的「そうでもない」意思是「也不全然是那樣」。接著，本題考「〔名詞／句子〕＋といえば」的用法，意思是「談到～、提到～」，所以「甘い物が好きなのかといえば」意思是「若談到是喜歡甜食嗎」，選項3為正確答案。其餘選項：選項1是「のみならず」（不是只有～）；選項2是「にもかかわらず」（雖然～但是～、儘管～卻～）；選項4是「〔だ〕としたら」（如果～）。

4 あの新人は会社にやっと来た（　と思ったら　）、もういない。

1　**と思ったら**　　2　どおりに　　3　かどうか　　4　うえで

中譯 原以為那位新人終於來公司，哪知道已經不在了。

解說 對照句子一開始的「やっと来た」（終於來了）和句尾的「もういない」（已經不在了），就知道要選擇「感到意外」的文法，也就是「〔動詞辭書形／動詞た形〕＋〔か〕と思ったら」的用法，意思有「剛～就～」、「才～又～」、「原以為～卻～」幾種，所以「あの新

人は会社にやっと来たと思ったら」意思是「原以為那位新人終於來公司了，結果卻～」，選項1為正確答案。其餘選項：選項2是「どおりに」（按照～、和～一樣）；選項3是「かどうか」（是不是～、會不會～）；選項4是「うえで」（為了要～、在～之後、在～層面上）。

5 A「今日はもう止めましょう。時間のむだです」

B「いや、みんなでもう一度（ 話し合おうではないか ）」

1 話し合うではないか　　　　2 話し合おうではないか

3 話し合うとかするもんか　　4 話し合おうものがあるか

中譯 A「今天就此打住吧！（再說也是）浪費時間。」

B「不，讓我們大家再商量一次吧！」

解說 本題考「動詞意向形＋ではないか」的用法，用來強烈地呼籲，或是邀請對方一起進行某特定事情，中文可翻譯成「讓我們～吧、～吧、不～嗎」，所以「もう一度話し合おうではないか」意思是「讓我們再商量一次吧！」，選項2為正確答案。其餘選項似是而非，皆錯誤。

6 今日は朝から忙しくて、食事（ どころか ）水も飲んでいない。

1 ところも　　2 どころか　　3 ことなく　　4 こととか

中譯 今天從早上開始就忙，別說吃飯了，連水都沒喝。

解說 本題考「常體＋どころか」的用法，意思是「別說～連～、哪裡談得上～」，所以「食事どころか」意思是「哪裡談得上吃飯」，選項2為正確答案。其餘選項：選項1無此用法；選項3一般以「動詞辭書形＋ことなく」（沒～、不～）的形式出現；選項4無此用法。

7 大学生のテスト問題が小学生に分かる（ ものか ）。

1 ことな　　2 ことか　　3 ものな　　4 ものか

中譯 大學生的考試題目，小學生怎麼可能會懂！

解說 本題考「名詞修飾形＋ものか」的用法，用來表示強烈的否定，意思是「哪有可能會～、怎麼可能會～、絕對不會～」，所以「分かるものか」意思是「哪有可能會懂」，選項4為正確答案。其餘選項：選項1無此用法；選項2是「ことか」（多麼地～啊！）；選項3無此用法。

8 とても楽しみにしていた試合（　だけに　）、中止になって残念だ。

1　ものに　　　2　もので　　　**3　だけに**　　　4　だけで

中譯　正因為是非常期待的比賽，所以停辦很遺憾。

解說　本題考「名詞修飾形＋だけに」的用法（接續例外：名詞不加「の」），用來強調原因，意思是「正是因為～」，所以「とても楽しみにしていた試合だけに」意思是「正因為是非常期待的比賽」，選項3為正確答案。其餘選項：選項1無此用法；選項2是「もので」（就是因為～），多用來解釋個人的原因；選項4是「だけで」（光～就～）。

9 息子は自分の将来に（　ついて　）、悩んでいるようだ。

1　とって　　　**2　ついて**　　　3　よって　　　4　おいて

中譯　兒子好像煩惱著關於自己的將來。

解說　本題考「名詞＋に＋ついて」的用法，意思是「關於～、就～」，所以「自分の将来について」意思是「關於自己的將來」，選項2為正確答案。其餘選項：選項1是「〔に〕とって」（對～來說）；選項3是「〔に〕よって」（根據～、透過～）；選項4是「〔に〕おいて」（在～〔場所〕）。

10 その問題は中学二年生（　にとって　）、難しすぎると思います。

1　によって　　　**2　にとって**　　　3　とともに　　　4　として

中譯　我覺得那個問題對國中二年級的學生來說太難了。

解說　本題考「名詞＋に＋とって」的用法，意思是「對於～」，所以「中学二年生にとって」意思是「對國中二年級的學生來說」，選項2為正確答案。其餘選項：選項1是「によって」（根據～、透過～）；選項3是「とともに」（和～一起）；選項4是「として」（作為～）。

18 天

考題

文字・語彙

1 　動かないので、新しい部品を買って直してみましょう。
　　1　ふしな　　　2　ぶしな　　　3　ふひん　　　4　ぶひん

2 　窓ガラスを磨いたので、透き通っています。
　　1　ときとおって　　　　　　　2　ときかよって
　　3　すきとおって　　　　　　　4　すきかよって

3 　母はせっせと台所を掃除しています。
　　1　だいところ　2　だいどころ　3　だいしょ　　4　だいじょ

4 　今日はなみが高いので、気をつけて泳ぎます。
　　1　海　　　　　2　岸　　　　　3　波　　　　　4　池

5 　母の作る料理は、家族の健康のためにすべてうすあじです。
　　1　薄味　　　　2　手間　　　　3　薄塩　　　　4　手数

6 　その事件は（　　　　　）解決で、犯人はまだ捕まっていません。
　　1　非　　　　2　未　　　　3　無　　　　4　不

7 　病院で怪我をした場所に包帯を（　　　　　）。
　　1　やかれました　　　　　　　2　むかれました
　　3　わかれました　　　　　　　4　まかれました

8 照明が（　　　　）すぎて、目が開けられません。

1　こいし　　　2　けわし　　　3　おさな　　　4　まぶし

9 ＿＿＿＿＿の言葉に意味がもっとも近いものを、一つ選びなさい。

息子は大学を受けるかどうか、ためらっているようです。

1　こまって　　2　まよって　　3　やとって　　4　はらって

10 「済む」の使い方として最もよいものを、一つ選びなさい。

1　彼女とドライブするときは、車の中をきれいに済みます。

2　今日の仕事がやっと済んだので、お酒を飲みに行きます。

3　息子は最近、人間関係で済んでいるようです。

4　道に迷ったときは、地図に済んだほうがいいですよ。

🔲 文法

1 事故の状況（　　　　　）、死傷者の数は今よりさらに増えるに
ちがいない。

1　からみると　　　　　　　2　からしたら

3　にわたれば　　　　　　　4　にもとづいて

2 世の中が便利になる（　　　　　）、さまざまな環境問題が生じた。

1　にかわって　　　　　　　2　をこめて

3　にともなって　　　　　　4　をめぐって

3 A「最近、山田くんの姿を見ないけど、けんかでもしたの？」

　　B「あんな男、もう顔（　　　　　）見たくないよ」

1　しか　　　2　から　　　3　さえ　　　4　ほど

4 このバイトの面接には経験や年齢（　　　　　）参加できます。

　1　をとわず　　2　をはじめ　　3　をぬきに　　4　をもとに

5 わたしは一年間努力した（　　　　　）、不合格だった。

　1　にかぎらず　　　　　　　　2　わけにもいかず

　3　にもかかわらず　　　　　　4　わけとはいわず

6 娘は英語やドイツ語（　　　　　）、フランス語やスペイン語も話せます。

　1　につれて　　2　において　　3　はとたんに　4　はもちろん

7 大学に合格したら、政治と経済（　　　　　）研究したい。

　1　につけて　　2　にかけて　　3　にくらべ　　4　について

8 この旅館は安さ（　　　　　）、居心地もいいので気に入っている。

　1　にそって　　2　にくわえて　3　をもとに　　4　をこめて

9 大学に入った（　　　　　）、しっかり勉強しなさい。

　1　からといって　　　　　　　2　からには

　3　わりといって　　　　　　　4　わりには

10 うちの旦那は料理（　　　　　）、掃除もしてくれます。

　1　はもちろん　　　　　　　　2　だけあって

　3　のもとで　　　　　　　　　4　もかまわず

18
天

解答

文字・語彙（每題 5 分）

1	2	3	4	5	6	7	8	9	10
4	3	2	3	1	2	4	4	2	2

文法（每題 5 分）

1	2	3	4	5	6	7	8	9	10
1	3	3	1	3	4	4	2	2	1

得分（滿分 100 分）

/100

中文翻譯＋解說

文字・語彙

1 動かないので、新しい部品を買って直してみましょう。

1　ふしな　　　　2　ぶしな　　　　3　ふひん　　　　**4　ぶひん**

中譯 由於不動，所以買新的零件修理看看吧！

解說 本題考名詞「部品」（零件）的發音。雖然漢字「部」的發音有「ぶ」、「べ」二種；漢字「品」的發音有「しな」、「ひん」、「ぴん」、「ほん」等多種，但「部品」的發音固定是「ぶひん」，所以答案為選項4，其餘選項均為陷阱。

2 窓ガラスを磨いたので、透き通っています。

1　ときとおって　　　　　　　　2　ときかよって

3　すきとおって　　　　　　　　4　すきかよって

中譯 由於擦了窗戶的玻璃，所以很透明。

解說 本題考動詞「透き通って」的發音，答案是選項3「すきとおって」。其原形「透き通る」（透明、透過去、清澈、清脆）是由「透く」（透過）＋通る（通過）複合而成的動詞，所以發音當然和「通う」（往來、通行、上下學、通勤、流通）無關。

3 母はせっせと台所を掃除しています。

1　だいところ　　**2　だいどころ**　　3　だいしょ　　　4　だいじょ

中譯 母親勤奮地打掃廚房。

解說 本題考名詞「台所」（廚房）的發音，雖然漢字「台」的發音有「たい」、「だい」二種；漢字「所」的發音更是有「しょ」、「じょ」、「ところ」、「どころ」等多種，但「台所」的發音固定是「だいどころ」（注意是濁音どころ），所以答案為選項2，其餘選項均為陷阱。另外，題目中的「せっせと」意思是「孜孜不倦地、勤勤懇懇地」。

4 今日はなみが高いので、気をつけて泳ぎます。
1 海　　　　2 岸　　　　3 波　　　　4 池

中譯 今天由於浪高，所以小心地游泳。

解說 本題考和「海洋」相關的名詞。選項1是「海」（海）；選項2是「岸」（岸）；選項3是「波」（波、波浪）；選項4是「池」（池塘），答案為選項3。

5 母の作る料理は、家族の健康のためにすべてうすあじです。
1 薄味　　　　2 手間　　　　3 薄塩　　　　4 手数／手数

中譯 母親所做的菜，為了家人的健康，全部都很清淡。

解說 本題考「うすあじ」的漢字，答案是選項1的「薄味」（口味淡、鹽分少）。其餘選項：選項2是「手間」（勞力和時間）；選項3是「薄塩」（少鹽）；選項4是「手数」（費事、費心、麻煩）或是「手数」（麻煩、〔拳擊的〕出拳數、〔下棋的〕～步）。

6 その事件は（　未　）解決で、犯人はまだ捕まっていません。
1 非　　　　2 未　　　　3 無　　　　4 不

中譯 那個事件尚未解決，犯人還沒被逮捕。

解說 本題考「接頭語」。選項1是「非」（非、沒有），例如「非常識」（沒有常識）或「非公式」（非正式、非公開）；選項2是「未」（尚未），例如「未解決」（尚未解決），為正確答案；選項3是「無」（無、沒有），例如「無責任」（沒有責任、不負責任）、「無関心」（漠不關心）；選項4是「不」（不），例如「不自然」（不自然、做作）。

7 病院で怪我をした場所に包帯を（　まかれました　）。
1 やかれました　　　　　　2 むかれました
3 わかれました　　　　　　4 まかれました

中譯 在醫院，受傷的地方被纏上了繃帶。

解説 本題考「～く」的動詞。選項1是「焼かれました」（被曬黑了、被烤了；原形為「焼く」）；選項2是「向かれました」（被朝向了；原形為「向く」）；選項3是「沸かれました」（被燒開了；原形為「沸く」）；選項4是「巻かれました」（被纏繞了；原形為「巻く」），正確答案是選項4。

8 照明が（　まぶし　）すぎて、目が開けられません。

1　こいし　　　　2　けわし　　　　3　おさな　　　　4　まぶし

中譯 照明太刺眼，所以眼睛張不開。

解説 首先，「〔動詞ます形／い形容詞／な形容詞〕＋すぎる」意思是「太～」。本題考「～しい」的形容詞，四個選項分別為：選項1是「恋しすぎて」（太思慕；原形為「恋しい」）；選項2是「険しすぎて」（太險峻；原形為「険しい」）；選項3是「幼すぎて」（太年幼；原形為「幼い」）；選項4是「眩しすぎて」（太刺眼、太耀眼；原形為「眩しい」），正確答案是選項4。

9 ＿＿＿＿＿の言葉に意味がもっとも近いものを、一つ選びなさい。
息子は大学を受けるかどうか、ためらっているようです。

1　こまって　　　2　まよって　　　3　やとって　　　4　はらって

中譯 請選擇一個和＿＿＿＿＿語彙意義最相近的答案。
兒子好像正為要不要考大學而猶豫著。

解説 首先，題目中的「ためらって」原形是「ためらう」，用漢字的話就是「躊躇う」，意思是「猶豫」。接下來是四個選項：選項1是「困って」（困擾；原形為「困る」）；選項2是「迷って」（迷失、猶豫；原形為「迷う」）；選項3是「雇って」（雇用；原形為「雇う」）；選項4是「払って」（支付；原形為「払う」）。可和「ためらって」相互替換的，只有選項2「まよって」。

10 「済む」の使い方として最もよいものを、一つ選びなさい。

1 彼女とドライブするときは、車の中をきれいに済みます。

2 今日の仕事がやっと済んだので、お酒を飲みに行きます。

3 息子は最近、人間関係で済んでいるようです。

4 道に迷ったときは、地図に済んだほうがいいですよ。

解説 1 彼女とドライブするときは、車の中をきれいに済みます。（X）

→彼女とドライブするときは、車の中をきれいにします。（○）

2 今日の仕事がやっと済んだので、お酒を飲みに行きます。（○）

3 息子は最近、人間関係で済んでいるようです。（X）

→息子は最近、人間関係で悩んでいるようです。（○）

4 道に迷ったときは、地図に済んだほうがいいですよ。（X）

→道に迷ったときは、地図に頼ったほうがいいですよ。（○）

中譯 就「済む」（結束、過得去、解決）的使用方法，請選出一個最好的答案。

1 和女朋友開車兜風時，會把車子裡面打掃乾淨。

2 由於今天的工作終於結束，所以要去喝酒。

3 兒子最近好像為人際關係而煩惱著。

4 迷路的時候，仰賴地圖比較好喔！

文法

1 事故の状況（　からみると　）、死傷者の数は今よりさらに増えるにちがいない。

1 からみると　　　　　　　　2 からしたら

3 にわたれば　　　　　　　　4 にもとづいて

中譯 從事故的情況來觀察，死傷者的人數肯定比現在增加更多。

解説 本題考「名詞＋から見ると / から見れば / から見て」的用法，意思是「從～來觀察～」，所以「事故の状況からみると」意思是「從事故的情況來觀察」，選項1為正確答案。其餘選項：選項2是「からしたら」

（以～的立場）；選項3無此用法；選項4是「に基づいて」（以～為基礎、基於～）。另外，句子最後的「にちがいない」意思是「肯定是～沒錯」。

2 世の中が便利になる（　にともなって　）、さまざまな環境問題が生じた。

1　にかわって　　　　　　　　2　をこめて

3　にともなって　　　　　　　4　をめぐって

中譯 社會隨著變方便，產生了各式各樣的環境問題。

解說 本題考「〔動詞辭書形／名詞〕＋に伴って」的用法，意思是「隨著～、伴著～」，所以「便利になるにともなって」意思是「隨著變方便」，選項3為正確答案。其餘選項：選項1是「にかわって」（代替～、取代～）；選項2是「をこめて」（滿懷～、傾注～）；選項4是「をめぐって」（關於～、圍繞～）。

3 A「最近、山田くんの姿を見ないけど、けんかでもしたの？」
　 B「あんな男、もう顔（　さえ　）見たくないよ」

1　しか　　　2　から　　　　　3　さえ　　　　4　ほど

中譯 A「最近，都不見山田同學的身影，是不是吵架什麼的啦？」
　　 B「那種男的，已經連臉都不想看到了呢！」

解說 本題考「名詞＋さえ」的用法，意思是「甚至～、連～都～」，所以「顔さえ」意思是「連臉都～」，選項3為正確答案。其餘選項：選項1一般以「しか～ない」（只有～）的形式出現；選項2是「から」（從～）；選項4一般以「ほど～ない」（沒有～那麼～）的形式出現。

4 このバイトの面接には経験や年齢（　をとわず　）参加できます。

1 をとわず　　　2 をはじめ　　　3 をぬきに　　　4 をもとに

中譯 這個打工的面試是不問經驗或年齡皆可參加。

解說 本題考「名詞＋を問わず」的用法，意思是「不管～、不問～」，所以
「経験や年齢を問わず」意思是「不問經驗或年齡」，選項1為正確答
案。其餘選項：選項2是「をはじめ」（以～為首）；選項3一般以「名
詞＋〔ぬきに／ぬきで／ぬきの〕」（去除～）的形式出現；選項4是
「をもとに」（以～為基準）。

5 わたしは一年間努力した（　にもかかわらず　）、不合格だった。

1 にかぎらず　　　　　　　　2 わけにもいかず

3 にもかかわらず　　　　　　4 わけとはいわず

中譯 儘管我努力了一整年，但還是不及格。

解說 從題目前半段的「努力した」（努力了），對照句尾的「不合格だっ
た」（不及格），得知本題考「常體＋にもかかわらず」（儘管～但
是～）的用法，選項3為正確答案。其餘選項：選項1是「にかぎらず」
（不僅限於～、不只～連～）；選項2一般以「わけにはいかない」
（〔因某種理由〕不能～、不可以～）的形式出現；選項4無此用法。

6 娘は英語やドイツ語（　はもちろん　）、フランス語やスペイン語
も話せます。

1 につれて　　　2 において　　　3 はとたんに　　　4 はもちろん

中譯 女兒英語或德語就不用說了，連法語或西班牙語都會說。

解說 本題考「名詞＋はもちろん」的用法，意思是「當然～、不用說～」，
所以「英語やドイツ語はもちろん」意思是「英語或德語就不用說
了」，選項4為正確答案。其餘選項：選項1是「につれて」（隨
著～）；選項2是「において」（在～〔某場所、領域、期間〕）；選
項3一般以「動詞た形＋とたんに」（一～就～）的形式出現。

7 大学に合格したら、政治と経済（ について ）研究したい。

1 につけて　　2 にかけて　　3 にくらべ　　**4 について**

中譯 考上大學的話，想研究有關政治和經濟。

解說 本題考「名詞＋について」的用法，意思是「關於～」，所以「政治と経済について」意思是「關於政治和經濟」，選項4為正確答案。其餘選項：選項1是「につけて」（每當～就～）；選項2一般以「にかけては」（在～方面〔無人能敵〕）的形式出現；選項3一般以「に比べて」（與～比較）的形式出現。

8 この旅館は安さ（ **にくわえて** ）、居心地もいいので気に入っている。

1 にそって　　**2 にくわえて**　　3 をもとに　　4 をこめて

中譯 由於這間旅館不僅便宜，而且也舒適，所以很中意。

解說 本題考「名詞＋に加えて」的用法，意思是「～再加上～、不僅～而且～」，所以「安さに加えて」意思是「不僅便宜而且～」，選項2為正確答案。其餘選項：選項1是「にそって」（沿著～、按照～）；選項3是「をもとに」（以～為基準）；選項4是「をこめて」（滿懷～、傾注～）。

9 大学に入った（ **からには** ）、しっかり勉強しなさい。

1 からといって　　　　　　　**2 からには**

3 わりといって　　　　　　　4 わりには

中譯 既然上了大學，就好好讀書！

解說 本題考「常體＋からには」的用法，意思是「既然～就～」，所以「大学に入ったからには」意思是「既然上了大學，就～」，選項2為正確答案。其餘選項：選項1是「からといって」（雖說～但～、不能因為～就～）；選項3無此用法；選項4是「わりには」（但卻～、出乎意料～）。

10 うちの旦那は料理（　はもちろん　）、掃除もしてくれます。

1　はもちろん　　2　だけあって　　3　のもとで　　　4　もかまわず

中譯 我家的老公做菜就不用說了，還會幫我打掃。

解說 本題考「名詞＋はもちろん」的用法，意思是「當然～、不用說～」，
所以「料理はもちろん」意思是「做菜就不用說了」，選項1為正確答
案。其餘選項：選項2是「だけあって」（真不愧～、正因為是～）；
選項3是「のもとで」（在～之〔指導、影響〕下）；選項4是「もかま
わず」（不顧～、無視～）。

考題

 文字・語彙

1 最近のテレビ番組はぜんぜんおもしろくありません。
　1　ばんぐみ　　2　はんぐみ　　3　がんぐみ　　4　かんぐみ

2 彼女は早口なので、言っていることがよく分かりません。
　1　はやくち　　2　はやぐち　　3　そうこう　　4　そうごう

3 このスピーカーは使ってないから、物置に置いておきます。
　1　ぶつおき　　2　ぶっち　　3　ものおき　　4　ものち

4 それで動かなければ、別の方法をこころみたほうがいいと思います。
　1　使みた　　　2　替みた　　　3　任みた　　　4　試みた

5 今日は朝からくじょうの電話がたくさんかかってきて、疲れました。
　1　苦心　　　　2　苦情　　　　3　苦句　　　　4　苦文

6 彼女は（　　　　）っ赤なドレスがよく似合います。
　1　真　　　　　2　盛　　　　　3　越　　　　　4　正

7 世界には食べ物がなくて、（　　　　）いる子供がたくさんい
ます。
1　こえて　　　　2　みえて　　　　3　うえて　　　　4　はえて

8 地球の（　　　　）が減少したせいで、野生動物も激減している。
1　青林　　　　2　林青　　　　3　森林　　　　4　林森

9 _____ の言葉に意味がもっとも近いものを、一つ選びなさい。
彼は平凡な会社員ですが、料理が上手で優しい人です。
1　さいこうの　　　　　　　2　ふつうの
3　めずらしい　　　　　　　4　めでたい

10 「こっそり」の使い方として最もよいものを、一つ選びなさい。
1　あの先生の話は難しくて、こっそりわからない。
2　コーヒーを飲んだら、頭がこっそりした。
3　泥棒は深夜、この窓からこっそり入ったようだ。
4　早すぎるので、もっとこっそり話してください。

📻 文法

1 学校行事の中止（　　　　）、校長から説明があるそうです。
1　にめぐって　　　　　　　2　にかんして
3　にとって　　　　　　　　4　にそって

2 うちの子は小さい頃から体が弱く、学校を休み（　　　　）だ。
1　だらけ　　　2　っぽい　　　3　だけ　　　4　がち

3 今週は出張（　　　　）会議（　　　　）でとても忙しい。
1 やら / やら 　　　　　　　2 たら / たら
3 から / から 　　　　　　　4 こそ / こそ

4 その最新のゲームは発売と同時に売り（　　　　）しまいました。
1 かけて 　　　2 きれて 　　　3 ぬいて 　　　4 かねて

5 彼は背が一番低い（　　　　）、バスケットボールは誰よりも
上手だ。
1 つつ 　　　　2 のみ 　　　3 うえは 　　　4 ながら

6 弟は毎日練習を重ね、ついに選手の資格を（　　　　）ことが
できた。
1 得る 　　　　2 得て 　　　3 得た 　　　4 得ぬ

7 被災地の映像を見たら、寄付（　　　　）。
1 してたまらなかった 　　　　2 せずにはいられなかった
3 しっこなかった 　　　　　　4 しようでならなかった

8 自分の努力（　　　　）、人生は変わるものです。
1 甲斐で 　　2 次第で 　　　3 挙句に 　　　4 果てに

9 昨夜は蚊がたくさんいた（　　　　）、ぜんぜん眠れなかった。
1 ものなら 　　2 ものだから 3 ものの 　　　4 ものも

10 鈴木さんは風邪をひいた（　　　　）、今日は欠席だそうです。
1 とおりに 　　2 ように 　　　3 ところで 　　4 とかで

解答

文字・語彙（每題 5 分）

1	2	3	4	5	6	7	8	9	10
1	1	3	4	2	1	3	3	2	3

文法（每題 5 分）

1	2	3	4	5	6	7	8	9	10
2	4	1	2	4	1	2	2	2	4

得分（滿分 100 分）

/100

中文翻譯＋解說

✍ 文字・語彙

1 最近のテレビ番組はぜんぜんおもしろくありません。

1 ばんぐみ　　2 はんぐみ　　3 がんぐみ　　4 かんぐみ

中譯 最近的電視節目一點都不有趣。

解說 本題考名詞「番組」（〔廣播、戲劇、比賽等的〕節目）的發音，固定就是唸「ばんぐみ」，正確答案為選項1，其餘選項均為陷阱。

2 彼女は早口なので、言っていることがよく分かりません。

1 はやくち　　2 はやぐち　　3 そうこう　　4 そうごう

中譯 由於她講話很快，所以不太清楚她在說什麼。

解說 本題考名詞「早口」（說話快、嘴快）的發音。雖然漢字「早」的發音有「そう」、「はや」等，「口」的發音有「く」、「くち」、「こう」等，但「早口」的發音固定是訓讀唸法「はやくち」，所以答案為選項1，其餘選項均為陷阱。

3 このスピーカーは使ってないから、物置に置いておきます。

1 ぶつおき　　2 ぶつち　　3 ものおき　　4 ものち

中譯 這個喇叭因為沒有使用，所以要存放到倉庫。

解說 本題考名詞「物置」（倉庫、儲藏室）的發音。雖然漢字「物」的發音有「ぶつ」、「もの」等，「置」的發音有「おき」、「ち」等，但「物置」的發音固定是訓讀唸法「ものおき」，所以答案為選項3，其餘選項均為陷阱。

4 それで動（うご）かなければ、別（べつ）の方法（ほうほう）をこころみたほうがいいと思（おも）います。

　1　使みた　　　　2　替みた　　　　3　任みた　　　　**4　試（こころ）みた**

中譯　如果那樣還不動的話，我覺得試試別的方法比較好。

解說　本題考動詞「試（こころ）みる」，意思是「試驗一下、試試、嘗試」，選項4為正確答案。其餘選項均無該字。

5 今日（きょう）は朝（あさ）からくじょうの電話（でんわ）がたくさんかかってきて、疲（つか）れました。

　1　苦心（くしん）　　　**2　苦情（くじょう）**　　　3　苦句　　　4　苦文

中譯　今天從早上開始就打來了一堆抱怨的電話，累壞了。

解說　本題四個選項：選項1是「苦心（くしん）」（苦心、費心）；選項2是「苦情（くじょう）」（苦情、抱怨、不滿意）；選項3和4無此字，答案為選項2。

　　　附帶一提其他諸多「不滿」：「不滿（ふまん）」（不滿）、「文句（もんく）」（抱怨、異議）、「愚痴（ぐち）」（牢騷、抱怨）、「クレーム」（索賠、不滿）。

6 彼女（かのじょ）は（　真（ま）　）っ赤（か）なドレスがよく似合（にあ）います。

　1　真（ま）　　　　2　盛（もり）　　　　3　越（ごし）　　　　4　正（しょう）

中譯　她非常適合鮮紅的禮服。

解說　本題考「接頭語」。選項1是接頭語「真（ま）」（誠實的～、真誠的～、正派的～、正經的、純粹的～、正確的、標準的～、正～），例如「真人間（まにんげん）」（正派的人）、「真下（ました）」（正下方）、「真（ま）っ赤」（鮮紅、通紅），為正確答案。

　　　其餘選項：選項2是接尾語「盛（もり）」（～碗、～盤），例如「二盛（ふたもり）」（二碗、二盤）；選項3是接尾語「越（ごし）」（隔著～、歷時～），例如「壁越（かべごし）」（隔著牆壁）、「三年越（さんねんごし）の病気（びょうき）」（歷時三年的疾病）；選項4是接頭語「正（しょう）」（正～、整～），例如「正午過（しょうごす）ぎに出発（しゅっぱつ）」（過了正午出發）。

7 世界には食べ物がなくて、（　うえて　）いる子供がたくさんいます。

1　こえて　　　　2　みえて　　　　3　うえて　　　　4　はえて

中譯　在世界上，有許許多多沒有食物、飢餓著的小孩。

解說　本題考「～える」結尾的動詞。選項1是「超える」（超過）或「越える」（越過）或「肥える」（肥胖、肥沃、有眼光）；選項2是「見える」（看得到）；選項3是「飢える」（飢餓）；選項4是「生える」（生、長）。從題目中的「食べ物がなくて」（沒有食物），知道答案是選項3「飢える」。

8 地球の（　森林　）が減少したせいで、野生動物も激減している。

1　青林　　　　2　林青　　　　3　森林　　　　4　林森

中譯　因為地球森林的減少，野生動物也急遽減少中。

解說　首先，題目中的「名詞修飾形＋せいで」意思是「因為～、～害的」。四個選項中，只有「森林」（森林）為正確的日文，答案為選項3。

9 ＿＿＿＿＿＿の言葉に意味がもっとも近いものを、一つ選びなさい。
彼は平凡な会社員ですが、料理が上手で優しい人です。

1　さいこうの　2　ふつうの　　3　めずらしい　4　めでたい

中譯　請選擇一個和＿＿＿＿＿＿語彙意義最相近的答案。
他雖然是平凡的上班族，但是是很會做菜又體貼的人。

解說　首先，題目中的「平凡な」是な形容詞，意思是「平凡的」。而四個選項：選項1是名詞「最高の」（最好的、最高的）；選項2是名詞「普通の」（普通的、一般的）；選項3是い形容詞「めずらしい」（新奇的、罕見的、珍貴的）；選項4是い形容詞「めでたい」（可喜可賀的）。可和「平凡な」相互替換的，只有選項2「普通の」。

19
天

~ 249 ~

10 「こっそり」の使い方として最もよいものを、一つ選びなさい。

1 あの先生の話は難しくて、こっそりわからない。

2 コーヒーを飲んだら、頭がこっそりした。

3 泥棒は深夜、この窓からこっそり入ったようだ。

4 早すぎるので、もっとこっそり話してください。

解説 1 あの先生の話は難しくて、こっそりわからない。 (X)

→あの先生の話は難しくて、さっぱりわからない。 (○)

2 コーヒーを飲んだら、頭がこっそりした。 (X)

→コーヒーを飲んだら、頭がすっきりした。 (○)

3 泥棒は深夜、この窓からこっそり入ったようだ。 (○)

4 早すぎるので、もっとこっそり話してください。 (X)

→早すぎるので、もっとゆっくり話してください。 (○)

中譯 就「こっそり」（悄悄地、偷偷地、暗暗地）的使用方法，請選出一個最好的答案。

1 那位老師說的內容很難，完全不懂。

2 喝了咖啡，頭腦清醒了。

3 小偷好像是半夜，從這扇窗偷偷地進入了。

4 由於說太快了，所以請再說慢一點。

文法

1 学校行事の中止（ にかんして ）、校長から説明があるそうです。

1 にめぐって 2 にかんして 3 にとって 4 にそって

中譯 有關學校活動的中止，據說校長會有說明。

解説 本題考「名詞＋に関して」的用法，意思是「關於～」，所以「学校行事の中止に関して」意思是「有關學校活動的中止」，選項2為正確答案。其餘選項：選項1一般以「をめぐって」（關於～、圍繞～）的形式出現；選項3是「にとって」（對～來說）；選項4是「にそって」（沿著～、按照～）。

2 うちの子は小さい頃から体が弱く、学校を休み（ がち ）だ。

1 だらけ　　　2 っぽい　　　3 だけ　　　**4 がち**

中譯 我家的小孩從孩提時候身體就很弱，常常跟學校請假。

解說 本題考「〔動詞ます形／名詞〕＋がち」的用法，意思是「容易～、常常～、動不動～」，所以「学校を休みがち」意思是「常常跟學校請假」，選項4為正確答案。其餘選項：選項1是「だらけ」（滿是～、盡是～）；選項2是「っぽい」（感覺起來像～、～很多、有～傾向）；選項3是「だけ」（只有～）。

3 今週は出張（ やら ）会議（ やら ）でとても忙しい。

1 やら／やら　2 たら／たら　3 から／から　4 こそ／こそ

中譯 這個星期因為又出差又開會，非常忙碌。

解說 「やら」可接續在「動詞辭書形／い形容詞／な形容詞／名詞」的後面。本題考「～やら～やら」（又～又～）的用法，所以「出張やら会議やらで」意思是「因為又出差又開會」，選項1為正確答案。其餘選項均無該用法。

4 その最新のゲームは発売と同時に売り（ きれて ）しまいました。

1 かけて　　　**2 きれて**　　　3 ぬいて　　　4 かねて

中譯 那個最新的遊戲在開始銷售的同時就賣光了。

解說 本題考「動詞ます形＋きれる」的用法，用來強調動作完成之徹底，所以「売りきれてしまいました」意思是「就賣光了」，選項2為正確答案。其餘選項：選項1一般以「動詞ます形＋かける」（剛開始～）的形式出現；選項3一般以「動詞ます形＋ぬく」（～到底、～到最後）的形式出現；選項4一般以「動詞ます形＋かねる」（無法～、難以～）的形式出現。

5 彼は背が一番低い（　ながら　）、バスケットボールは誰よりも上手だ。

1　つつ　　　　　2　のみ　　　　　3　うえは　　　　　**4　ながら**

中譯　他身高雖然最矮，但是籃球比誰都厲害。

解說　先確認本題四個選項的用法：

- 選項1一般以「動詞ます形＋つつ」（一邊～一邊～、雖然～但是～），或是「動詞ます形＋つつある」（正在～）的形式出現。

- 選項2「のみ」（僅～）是「副助詞」，經常以「常體＋のみならず」（不只～）的形式出現。

- 選項3一般以「〔動詞辭書形／動詞た形〕＋うえは」（既然～就～）的形式出現。

- 選項4一般以「動詞ます形＋ながら」（一邊～一邊～），或是「〔動詞ます形／い形容詞／な形容詞／名詞〕＋ながら」（雖然～但是～）的形式出現。

由於題目中空格前的「低い」是「い形容詞」，所以符合接續與意義的只有選項4「ながら」。

6 弟は毎日練習を重ね、ついに選手の資格を（　得る　）ことができた。

1　得る　　　　　2　得て　　　　　3　得た　　　　　4　得ぬ

中譯　弟弟每天反覆練習，終於得以獲得選手的資格。

解說　本題考「動詞辭書形＋ことができる」的用法，意思是「能～、會～、可以～」，所以「選手の資格を得ることができた」意思是「得以獲得選手的資格」，選項1為正確答案。其餘選項均非辭書形，故不予考慮。

7 被災地の映像を見たら、寄付（　せずにはいられなかった　）

1　してたまらなかった　　　　　**2　せずにはいられなかった**

3　しっこなかった　　　　　　　4　しようでならなかった

中譯　我看了受災區的影像之後，不由得捐獻了。

解說　本題考「動詞ない形＋〔ないではいられない / ずにはいられない〕」
的用法，意思是「不由得～、不得不～」。其中，當第三類動詞（即
「～する」接續「ずにはいられない」時，要變成「せずにはいられ
ない」，例如本題的「寄付せずにはいられなかった」（不由得捐獻
了），選項2為正確答案。

其餘選項：選項1一般以「てたまらない」（～得受不了）的形式出
現；選項3一般以「っこない」（絕對不可能～）的形式出現；選項4一
般以「てならない」（～得不得了、非常～）的形式出現。

8 自分の努力（　次第で　）、人生は変わるものです。

1　甲斐で　　　　　**2　次第で**　　　　　3　挙句に　　　　　4　果てに

中譯　取決於自己的努力，人生是會改變的。

解說　本題考「名詞＋次第で」的用法，意思是「根據～、全憑～、取決
於～」，所以「自分の努力次第で」意思是「取決於自己的努力」，選
項2為正確答案。

其餘選項：選項1一般以「甲斐がある」（值得～）的形式出現；選項3
一般以「〔動詞た形 / 名詞＋の〕＋あげく」（最後～、到頭來～）的
形式出現；選項4一般以「〔名詞＋の〕＋果て」（～的盡頭、～的結
果）的形式出現，例如「世界の果てまで」（到天涯海角）、「口論の
果て」（爭吵的結果）。

9 昨夜は蚊がたくさんいた（　ものだから　）、ぜんぜん眠れなかった。

1　ものなら　　　2　ものだから　　3　ものの　　　　4　ものも

中譯 昨晚就是因為蚊子很多，完全無法成眠。

解說 本題考「名詞修飾形＋ものだから」的用法，用來強調原因，意思是「就是因為～」，所以「蚊がたくさんいたものだから」意思是「就是因為蚊子很多」，選項2為正確答案。其餘選項：選項1是「ものなら」（要是～的話）；選項3是「ものの」（雖然～但是～）；選項4無此用法。

10 鈴木さんは風邪をひいた（　とかで　）、今日は欠席だそうです。

1　とおりに　　　2　ように　　　　3　ところで　　　4　とかで

中譯 據說鈴木同學說是因為感冒什麼的，今天缺席。

解說 本題考「常體＋とかで」的用法。「とかで」是由「とか」（～之類的）和「で」（表示「原因」）組合而成，意思是「說是因為～什麼的」，所以「風邪をひいたとかで」意思是「說是因為感冒什麼的」，選項4為正確答案。其餘選項：選項1是「とおりに」（和～一樣、按照～）；選項2是「ように」（如同～那樣）；選項3是「ところで」（即使～也～）。

20 天

考題

 讀解

問題1

　次の文章を読んで、質問に答えなさい。答えは、1・2・3・4から最もよいものを一つ選びなさい。

　これは、サッカー部の生徒がコーチの「歓送会」ために書いた手紙である。

岡田コーチへ

　今までありがとうございました。わたしたちが二回も優勝することができたのは、すべてコーチのおかげです。コーチの指導はいつも厳しかったですが、そこから学ぶことがたくさんありました。基本を重視するというコーチの教えは、部員全員の胸にしっかり刻まれています。
　一年生の頃、毎日筋肉トレーニングが中心で、ほとんどボールに触らせてもらえませんでした。サッカーをするためにサッカー部に入ったのに、ボールに触ることさえできなくて、不満が溜まっていきました。①何度もやめようと思いました。でも、ある日気づきました。いつの間にか、走るのがとても速くなっていて、体格もめっきりよくなっていたのです。中学校の同窓会に行ったとき、みんなぼくの体を見てびっくりしていました。最初はぜんぜ

んなかった体力も、今では誰にも負けないほどあります。おかげで、今では試合で常に勝てるようになりました。

　徹底して基本を身につけることで、柔らかさと強さが生まれると思います。今年はぼくにとって、この学校でサッカーができる最後の年です。コーチに教えていただいた基本を大事にするということを忘れずに、努力していきたいと思っています。

　今まで本当にありがとうございました。

問1　①「何度もやめようと思いました」とあるが、どうしてか。
　　　1　サッカーボールに触るために入ったのに、触れないから。
　　　2　サッカーがしたいのに、毎日筋肉トレーニングばかりだから。
　　　3　筋肉トレーニングはめんどうくさくて、つまらないから。
　　　4　サッカーの試合に出してもらえず、毎日つまらないから。

問2　岡田コーチが重視していることは何か。
　　　1　筋肉トレーニング
　　　2　柔らかさと強さ
　　　3　はげしいトレーニング
　　　4　基本を大事にすること

問題2

　次の文章を読んで、質問に答えなさい。答えは、1・2・3・4から最もよいものを一つ選なさい。

　娘は今、二十一歳で、京都の大学に通っています。実家のある東京からは通えないので、京都のアパートで一人で生活しています。主人は東京から京都まで通ってほしいようでしたが、交通費があまりに高いのであきらめました。娘は毎日、授業やサークル、アルバイトで忙しいそうで、一年のうち帰ってくるのは正月の数日だけです。実家にいたころは、わたしが甘やかして育てたせいで、掃除も料理もぜんぜんできませんでした。だから、京都でどんな生活をしているのか心配でしたが、娘に「来ないで」と言われていたので、なかなか行くことができませんでした。でも、先週、京都で友だちの息子さんの結婚式があったので、そのついでに娘のアパートを訪れました。

　出発前に、電話で行くことを娘に伝えましたが、「元気にやってるから、わざわざ来なくていいよ」と言われてしまいました。でも、気にせずに行きました。アパートの前から電話すると、娘が出てきました。きちんと化粧をして、かわいいワンピースを着ていました。だいぶやせて、きれいになったようでした。わたしが来るというので掃除したようで、部屋の中はきれいになっていました。そして、自分で作ったサンドイッチとサラダを出してくれました。ちょっと酸っぱかったですが、おいしかったです。いっしょに住んでいたときは何もできなかったのに、いつの間にか成長していたのですね。

問1　筆者の娘さんが正月にしか実家に帰ってこないのは、どうしてか。

　　1　家に帰ると母親がうるさいから。

　　2　勉強やアルバイトなどで忙しいから。

　　3　家族のことが嫌いだから。

　　4　京都から東京へ帰る交通費がないから。

問2　筆者の娘さんは一人暮らしをする前と後で変わったことは
　　何か。

　　1　料理の腕があがった。

　　2　化粧をするようになった。

　　3　かなりスリムになった。

　　4　掃除の仕方がうまくなった。

 聴解

問題 1 🎧 MP3-16

　問題 1 では、まず質問を聞いてください。それから話を聞いて、問題用紙の 1 から 4 の中から、最もよいものを一つ選んでください。

1　会議で司会を担当する
2　会議の資料を確認する
3　メールで資料を送る
4　秘書に電話連絡する

問題 2

　問題 2 では、まず文を聞いてください。それから、それに対する返事を聞いて、1 から 3 の中から最もよいものを一つ選んでください。

1 番）🎧 MP3-17　① ② ③
2 番）🎧 MP3-18　① ② ③
3 番）🎧 MP3-19　① ② ③

問題 3 🎧 MP3-20

　問題 3 では、まず話を聞いてください。それから、質問と選択肢を聞いて、1 から 4 の中から、最もよいものを一つ選んでください。

① ② ③ ④

20
天

解答

讀解

問題 1（每題 10 分）

1	2
2	4

問題 2（每題 10 分）

1	2
2	3

聽解

問題 1（每題 15 分）

1
2

問題 3（每題 15 分）

1
2

問題 2（每題 10 分）

1	2	3
1	1	2

得分（滿分 100 分）

/100

中文翻譯＋解說

 讀解

20天

問題1

次の文章を読んで、質問に答えなさい。答えは、1・2・3・4から最もよいものを一つ選びなさい。

これは、サッカー部の生徒がコーチの「歓送会」ために書いた手紙である。

岡田コーチへ

今までありがとうございました。わたしたちが二回も優勝することができたのは、すべてコーチのおかげです。コーチの指導はいつも厳しかったですが、そこから学ぶことがたくさんありました。基本を重視するというコーチの教えは、部員全員の胸にしっかり刻まれています。

一年生の頃、毎日筋肉トレーニングが中心で、ほとんどボールに触らせてもらえませんでした。サッカーをするためにサッカー部に入ったのに、ボールに触ることさえできなくて、不満が溜まっていきました。①何度もやめようと思いました。でも、ある日気づきました。いつの間にか、走るのがとても速くなっていて、体格もめっきりよくなっていたのです。中学校の同窓会に行ったとき、みんなぼくの体を見てびっくりしていました。最初はぜんぜんなかった体力も、今では誰にも負けないほどあります。おかげで、今では試合で常に勝てるようになりました。

徹底（てってい）して基本（きほん）を身（み）につけることで、柔（やわ）らかさと強（つよ）さが生（う）まれると思（おも）います。今年（ことし）はぼくにとって、この学校（がっこう）でサッカーができる最後（さいご）の年（とし）です。コーチに教（おし）えていただいた基本（きほん）を大事（だいじ）にするということを忘（わす）れずに、努力（どりょく）していきたいと思（おも）っています。

　　今（いま）まで本当（ほんとう）にありがとうございました。

問（とい）1　①「何度（なんど）もやめようと思（おも）いました」とあるが、どうしてか。
　　1　サッカーボールに触（さわ）るために入（はい）ったのに、触（さわ）れないから。
　　2　サッカーがしたいのに、毎日筋肉（まいにちきんにく）トレーニングばかりだから。
　　3　筋肉（きんにく）トレーニングはめんどうくさくて、つまらないから。
　　4　サッカーの試合（しあい）に出（だ）してもらえず、毎日（まいにち）つまらないから。

問（とい）2　岡田（おかだ）コーチが重視（じゅうし）していることは何（なに）か。
　　1　筋肉（きんにく）トレーニング
　　2　柔（やわ）らかさと強（つよ）さ
　　3　はげしいトレーニング
　　4　基本（きほん）を大事（だいじ）にすること

解説

　　這是足球社的學生為教練的「歡送會」所寫的信。

敬致岡田教練

　　謝謝您一直以來的照顧。我們可以獲得二次的冠軍，都是拜教練所賜。教練的指導雖然總是很嚴格，但是我們從那裡學到很多。教練「重視基本」這樣的教誨，社團全體成員都牢牢地記在心裡。
　　一年級的時候，每天都以訓練肌肉為中心，幾乎不允許我們碰球。明明就是為了踢足球才進入足球社，但是卻連球都不能碰，所以累積了許多不滿。①好幾次都想要退出。但是，某一天我察覺到了。在不知不覺中，跑步變得非常

快，體格也明顯變得結實。參加國中同學會的時候，大家看到我的體魄都為之
一驚。起初完全沒有的體力，如今卻不會輸給任何人。託老師的福，現在成為
比賽的常勝軍。

　　我認為藉由徹底掌握基本，柔軟度和強度也會孕育而生。今年對我而言，
是在這個學校可以踢足球的最後一年。我會牢記從教練那邊學到的「重視基
本」，繼續努力下去。

　　衷心感謝您一直以來的照顧。

問1　文中提到①「好幾次都想要退出」，是為什麼呢？

　　　1　因為明明想碰足球才加入，卻碰不到。

　　　2　因為明明想踢足球，每天卻光做肌肉訓練。

　　　3　因為做肌肉訓練既麻煩又無聊。

　　　4　因為不能參加足球比賽，每天很無聊。

問2　岡田教練重視的事情是什麼呢？

　　　1　肌肉訓練

　　　2　柔軟度與強度

　　　3　激烈的訓練

　　　4　重視基本

解說

文字・語彙：

• ～部（ぶ）：～社團。

• コーチ：教練。

• 胸（むね）に刻（きざ）まれています：被記在心裡。原形是「胸（むね）に刻（きざ）む」（銘刻於心）。

• 触（さわ）る：觸、碰、摸。

• 溜（た）まって：原形是「溜（た）まる」，意思是「積存、積壓」。

• 気（き）づきました：原形是「気（き）づく」，意思是「注意到、察覺、意識到」。

- めっきり：顯著地、急遽地。

- 同窓会
_{どうそうかい}：同學會。

- 身
_みにつける：得到、掌握。

- 〜を大事
_{だいじ}にする：重視〜。

文法：

- 名詞修飾形＋おかげだ：多虧〜、拜〜所賜、託〜的福。

- 動詞使役形＋てもらえません：不允許〜、不讓〜。所以「ボールに触らせ
_{さわ}
てもらえません」意思是「不允許碰球」。

- 名詞＋さえ：甚至〜、連〜都〜。

- 動詞意向形＋と思う
_{おも}：想要〜。所以「何度もやめよう
_{なんど}と思い
_{おも}ました」意思
是「好幾次都想要退出」。

- 動詞ない形＋ほど：表示「程度」。所以「誰にも負けない
_{だれ ま}ほどあります」
意思是「到不會輸給誰的程度」。

- 動詞辞書形＋ようになる：表示能力、習慣的變化。所以「常に勝てるよう
_{つね か}
になりました」意思是「變得經常會贏了」。

問題2
_{もんだい}

次
_{つぎ}の文章
_{ぶんしょう}を読
_よんで、質問
_{しつもん}に答
_{こた}えなさい。答
_{こた}えは、1・2・3・4から最
_{もっと}もよ
いものを一
_{ひと}つ選
_{えら}びなさい。

娘
_{むすめ}は今
_{いま}、二十一歳
_{にじゅういっさい}で、京都
_{きょうと}の大学
_{だいがく}に通
_{かよ}っています。実家
_{じっか}のある東京
_{とうきょう}か
らは通
_{かよ}えないので、京都
_{きょうと}のアパートで一人
_{ひとり}で生活
_{せいかつ}しています。主人
_{しゅじん}は東
_{とう}
京
_{きょう}から京都
_{きょうと}まで通
_{かよ}ってほしいようでしたが、交通費
_{こうつうひ}があまりに高
_{たか}いので
あきらめました。娘
_{むすめ}は毎日
_{まいにち}、授業
_{じゅぎょう}やサークル、アルバイトで忙
_{いそが}しいそう
で、一年
_{いちねん}のうち帰
_{かえ}ってくるのは正月
_{しょうがつ}の数日
_{すうじつ}だけです。実家
_{じっか}にいたころは、

わたしが甘やかして育てたせいで、掃除も料理もぜんぜんできませんでした。だから、京都でどんな生活をしているのか心配でしたが、娘に「来ないで」と言われていたので、なかなか行くことができませんでした。でも、先週、京都で友だちの息子さんの結婚式があったので、そのついでに娘のアパートを訪れました。

出発前に、電話で行くことを娘に伝えましたが、「元気にやってるから、わざわざ来なくていいよ」と言われてしまいました。でも、気にせずに行きました。アパートの前から電話すると、娘が出てきました。きちんと化粧をして、かわいいワンピースを着ていました。だいぶやせて、きれいになったようでした。わたしが来るというので掃除したようで、部屋の中はきれいになっていました。そして、自分で作ったサンドイッチとサラダを出してくれました。ちょっと酸っぱかったですが、おいしかったです。いっしょに住んでいたときは何もできなかったのに、いつの間にか成長していたのですね。

問1 筆者の娘さんが正月にしか実家に帰ってこないのは、どうしてか。
1 家に帰ると母親がうるさいから。
2 勉強やアルバイトなどで忙しいから。
3 家族のことが嫌いだから。
4 京都から東京へ帰る交通費がないから。

問2 筆者の娘さんは一人暮らしをする前と後で変わったことは何か。
1 料理の腕があがった。
2 化粧をするようになった。
3 かなりスリムになった。
4 掃除の仕方がうまくなった。

　　我的女兒現在二十一歲，正就讀京都的大學。由於從老家所在的東京無法通學，所以一個人住在京都的公寓。我先生本來好像希望女兒通學於東京到京都之間，但由於交通費太高，所以便打消念頭。據說女兒每天因上課或社團、打工而忙碌，所以一年當中會回來的只有過年的幾天而已。女兒在老家的時候，因為我寵著她長大，所以打掃、做菜都完全不會。因此，儘管擔心她在京都要怎麼樣過活，但由於被她說「不要來」，所以一直沒辦法去。不過，上個星期由於住在京都的朋友的兒子舉辦婚禮，所以藉此之便造訪了女兒的公寓。

　　出發之前，用電話跟女兒傳達了要去一事，但是被說「我過得很好，所以不用特意來啦！」但是我不管她還是去了。我在公寓前一打電話，女兒便出現了。她好好地化了妝，穿著可愛的洋裝。感覺瘦了很多，變漂亮了。由於我說要來，所以她好像特別打掃，屋裡變得很整潔。然後為我端出自己做的三明治和沙拉。雖然有點酸，但是很好吃。之前一起住的時候明明什麼都不會做，結果在不知不覺間已經成長了啊！

問1　作者的女兒之所以只有過年才回老家，是為什麼呢？
　　1　因為一回到家，媽媽就很囉唆。
　　2　因為讀書和打工等等很忙。
　　3　因為討厭家人。
　　4　因為沒有從京都回東京的交通費。

問2　作者的女兒一個人住的前後，有什麼改變呢？
　　1　做菜的手藝變好了。
　　2　開始化妝了。
　　3　變得相當苗條。
　　4　打掃的方法變好了。

解說

文字・語彙：

- 通っています：原形是「通う」，意思是「往來、上學、上班」。

- 実家：老家、娘家、婆家。

- あきらめました：原形是「あきらめる」，意思是「斷念、死心、打消念頭」。

- サークル：社團、同好會。

- 甘やかして：原形是「甘やかす」，意思是「姑息、嬌養、放任、溺愛」。

- 育てた：原形是「育てる」，意思是「培育、撫育、培養」。

- 気にせず：不在意。「気にする」（在意）的否定形。

- 一人暮らし：單身生活、一個人過日子、獨居。

- スリム：瘦長、細長、苗條。

文法：

- 名詞修飾形＋せいで：表示負面的理由，中文可翻譯成「～害的」、「因為～」。

- 〔動詞辭書形 / 動詞た形 / 名詞＋の〕ついでに：順便。

- という：表「引述」，中文可翻譯成「說～」，所以「わたしが来るという」意思是「說我要來」。

 聽解

問題 1 🎧 MP3-16

> 問題1では、まず質問を聞いてください。それから話を聞いて、問題用紙の1から4の中から、最もよいものを一つ選んでください。

会社で男の人と女の人が話しています。女の人はこのあとまず何をしなければなりませんか。

M： 明日の会議のことなんだけど、朝から部長といっしょに銀行に行かなきゃならなくなったんだ。それで、二時からの会議に間に合わないかもしれないんだけど、そのときはぼくの代わりに会議を始めてくれないかな。

F： わたしなんかでいいんですか。川田課長にお願いしたほうが……。

M： いや、川田くんは明日から北海道なんだ。
向こうの工場でトラブルが発生しちゃってさ、メールで対応したり、電話で連絡を取り合ったりしたんだけど、解決できなくて。

F： そうでしたか。それなら、おまかせください。

M： 配る資料はぼくの秘書からメールで届いてると思うけど、直すとこはなかったよね。確認だけしておいてくれる？

F： いえ、わたしのところには届いていませんけど……。

M： おかしいな。じゃあ、急いで送らせる。

F： お願いします。そしたら、すぐに見ておきます。

M： ほんと急なお願いでごめんね。よろしく。

女<ruby>の<rt>おんな</rt></ruby>人<ruby><rt>ひと</rt></ruby>はこのあとまず何<ruby><rt>なに</rt></ruby>を<u>しなければなりません</u>か。

1　<ruby>会議<rt>かいぎ</rt></ruby>で<ruby>司会<rt>しかい</rt></ruby>を<ruby>担当<rt>たんとう</rt></ruby>する

2　<ruby>会議<rt>かいぎ</rt></ruby>の<ruby>資料<rt>しりょう</rt></ruby>を<ruby>確認<rt>かくにん</rt></ruby>する

3　メールで<ruby>資料<rt>しりょう</rt></ruby>を<ruby>送<rt>おく</rt></ruby>る

4　<ruby>秘書<rt>ひしょ</rt></ruby>に<ruby>電話<rt>でんわ</rt></ruby><ruby>連絡<rt>れんらく</rt></ruby>する

中譯

公司裡男人和女人正在說話，女人之後非先做什麼不可呢？

M： 有關明天的會議，我變得從一早就非和部長一起去銀行不可。所以，二點
開始的會議可能會來不及，那個時候，妳能不能代替我開始會議呢？

F： 我來好嗎？是不是拜託川田課長比較……？

M： 不，川田他明天起會在北海道。
那邊的工廠出了一些麻煩，雖然用電子郵件對應，也用電話互相聯繫了，
但還是無法解決。

F： 那樣啊！如果那樣的話，請交給我。

M： 要分發的資料我的祕書應該已經用電子郵件寄送到了，但沒有要修改的地
方吧！妳可以只是幫我確認一下嗎？

F： 不，還沒有寄送到我那裡……。

M： 好奇怪喔！那麼，我讓她趕快寄送。

F： 麻煩您了。寄送到的話，我會立刻看好。

M： 真的是很突然的請求，不好意思。拜託了。

女人之後非先做什麼不可呢？

1　在會議中擔任主持

2　確認會議的資料

3　用電子郵件寄送資料

4　用電話聯絡祕書

解說

- 動詞ない形＋なければなりません：非～不可、一定要～。

- ～なきゃ：是上述「～なければなりません」（非～不可、一定要～）的口語形，所以「行かなきゃならなくなったんだ」意思是「變得一定要去」。接續方式為「動詞ない形＋なきゃならない」。

- 名詞＋の＋代わりに：代替。所以「ぼくの代わりに」意思是「代替我」。

- 動詞て形＋くれないかな：表示說話者的希望，中文可翻譯成「可以幫我～嗎？」，所以「会議を始めてくれないかな」意思是「可以幫我開始會議嗎？」

- なんか：～等等、～之類的。

- 動詞た形＋ほうがいい：做～比較好。所以「課長にお願いしたほうが……」是省略了「いいですか」，整句可翻譯成「是不是拜託課長比較好呢？」

- トラブル：糾紛、麻煩。

- 動詞た形＋り、動詞た形＋りする：表示動作的列舉，中文可翻譯成「又～又～」。

- 「任せる」是「委託、交給」。

  → 「お＋動詞ます形＋ください」（請您～）是「動詞て形＋ください」（請～）的禮貌用法。

  → 所以「お任せください」（請您交給我）是「任せてください」（請交給我）的禮貌用法。

- とこ：是「ところ」（～地方）的省略用法，經常出現在口語中。

- 急いで：急忙地、趕快。

- 急：急、急迫、緊急、突然。

問題2

> 問題2では、まず文を聞いてください。それから、それに対する返事を聞いて、1から3の中から最もよいものを一つ選んでください。

1番) 🎧 MP3-17

F： おじゃまします。

M：1 どうぞお入りください。

    2 どうぞおかまいなく。

    3 どうぞお参りください。

中譯

F： 打擾了。

M：1 請進。

    2 請別客氣。

    3 請參拜。

解說

- お＋動詞ます形＋ください：「動詞て形＋ください」（請～）的尊敬語，所以「お入りください」意思是「請進」；「お参りください」意思是「請參拜」。

- おかまいなく：同「お気遣いなく」，意思是「請別客氣、請別張羅、請別費心」。

2番) 🎧 MP3-18

F： ここはわたしにごちそうさせてください。

M：1 いや、そういうわけには。

    2 それはよかったですね。

    3 山本さんは料理が上手ですね。

F： 這裡請讓我來請客。

M： 1 不，不可以那樣。

　　 2 那樣很好耶！

　　 3 山本先生菜做得很好耶！

解說

- ごちそうする：請客、款待。

- 人物＋に＋動詞させてください：請讓某人做〜。所以「わたしにごちそうさせてください」意思是「請讓我來請客」。

- 〜わけにはいかない：不可以〜、不行〜。選項2的「そういうわけには」乃省略了「いかない」，所以可翻譯成「不可以那樣」。

3 番）🎧 MP3-19

M： 北村さんのレポート、なかなかだったよね。

F： 1 ええ、非常にまずかったですね。

　　 2 かなり準備したようですよ。

　　 3 ぜんぜんトレーニングしてませんからね。

中譯

M： 北村同學的報告，非常好對吧！

F： 1 是的，非常慘啊！

　　 2 好像做了很多準備喔！

　　 3 因為完全沒有訓練啊！

解說

- なかなか：頗、很、非常、相當。

- 拙い：笨拙、運氣不佳、狀況不好。

- トレーニングする：訓練、鍛鍊。

問題3 🎧 MP3-20

　問題3では、まず話を聞いてください。それから、質問と選択肢を聞いて、1から4の中から、最もよいものを一つ選んでください。

ラジオでアナウンサーがインタビューしています。

F： さて、続きまして、食と健康のコーナーです。今日は富士病院の新井先生にインタビューします。新井先生、よろしくお願いします。

M： ああ、よろしくお願いします。

F： 早速ですが、最近、目の調子が悪い人が増えているそうですね。特に若い人、特に心配なのは小中学生です。

M： ええ、そうなんです。今の子はわたしたちの時代とちがって、スマートフォンやコンピューター、ゲームを見ている時間が長いですよね。どれも目を疲れさせるものばかりです。楽しいから、何時間もやってしまう。その結果、目がどんどん悪くなって、眼鏡なしでは生活できなくなる。学生は学校で勉強して目が疲れていますから、学校以外の時間にはできるだけ目に負担のかからない生活をしてほしいんですけどね。そうは言っても、今の時代、それも難しいですよね。ですから、例えばゲームをする時間を一日三十分に決めるとか、暗いところではスマートフォンを見ないとか、ふだんの生活で気をつけることが大切です。

この医者は何について話していますか。
1　目の治療の方法について
2　目を疲れさせない方法について
3　学校内での目の検査について
4　今と昔の子供の視力について

收音機裡播音員正在採訪。

F： 那麼，緊接著，是食與健康的專題。今天要採訪的是富士醫院的新井醫師。新井醫師，請多多指教。

M： 啊，請多多指教。

F： 我們立刻進入正題，最近，據說眼睛狀況不好的人增加中。尤其是年輕人，特別要擔心的是中小學生。

M： 嗯，是那樣沒錯。現在的小孩和我們的時代不同，盯著智慧型手機或電腦、遊戲的時間很長是吧！不管哪一種，全都是會讓眼睛疲勞的東西。因為有趣，所以不知不覺就用了好幾個小時。而其結果，就是眼睛變得越來越差，變得沒有眼鏡就無法生活。學生因為在學校學習眼睛會疲勞，所以我希望在學校以外的時間盡可能過著不增加眼睛負擔的生活。話雖然那麼說，現今的時代那樣也很困難吧！所以，例如玩遊戲的時間一天固定三十分鐘啦，不在黑暗的地方看智慧型手機啦，在平常的生活中留意便很重要了。

這位醫師正就什麼說著話呢？
1　就眼睛治療的方法
2　就不讓眼睛疲勞的方法
3　就學校裡的眼睛檢查
4　就現在和以前小孩的視力

・アナウンサー：廣播或電視的新聞播報員、播音員、主播。

・インタビューして：原形為「インタビューする」，意思是「採訪」。

・コーナー：角落、轉角、專櫃、專區。

・早速（さっそく）：立刻、馬上。所以「早速（さっそく）ですが」意思是「免去客套、進入正題」。

- 調子：人或事物進行、進展的狀態，中文可翻譯成「狀況、樣子」。

- スマートフォン：智慧型手機，也可說「スマートホン」。口語中可省略成「スマホ」。

- ～なしでは～ない：沒有～便無法～，所以「眼鏡なしでは生活できなくなる」意思是「沒有眼鏡就變得無法生活」。

- 動詞て形＋ほしい：表示說話者希望對方做某事。

- ～に決める：決定～、規定、選定～、約定～、打定～。

- ～とか、～とか：用來表示「列舉」，中文可翻譯成「～啦～啦」，接續為「常體＋とか、常體＋とか」。

- 気をつける：小心、當心、留神、注意。

考題

文字・語彙

1　道順が書いてないので、どっちに行けばいいのか分かりません。
　　1　みちすじ　　　　　　　　2　みちじゅん
　　3　どうすじ　　　　　　　　4　どうじゅん

2　息子の成功を心から願っています。
　　1　はらって　　2　ねがって　　3　ひろって　　4　まよって

3　老人はもっと敬うべきです。
　　1　うらなう　　2　うしなう　　3　うやまう　　4　うたがう

4　寒い国では家の中にゆかだんぼうがついているそうです。
　　1　地暖炉　　　2　床暖炉　　　3　地暖房　　　4　床暖房

5　まちあわせの時間をもうだいぶ過ぎています。
　　1　待ち面わせ　2　待ち合わせ　3　待ち会わせ　4　待ち遇わせ

6　勉強しないで遊んでばかりいたら、ゲームを取り（　　　　）
　　ますよ。
　　1　入れ　　　　2　過ぎ　　　　3　上げ　　　　4　掛け

7 手術は成功したが、胃の（　　　　）はまだ回復していないそうだ。

1　装置　　　　　2　機械　　　　　3　操作　　　　　4　機能

8 老後は、静かな田舎で野菜を作りながら、（　　　　）と暮らしたい。

1　ひろびろ　　2　のろのろ　　3　ゆうゆう　　4　しみじみ

9 _____の言葉に意味がもっとも近いものを、一つ選びなさい。
彼は豊富な知識をもっているので、信頼できると思います。

1　まずしい　　2　かしこい　　3　ゆたかな　　4　あらたな

10 「とうとう」の使い方として最もよいものを、一つ選びなさい。

1　もう遅いので、とうとう帰ります。

2　彼女はいつもとうとうしているので、人気があります。

3　とうとう文句を言うなら、自分でやってください。

4　一時間待ったが、彼はとうとう来ませんでした。

📖 文法

1 総理大臣の演説（　　　　）、拍手をする人はほとんどいなかった。

1　にとって　　2　にたいして　3　をこめて　　4　をもとに

2 病院側は記者会見で「副作用はない」と（　　　　）。

1　言いかねた　　　　　　　2　言いえた

3　言いぬいた　　　　　　　4　言いきった

3 この伝染病（　　　　　）、全国で新しい薬の開発が始まった。
1　をめぐって　　　　　　2　をけいきに
3　にさいして　　　　　　4　にはんして

4 この本は小学生（　　　　　）の小説なので、留学生でも読める
だろう。
1　おき　　　2　もの　　　3　こと　　　4　むけ

5 結婚できる（　　　　　）、今すぐ結婚したい。
1　ことには　2　ものなら　3　ことから　4　ものだと

6 A「こちらの資料はもうご覧になりましたか」
B「いえ、まだです。（　　　　　）」
1　伺います　2　参ります　3　存じます　4　拝見します

7 あんなひどいパーティーには、もう二度と参加（　　　　　）。
1　しかない　2　するまい　3　つつある　4　ことか

8 マラソン大会の開催（　　　　　）、通りを掃除することにした。
1　にかけて　2　に先立って　3　をこめて　4　をめぐって

9 A「ねえ、今日は何日（　　　　　）」
B「さっきも聞いたよね。二十三日！」
1　っけ　　　2　だっけ　　　3　っこ　　　4　だっこ

10 政治家は国民の信頼があって（　　　　　）、指導力が発揮できる。
1　ついでに　2　かわりに　3　はじめて　4　先立ち

解答

文字・語彙（每題5分）

1	2	3	4	5	6	7	8	9	10
2	2	3	4	2	3	4	3	3	4

文法（每題5分）

1	2	3	4	5	6	7	8	9	10
2	4	1	4	2	4	2	2	2	3

21天

得分（滿分100分）

/100

中文翻譯＋解說

🖊 文字・語彙

1　道順が書いてないので、どっちに行けばいいのか分かりません。

　　1　みちすじ　　**2　みちじゅん**　　3　どうすじ　　4　どうじゅん

　中譯　由於沒有寫路線，所以不知道該往哪走比較好。

　解說　本題考名詞「道順」（路線、順序）的唸法。這兩個漢字，「道」的唸法有「みち」、「どう」二種，而「順」的發音固定是「じゅん」，但無論如何，「道順」固定就是唸「みちじゅん」，選項2為正確答案，其餘選項均為陷阱。

2　息子の成功を心から願っています。

　　1　はらって　　**2　ねがって**　　3　ひろって　　4　まよって

　中譯　由衷期盼兒子成功。

　解說　本題考以「～う」結尾的動詞。選項1是「払う」（拂、支付、趕、除掉）；選項2是「願う」（希望、祈禱）；選項3是「拾う」（拾、撿、挑出）；選項4是「迷う」（迷失、猶豫、迷戀），選項2為正確答案。

3　老人はもっと敬うべきです。

　　1　うらなう　　2　うしなう　　**3　うやまう**　　4　うたがう

　中譯　應該要更尊重老人。

　解說　本題考以「～う」結尾的動詞。選項1是「占う」（占卜、算命）；選項2是「失う」（失去、錯過）；選項3是「敬う」（尊敬）；選項4是「疑う」（懷疑），選項3為正確答案。

4　寒い国では家の中にゆかだんぼうがついているそうです。

　　1　地暖炉　　2　床暖炉　　3　地暖房　　**4　床暖房**

　中譯　據說在寒冷的國家，家裡都會附地暖。

解説 本題考日本寒冷地區或最新住宅常見的設備「床暖房」。「床」是「地板」，「暖房」是「暖氣」，所以「床暖房」意思就是「發熱地板」或翻譯成「地暖」，選項4為正確答案，其餘選項均無該字。

5 まちあわせの時間をもうだいぶ過ぎています。

1 待ち面わせ 2 待ち合わせ 3 待ち会わせ 4 待ち遇わせ

中譯 約會的時間已經過了相當久。

解說 「まちあわせ」的漢字固定就是「待ち合わせ」，意思是「等候、約會、碰頭」，選項2為正確答案。

6 勉強しないで遊んでばかりいたら、ゲームを取り（ 上げ ）ますよ。

1 入れ 2 過ぎ 3 上げ 4 掛け

中譯 不讀書光是玩的話，要沒收電玩喔！

解說 本題是考「動詞＋動詞」的「複合動詞」，顧名思義是結合兩個動詞而成的新動詞，其接續方式是「動詞ます形＋動詞」。首先，題目中的「取ります」意思是「拿、取」，至於接續其後的四個選項：

- 選項1是「～入れます」（～入、～進），例如：「書き入れます」（寫入）、「預け入れます」（存入）、「乗り入れます」（駛進）。

- 選項2是「～過ぎます」（太～、～過頭），例如「食べ過ぎます」（吃太多）、「言い過ぎます」（說過頭）。

- 選項3是「～上げます」（把～提高、把～完成、充分～），例如：「持ち上げます」（舉起、提起、拿起）、「編み上げます」（把～織好）、「調べ上げます」（徹底調查）。

- 選項4是「～掛けます」（對某人做某事），例如「話し掛けます」（跟人說話、搭話）、「呼び掛けます」（呼籲）、「追い掛けます」（追趕）。

四個選項當中，只有選項3「上げます」能和題目「取ります」搭配，複合成「取り上げます」，意思是「拿起、舉起、採納、接受、奪取、沒收、提出、刊登」。

7 手術は成功したが、胃の（　機能　）はまだ回復していないそうだ。

　　1　装置　　　　　2　機械　　　　　3　操作　　　　　**4　機能**

　中譯　據說手術是成功了，但是胃的功能尚未恢復。

　解說　本題考和「機械」相關的單字。選項1是「装置」（裝置、設備）；選
　　　　項2是「機械」（機械）；選項3是「操作」（操作、操縱）；選項4是
　　　　「機能」（機能、功能、作用），正確答案是選項4。

8 老後は、静かな田舎で野菜を作りながら、（　ゆうゆう　）と暮ら
したい。

　　1　ひろびろ　　　2　のろのろ　　　**3　ゆうゆう**　　　4　しみじみ

　中譯　晚年，想在安靜的鄉下一邊種菜一邊從容地生活。

　解說　本題考疊字形態的「副詞」。選項1是「広々」（寬敞、廣闊）；選項
　　　　2是「のろのろ」（緩慢地、慢吞吞地）；選項3是「悠々」（不慌不忙
　　　　地、從容不迫地）；選項4是「しみじみ」（深切地、仔細地），正確
　　　　答案是選項3。

9 ＿＿＿＿＿の言葉に意味がもっとも近いものを、一つ選びなさい。
彼は豊富な知識をもっているので、信頼できると思います。

　　1　まずしい　　　2　かしこい　　　**3　ゆたかな**　　　4　あらたな

　中譯　請選擇一個和＿＿＿＿＿語彙意義最相近的答案。
　　　　由於他擁有豐富的知識，所以我覺得可以信賴。

　解說　本題考可以和「豊富な」（豐富的）代換的單字。選項1是「貧しい」
　　　　（貧窮的）；選項2是「賢い」（聰明的、賢明的）；選項3是「豊か
　　　　な」（豐富的、富裕的、充裕的、寬裕的）；選項4是「新たな」（新
　　　　的、重新的），所以正確答案為選項3。

10 「とうとう」の使い方として最もよいものを、一つ選びなさい。

1 もう遅いので、とうとう帰ります。

2 彼女はいつもとうとうしているので、人気があります。

3 とうとう文句を言うなら、自分でやってください。

4 一時間待ったが、彼はとうとう来ませんでした。

解説 1 もう遅いので、とうとう帰ります。（X）

→もう遅いので、そろそろ帰ります。（〇）

2 彼女はいつもとうとうしているので、人気があります。（X）

→彼女はいつもにこにこしているので、人気があります。（〇）

3 とうとう文句を言うなら、自分でやってください。（X）

→ぶつぶつ文句を言うなら、自分でやってください。（〇）

4 一時間待ったが、彼はとうとう来ませんでした。（〇）

中譯 就「とうとう」（終於、到底、終究、結局）的使用方法，請選出一個最好的答案。

1 由於已經很晚了，所以差不多該回去了。

2 由於她總是笑瞇瞇的，所以很受歡迎。

3 嘮嘮叨叨抱怨的話，請自己做。

4 等了一個小時，但他終究沒來。

文法

1 総理大臣の演説（ にたいして ）、拍手をする人はほとんどいなかった。

1 にとって　　2 にたいして　　3 をこめて　　4 をもとに

中譯 對於總理大臣的演說，幾乎沒有拍手的人。

解説 本題考「名詞＋に対して」的用法，意思是「對～、對於～（表示對人的態度）」，所以「総理大臣の演説にたいして」意思是「對於總理大臣的演說」，選項2為正確答案。其餘選項：選項1是「にとって」（對～而言）；選項3是「をこめて」（滿懷～、傾注～）；選項4是「をもとに」（以～為基礎、依據～、以～為題材）。

2 病院側（びょういんがわ）は記者会見（きしゃかいけん）で「副作用（ふくさよう）はない」と（　言（い）いきった　）。

1 言（い）いかねた　2 言（い）いえた　3 言（い）いぬいた　4 言（い）いきった

中譯 醫院方面在記者招待會上斬釘截鐵地說「沒有副作用」。

解說 本題考「動詞ます形＋きる」的用法，用來表示「極致」的動作，中文可翻譯成「～完、～光、～到極點、斷～」，所以「副作用（ふくさよう）はないと言（い）いきった」意思是「斷言說沒有副作用」，選項4為正確答案。其餘選項：選項1一般以「動詞ます形＋かねる」（無法～、很難～）的形式出現；選項2是「動詞ます形＋える」（能夠～、有～的可能）的形式出現；選項3一般以「動詞ます形＋ぬく」（～到最後）的形式出現。

3 この伝染病（でんせんびょう）（　をめぐって　）、全国（ぜんこく）で新（あたら）しい薬（くすり）の開発（かいはつ）が始（はじ）まった。

1 をめぐって　2 をけいきに　3 にさいして　4 にはんして

中譯 針對這個傳染病，新藥的開發在全國開始了。

解說 本題考「名詞＋をめぐって」的用法，意思是「針對～、圍繞～（議題）」，所以「この伝染病（でんせんびょう）をめぐって」意思是「針對這個傳染病」，選項1為正確答案。其餘選項：選項2是「を契機（けいき）に」（以～為契機）；選項3是「に際（さい）して」（當～之際）；選項4是「に反（はん）して」（與～相反）。

4 この本（ほん）は小学生（しょうがくせい）（　むけ　）の小説（しょうせつ）なので、留学生（りゅうがくせい）でも読（よ）めるだろう。

1 おき　　2 もの　　3 こと　　4 むけ

中譯 由於這本書是針對小學生的小說，所以就算留學生也能閱讀吧！

解說 本題考「名詞＋向（む）け」的用法，表示「以～為對象所做」，中文可翻譯成「專為～、針對～」，所以「小学生（しょうがくせい）むけの小説（しょうせつ）」意思是「針對小學生的小說」，選項4為正確答案。其餘選項：選項1一般以「〔時間／距離／數量〕＋おき」（每隔～）的形式出現；選項2和選項3無此用法（無法直接接續於名詞之後）。

5 結婚^{けっこん}できる（　ものなら　）、今^{いま}すぐ結婚^{けっこん}したい。

1　ことには　　　**2　ものなら**　　　3　ことから　　　4　ものだと

中譯 要是能結婚的話，想現在立刻結婚。

解說 本題考「動詞辭書形＋ものなら」的用法，意思是「要是～的話」，所以「結婚^{けっこん}できるものなら」意思是「要是能結婚的話」，選項2為正確答案。其餘選項：選項1一般以「〔動詞た形／い形容詞／な形容詞＋な〕＋ことには」（令人感到～）的形式出現；選項3一般以「名詞修飾形＋ことから」（從～來看）的形式出現；選項4無此用法。

6 A「こちらの資料^{し りょう}はもうご覧^{らん}になりましたか」

B「いえ、まだです。（　拝見^{はいけん}します　）」

1　伺^{うかが}います　　2　参^{まい}ります　　3　存^{ぞん}じます　　　**4　拝見^{はいけん}します**

中譯 A「這裡的資料您已經閱覽了嗎？」

B「不，還沒。我來拜讀。」

解說 本題考「尊敬語」與「謙讓語」的用法。在日語中，當主詞是長輩或身分地位比自己高的人時要用「尊敬語」；反之，主詞是自己時則用「謙讓語」。

- 首先，A所詢問的「ご覧^{らん}になりましたか」（閱覽了嗎？）的主詞是B，由於提到的是別人，所以用了「見^みます」（看）的尊敬語「ご覧^{らん}になります」（閱覽）。

- 接著是B的回答，講自己的事情時一定要用謙讓語。選項1是「聞^ききます」或「訪問^{ほうもん}します」的謙讓語「伺^{うかが}います」（請教、拜訪）；選項2是「行^いきます」或「来^きます」的謙讓語「参^{まい}ります」（來、去）；選項3是「思^{おも}います」或「知^しります」的謙讓語「存^{ぞん}じます」（認為、打算、知道）；選項4是「見^みます」的謙讓語「拝見^{はいけん}します」（拜見），所以能和尊敬語「ご覧^{らん}になりましたか」搭配的，只有選項4「拝見^{はいけん}します」。

7 あんなひどいパーティーには、もう二度と参加（　するまい　）。

1 しかない　　**2 するまい**　　3 つつある　　4 ことか

中譯 那種糟糕的派對，絕對不會再參加第二次！

解説 本題考「動詞辭書形＋まい」的用法，意思有二，分別是「不會～吧」
或是「絕不～」，所以「もう二度と参加するまい」意思是「絕對不會
再參加第二次」，選項2為正確答案。其餘選項：選項1是「しかない」
（只有～）；選項3是「つつある」（正在不斷地～）；選項4是「こと
か」（多麼～啊）。

8 マラソン大会の開催（　に先立って　）、通りを掃除することにした。

1 にかけて　　**2 に先立って**　　3 をこめて　　4 をめぐって

中譯 決定在馬拉松大會舉辦之前打掃馬路了。

解説 本題考「〔名詞／動詞辭書形〕＋に先立って」的用法，意思是「在～
開始之前」，所以「マラソン大会の開催に先立って」意思是「在馬拉
松大會舉辦之前」，選項2為正確答案。其餘選項：選項1一般以「～
から～にかけて」（從～到～）或「にかけては」（在～方面〔無人能
敵〕）的形式出現；選項3是「をこめて」（滿懷～、傾注～）；選項4
是「をめぐって」（關於～、圍繞～）。

9 A「ねえ、今日は何日（　だっけ　）」
B「さっきも聞いたよね。二十三日！」

1 っけ　　**2 だっけ**　　3 っこ　　4 だっこ

中譯 A「喂，今天是幾號啊？」
B「剛剛也問過了耶！二十三號！」

解説 本題考「常體＋っけ」的用法，用來向對方確認不確定的事情，中文
可翻譯成「是～嗎、是～吧」，所以「何日だっけ」意思是「是幾號
啊？」，選項2為正確答案。其餘選項：選項1因為題目中的「何日」
是名詞，所以接續「っけ」之前必須改成「常體」，也就是「何日だっ
け」才對；選項3和4無此用法。

10 政治家は国民の信頼があって（　はじめて　）、指導力が発揮できる。

1　ついでに　　　2　かわりに　　　3　はじめて　　　4　先立ち

中譯　政治家在有了國民的信賴之後，才能發揮領導能力。

解說　本題考「動詞て形＋はじめて」的用法，用來表達有了前項的事情之
　　　後，才知道或注意到後項的內容，中文可翻譯成「在～之後才～」，
　　　所以「国民の信頼があってはじめて」意思是「在有了國民的信賴之
　　　後才～」，選項3為正確答案。其餘選項：選項1是「ついでに」（順
　　　便～）；選項2是「かわりに」（代替～）；選項4一般以「に先立っ
　　　て」（在～開始之前）的形式出現。

考題

🖊 文字・語彙

1 妻は犬のために、小屋を作っています。
　　1　こや　　　　2　おや　　　　3　こおく　　　4　おおく

2 どんなに下手でも、練習すれば上手になります。
　　1　しもて　　　2　しもで　　　3　した　　　　4　へた

3 娘は最近、恋をしているようです。
　　1　こえ　　　　2　しお　　　　3　こい　　　　4　しろ

4 あけがた、大きな音で目が覚めました。
　　1　暁け方　　　2　朝け方　　　3　明け方　　　4　開け方

5 息子は汗をたくさんかくので、いつももめんのシャツを買います。
　　1　毛綿　　　　2　木綿　　　　3　綿花　　　　4　綿布

6 その件については、このあと打ち（　　　　　）する予定です。
　　1　出し　　　　2　合わせ　　　3　返し　　　　4　掛け

7 風邪をひいているとき、マスクをするのは（　　　　　）です。
　　1　コンセント　　　　　　　2　エチケット
　　3　アクセント　　　　　　　4　パイロット

8 突然のことで頭が（　　　　）していて、考えられませんでした。
　　1　混雑　　　　　2　混同　　　　　3　混乱　　　　　4　混合

9 ＿＿＿＿＿の言葉に意味がもっとも近いものを、一つ選びなさい。
　　このビルからは東京タワーがくっきり見えますよ。
　　1　はっきり　　2　さっぱり　　3　ぴったり　　4　うっかり

10 「がっかり」の使い方として最もよいものを、一つ選びなさい。
　　1　娘は遠足が中止になって、とてもがっかりしている。
　　2　この部屋の押し入れの中には、布団ががっかり入っている。
　　3　昨日はがっかり眠れたので、今朝は気分がいい。
　　4　前にいた人が突然がっかり倒れたので、びっくりした。

文法

1 すごく眠いけど、明日は試験なので、まだ寝る（　　　　）。
　　1　わけもない　　　　　　　　2　わけにはいかない
　　3　ものではない　　　　　　　4　というものではない

2 夫の暴力がひどいので、もう離婚する（　　　　）と思う。
　　1　あるまい　　2　つつまい　　3　ようない　　4　しかない

3 試合の日を前にして、飲み会（　　　　）。
　　1　どころだろう　　　　　　　2　どころじゃない
　　3　ものだろう　　　　　　　　4　ものじゃない

22
天

4　A「吉田先生、お酒は（　　　　　）か」
　　B「ええ、大好きですよ」
　　1　お飲みうかがいます　　　　2　お飲みします
　　3　お飲みたがります　　　　　4　飲まれます

5　英語が上手になりたければ、もっと練習（　　　　　）。
　　1　するわけだ　　　　　　　　2　することだ
　　3　したわけだ　　　　　　　　4　したことだ

6　昨日は疲れていたので、テレビを（　　　　　）寝てしまった。
　　1　つけっぱなしで　　　　　　2　つけかねて
　　3　しっぱなしで　　　　　　　4　しかねて

7　この町の人口が増える（　　　　　）、駅の周りもにぎやかに
　なった。
　　1　からして　　　　　　　　　2　のわりに
　　3　にかわって　　　　　　　　4　にともなって

8　A「ご飯が水（　　　　　）ない？」
　　B「へんね。水を入れすぎたのかしら」
　　1　っこ　　　　2　っぽく　　　3　っけ　　　　4　っこく

9　一度きちんと確認（　　　　　）、はっきりしたことは言えません。
　　1　しないことで　　　　　　　2　しないことには
　　3　したらともかく　　　　　　4　したにかかわらず

10　父のその一言で、わたしがどれほど救われた（　　　　　）。
　　1　ところか　　2　だけか　　　3　わけか　　　4　ことか

解答

文字・語彙 （每題 5 分）

1	2	3	4	5	6	7	8	9	10
1	4	3	3	2	2	2	3	1	1

文法 （每題 5 分）

1	2	3	4	5	6	7	8	9	10
2	4	2	4	2	1	4	2	2	4

22 天

得分 （滿分 100 分）

/100

中文翻譯＋解說

🏅 文字・語彙

1 妻は犬のために、小屋を作っています。

　1　こや　　　　2　おや　　　　3　こおく　　　4　おおく

中譯　妻子為了狗，正在做小屋。

解說　本題考「小屋」的發音，雖然漢字「小」的發音有「お」、「こ」、「しょう」等幾種，而漢字「屋」的發音有「おく」、「や」等幾種，但是「小屋」固定是唸「こや」，意思是「小房屋、簡陋的小房子」，正確答案為選項1。

2 どんなに下手でも、練習すれば上手になります。

　1　しもて　　　2　しもで　　　3　した　　　　4　へた

中譯　就算再怎麼樣不厲害，練習的話就會變厲害。

解說　本題考「下手」（不擅長、拙劣）的發音，固定就是「へた」，反義詞就是「上手」（高明、擅長、拿手）。

3 娘は最近、恋をしているようです。

　1　こえ　　　　2　しお　　　　3　こい　　　　4　しろ

中譯　女兒最近好像在談戀愛。

解說　本題考「名詞」，題目中漢字「恋」的發音固定是「こい」，選項3為正確答案。其餘選項：選項1是「声」（〔生物發出的〕聲音）或「肥」（肥料）；選項2是「塩」（鹽）或「潮」（潮水）；選項4是「白」（白色）或「城」（城）。

4 | あけがた、大きな音で目が覚めました。

1 暁け方　　　2 朝け方　　　3 明け方　　　4 開け方

中譯 黎明時，因為巨大的聲響而醒了。

解說 「あけがた」意思是「黎明、拂曉」，漢字固定是「明け方」，選項3為正確答案。其餘選項：選項1和2無此字；選項4是「開け方」（打開的方法）。

5 | 息子は汗をたくさんかくので、いつももめんのシャツを買います。

1 毛綿　　　2 木綿　　　3 綿花　　　4 綿布

中譯 由於兒子會流很多汗，所以總是買棉襯衫。

解說 本題考和「綿」相關的名詞。首先，「汗をかく」的意思是「流汗」。而四個選項：選項1無此字；選項2是「木綿」（棉、棉花）；選項3是「綿花」（棉花）；選項4是「綿布」（棉布）。由於題目中的「もめん」漢字固定是「木綿」，所以正確答案是選項2。

6 | その件については、このあと打ち（ 合わせ ）する予定です。

1 出し　　　2 合わせ　　　3 返し　　　4 掛け

中譯 就那件事，預定這之後要協商。

解說 本題考「複合語」。「打つ」的意思是「打、擊」，四個選項和它複合後：選項1「出し」，變成「打ち出し」（錘出或壓出凸出花紋的金工技法）；選項2「合わせ」，變成「打ち合わせ」（商量、磋商、碰頭）；選項3「返し」，變成「打ち返し」（打回去、還擊）；選項4「掛け」，變成「打ち掛け」（和式罩衫、中途暫停），因此選項2為正確答案。

7 | 風邪をひいているとき、マスクをするのは（ エチケット ）です。

1 コンセント　2 エチケット　3 アクセント　4 パイロット

中譯 感冒的時候，戴口罩是禮貌。

解說 本題考「外來語」。選項1是「コンセント」（插座）；選項2是「エチケット」（禮貌、禮節）；選項3是「アクセント」（重音、語調）；選項4是「パイロット」（領航員、飛行員），所以正確答案是選項2。

22
天

8　突然のことで頭が（　混乱　）していて、考えられませんでした。
　　1　混雑　　　　　2　混同　　　　　3　混乱　　　　　4　混合

中譯　因為事發突然，頭腦一片混亂，所以無法思考了。

解説　本題考「混〜」的動詞。選項1是「混雑」（混雑、擁擠）；選項2是「混同」（混在一起、混為一談、合併）；選項3是「混乱」（混亂）；選項4是「混合」（混合），正確答案是選項3。

9　_____の言葉に意味がもっとも近いものを、一つ選びなさい。
　　このビルからは東京タワーがくっきり見えますよ。

　　1　はっきり　　　2　さっぱり　　　3　ぴったり　　　4　うっかり

中譯　請選擇一個和_____語彙意義最相近的答案。
　　　從這棟大樓可以清楚看見東京鐵塔喔！

解説　本題考「AっBり」型的副詞。首先，題目中的「くっきり」意思是「鮮明地、顯眼地、清楚地」。而四個選項：選項1是「はっきり」（清楚地）；選項2是「さっぱり」（乾淨俐落地、直爽地、爽快地、清爽地）；選項3是「ぴったり」（緊密地、恰好、相稱、說中）；選項4是「うっかり」（不注意、不留神），所以正確答案為選項1。

10　「がっかり」の使い方として最もよいものを、一つ選びなさい。
　　1　娘は遠足が中止になって、とてもがっかりしている。
　　2　この部屋の押し入れの中には、布団ががっかり入っている。
　　3　昨日はがっかり眠れたので、今朝は気分がいい。
　　4　前にいた人が突然がっかり倒れたので、びっくりした。

解説　1　娘は遠足が中止になって、とてもがっかりしている。（○）
　　　2　この部屋の押し入れの中には、布団ががっかり入っている。（X）
　　　→この部屋の押し入れの中には、布団がぎっしり入っている。（○）
　　　3　昨日はがっかり眠れたので、今朝は気分がいい。（X）
　　　→昨日はぐっすり眠れたので、今朝は気分がいい。（○）
　　　4　前にいた人が突然がっかり倒れたので、びっくりした。（X）
　　　→前にいた人が突然ばったり倒れたので、びっくりした。（○）

中譯 就「がっかり」（失望、心灰意冷、垂頭喪氣、無精打采）的使用方法，請選出一個最好的答案。

1　女兒因為遠足取消，非常失望。

2　這個房間的壁櫥裡面，塞滿棉被。

3　由於昨天睡得很熟，所以今早神清氣爽。

4　由於在前面的人突然碰地一聲倒下，所以嚇了一跳。

📖 文法

1 すごく眠（ねむ）いけど、明日（あした）は試験（しけん）なので、まだ寝（ね）る（　わけにはいかない　）。

1　わけもない　　　　　　　　2　わけにはいかない

3　ものではない　　　　　　　4　というものではない

中譯 雖然非常想睡，但由於明天要考試，所以還不能睡。

解說 本題考「〔動詞辭書形／動詞ない形〕＋わけにはいかない」的用法，意思是「不行～、不能～」，所以「まだ寝（ね）るわけにはいかない」意思是「還不能睡」，選項2為正確答案。其餘選項：選項1是慣用語的「わけもない」（輕易、容易、沒有理由、不合道理）；選項3是表示勸告、禁止的「ものではない」（不應該～）；選項4是表示說話者強烈主張的「というものではない」（並非～就～）。

2 夫（おっと）の暴力（ぼうりょく）がひどいので、もう離婚（りこん）する（　しかない　）と思（おも）う。

1　あるまい　　2　つつまい　　3　ようない　　4　しかない

中譯 由於丈夫有嚴重的暴力行為，所以我覺得已經只有離婚一途了。

解說 本題考「〔名詞／動詞辭書形〕＋しかない」的用法，意思是「只好～、只有～」，所以「もう離婚（りこん）するしかない」意思是「已經只有離婚一途了」，選項4為正確答案。其餘選項：選項1是「あるまい」（應該沒有吧）；選項2無此用法；選項3一般以「ようがない」（無法～）的形式出現。

3 試合の日を前にして、飲み会（　どころじゃない　）。

1　どころだろう　　　　　　　**2　どころじゃない**

3　ものだろう　　　　　　　　4　ものじゃない

中譯 比賽即將來臨，哪是喝酒聚會的時候！

解說 本題考「〔名詞／動詞辭書形〕＋どころじゃない」的用法，意思是「哪是～的時候、哪有閒工夫～」，所以「飲み会どころじゃない」意思是「哪有閒工夫喝酒聚會」，選項2為正確答案。其餘選項：選項1無此用法；選項3無此用法；選項4是出於道德或常識而向對方說教的「ものじゃない」（不應該）。

4 A「吉田先生、お酒は（　飲まれます　）か」

B「ええ、大好きですよ」

1　お飲みうかがいます　　　　2　お飲みします

3　お飲みたがります　　　　　**4　飲まれます**

中譯 A「請問吉田老師喝酒嗎？」

B「嗯，非常喜歡喔！」

解說 本題考「尊敬語」與「謙讓語」的用法。在日語中，當主詞是長輩或身分地位比自己高的人時要用「尊敬語」；反之，主詞是自己時則用「謙讓語」。

首先，A問句中的主詞「吉田先生」（吉田老師）是尊敬的對象，所以答案要用「飲みます」（喝）的尊敬語「飲まれます」，選項4為正確答案。

其餘選項：選項1無此用法；選項2是講自己的事情時的謙讓語「お飲みします」（喝）；選項3無此用法。

5 英語が上手になりたければ、もっと練習（　することだ　）。

1　するわけだ　　　　　　　　**2　することだ**

3　したわけだ　　　　　　　　4　したことだ

中譯 英文想要變厲害的話，就應該多練習。

解說 本題考「〔動詞辭書形／動詞ない形〕＋ことだ」的用法，用來表示命

令或建議，中文可翻譯成「就應該～」，所以「もっと練習すること
だ」意思是「就應該多練習」，選項2為正確答案。其餘選項：選項1和
選項3一般以「名詞修飾形＋わけだ」（難怪～、當然～、所以～）的
形式出現；選項4要改成辭書形「練習する」才能接續「ことだ」。

6 昨日は疲れていたので、テレビを（　つけっぱなしで　）寝てし
まった。

1　つけっぱなしで　　　　　　　2　つけかねて

3　しっぱなしで　　　　　　　　4　しかねて

中譯 由於昨天很累，所以開著電視就不小心睡著了。

解說 本題考「動詞ます形＋っぱなし」的用法，用法有二，第一種是做了某
動作之後就放置不管，中文可翻譯成「～著就～」，例如本題的「テレ
ビをつけっぱなしで」（開著電視就～）。第二種用來表示某相同動作
或狀態一直持續著，中文可翻譯成「一直～、老是～」，例如「最近負
けっぱなしだ」（最近老是輸），所以正確答案為選項1。
其餘選項：首先「開電視」的日文是「テレビをつける」，所以選項3
和選項4用的動詞「する」不對。接著選項2一般以「動詞ます形＋かね
る」（很難～）的形式出現，所以意思不對。

7 この町の人口が増える（　にともなって　）、駅の周りもにぎやか
になった。

1　からして　　　2　のわりに　　　3　にかわって　　　4　にともなって

中譯 伴隨這個城鎮人口的增加，車站附近也變熱鬧了。

解說 本題考「〔名詞／動詞辭書形〕＋に伴って」的用法，意思是「伴隨
著～」，所以「人口が増えるにともなって」意思是「伴隨著人口的增
加」，選項4為正確答案。其餘選項：選項1是「からして」（單從～來
看）；選項2是「のわりに」（出乎意料）；選項3是「にかわって」
（代替～、取代～）。

22
天

8 A「ご飯が水（　っぽく　）ない？」

B「へんね。水を入れすぎたのかしら」

1　っこ　　　　　**2　っぽく**　　　　3　っけ　　　　　4　っこく

中譯　A「不覺得飯水水的嗎？」

B「奇怪耶。難不成是水加太多了。」

解說　本題考「〔動詞ます形／い形容詞／名詞〕＋っぽい」的用法,大致有三種意思,一是「感覺起來像～、看起來像～」,例如「子供っぽい」（孩子氣的）；二是「某種性質很多」,例如本題的「水っぽい」（水水的）；三是指人有某種傾向,例如「忘れっぽい」（健忘）,所以選項2為正確答案。

其餘選項:選項1無此用法；選項3是「っけ」（是不是～來著）；選項4無此用法。

9 一度きちんと確認（　しないことには　）、はっきりしたことは言えません。

1　しないことで　　　　　　　　　**2　しないことには**

3　したらともかく　　　　　　　4　したにかかわらず

中譯　如果不好好再確認一次,就不能說是清清楚楚了。

解說　本題考「動詞ない形＋ないことには」的用法,意思是「如果不～就（不）～」,所以「一度きちんと確認しないことには」意思是「如果不好好再確認一次,就～」,選項2為正確答案。其餘選項:選項1無此用法；選項3一般以「～はともかく」（姑且不論～）的形式出現；選項4一般以「～にかかわらず」（無論～）的形式出現。

10 父のその一言で、わたしがどれほど救われた（　ことか　）。

1　ところか　　　2　だけか　　　3　わけか　　　**4　ことか**

中譯　父親的那一句話,讓我獲得何等的救贖啊!

解說　本題考「名詞修飾形＋ことか」的用法,意思是「多麼～啊」,所以「どれほど救われたことか」意思是「獲得何等的救贖啊」,選項4為正確答案。其餘選項:選項1一般以「どころか」（別說～連～）的形式出現；選項2和選項3無此用法。

考題

✏ 文字・語彙

1 いろいろな場所を<u>探した</u>けど、見つからなかった。
1 たかした　　2 さがした　　3 しめした　　4 そうした

2 バナナは冷蔵庫で<u>冷やさない</u>ほうがいいです。
1 ふやさない　　　　　　　2 ひやさない
3 はやさない　　　　　　　4 もやさない

3 今日の試合は<u>引き分け</u>でした。
1 いきふけ　　2 ひきふけ　　3 いきわけ　　4 ひきわけ

4 <u>みかた</u>は人それぞれちがうはずです。
1 見方　　　　2 看方　　　　3 意方　　　　4 味方

5 会社の前の<u>きっさてん</u>で会いましょう。
1 珈琲店　　2 喫茶店　　3 軽食店　　4 飲茶店

6 彼は誰に（　　　　　）も優しいので、女性にもてます。
1 そって　　2 たいして　　3 かわって　　4 ともなって

7 彼はハンサムなだけでなく、（　　　　　）のセンスもある。
1 サイレン　　2 ナイロン　　3 ブレーキ　　4 ユーモア

8 鶏肉はタンパク質が豊富で、（　　　　　）も低いそうです。
　　1　アンテナ　　　　　　　　　　2　バランス
　　3　コーラス　　　　　　　　　　4　カロリー

9 ＿＿＿＿＿＿の言葉に意味がもっとも近いものを、一つ選びなさい。
　試験が終わってから後悔しても、意味がありませんよ。
　　1　うらんで　　　　　　　　　　2　にくんで
　　3　えらんで　　　　　　　　　　4　くやんで

10 「あまえる」の使い方として最もよいものを、一つ選びなさい。
　　1　今の時代、情報をあまえることはとても簡単です。
　　2　妹はもう中学生なのに、まだ母にあまえています。
　　3　仕事をあまえたら、いっしょにお酒を飲みに行きませんか。
　　4　彼は一国の代表として、あまえるに足る人物だと思います。

🖥 文法

1 娘は試合で傷（　　　　　）になって、家に帰ってきました。
　　1　がち　　　　2　だらけ　　　3　ぎみ　　　　4　らしく

2 農家をしている友人が、（　　　　　）ほどの野菜を送ってくれた。
　　1　食べかける　　　　　　　　　2　食べぬける
　　3　食べだせない　　　　　　　　4　食べきれない

3 もうすぐ試験なので、家族と旅行に行く（　　　　　）。
　　1　わけだとかぎらない　　　　2　わけにはいかない
　　3　ものだとかぎらない　　　　4　ものにはいかない

4 弟の合格の知らせを聞いて、母はうれしさの（　　　　　）涙を流した。
1 あまり　　　　2 ともに　　　　3 たびに　　　　4 ばかり

5 父は「カメラの機能は簡単なら簡単（　　　　　）いい」と言った。
1 ほど　　　　2 のほど　　　　3 だほど　　　　4 なほど

6 わたしは両親の期待に（　　　　　）、日本一の大学に入った。
1 おいて　　　　2 はんして　　　　3 こたえて　　　4 くわえて

7 高いコートを買った（　　　　　）、まだ一度も着たことがない。
1 せいで　　　　2 ものの　　　　3 あげく　　　　4 ことに

8 あの二人は深い関係がある（　　　　　）。
1 に相違ない　2 に伴わない　3 を問わない　4 を限らない

9 猫のお尻を（　　　　　）、思いっきり噛まれますよ。
1 触りわけなら　　　　　　　　2 触ろうわけなら
3 触りものなら　　　　　　　　4 触ろうものなら

10 薬を飲んだのに、（　　　　　）効果が感じられない。
1 あげくに　　　　　　　　　　2 いっこうに
3 ぎゃくに　　　　　　　　　　4 しだいに

23
天

解答

文字・語彙（每題 5 分）

1	2	3	4	5	6	7	8	9	10
2	2	4	1	2	2	4	4	4	2

文法（每題 5 分）

1	2	3	4	5	6	7	8	9	10
2	4	2	1	4	3	2	1	4	2

得分（滿分 100 分）

/100

中文翻譯＋解說

📖 文字・語彙

[1] いろいろな場所を探したけど、見つからなかった。

1 たかした   **2 さがした**   3 しめした   4 そうした

中譯 找了各式各樣的地方，但是沒找到。

解說 本題考「～す」結尾的動詞。四個選項：選項1無此字；選項2是「探す→探した」（找了），為正確答案；選項3是「示す→示した」（出示了）；選項4無此字。

[2] バナナは冷蔵庫で冷やさないほうがいいです。

1 ふやさない   **2 ひやさない**

3 はやさない   4 もやさない

中譯 香蕉不要冰在冰箱比較好。

解說 本題考「～す」結尾的動詞。四個選項：選項1是「増やす→増やさない」（不增加）；選項2是「冷やす→冷やさない」（不冰鎮），為正確答案；選項3是「囃す→囃さない」（不伴奏、不打拍子、不喝采）；選項4是「燃やす→燃やさない」（不燃燒）。

[3] 今日の試合は引き分けでした。

1 いきふけ   2 ひきふけ   3 いきわけ   **4 ひきわけ**

中譯 今天的比賽是不分勝負。

解說 本題「引き分け」的發音，固定就是選項4的「ひきわけ」，意思是「和局、平手、不分勝負」。

4 みかたは人（ひと）それぞれちがうはずです。

1 見方（みかた）　　2 看方　　3 意方　　4 味方（みかた）

中譯 看法應該因人而異。

解說 本題考「みかた」的漢字，可以是選項1的「見方（みかた）」（看法），也可以是選項4的「味方（みかた）」（我方、同一方、同夥），但依據前後文，選項1才是正確答案。選項2和選項3無此字。

5 会社（かいしゃ）の前（まえ）のきっさてんで会（あ）いましょう。

1 珈琲店　　**2 喫茶店（きっさてん）**　　3 軽食店　　4 飲茶店

中譯 在公司前的咖啡廳見面吧！

解說 本題考「きっさてん」的漢字，固定是「喫茶店」，意思是提供咖啡、紅茶、點心等的咖啡廳。其餘選項均似是而非。

6 彼（かれ）は誰（だれ）に（　たいして　）も優（やさ）しいので、女性（じょせい）にもてます。

1 そって　　**2 たいして**　　3 かわって　　4 ともなって

中譯 由於他對誰都很溫柔，所以受女性歡迎。

解說 本題考單字接續在「に」之後所形成的句型。四個選項：選項1是「に沿（そ）って」（沿著～、按照～）；選項2是「に対（たい）して」（對～），為正確答案；選項3是「に代（か）わって」（代替～、取代～）；選項4是「に伴（ともな）って」（隨著～、伴隨～）。另外，句尾的「にもてます」意思是「受～歡迎」。

7 彼（かれ）はハンサムなだけでなく、（　ユーモア　）のセンスもある。

1 サイレン　　2 ナイロン　　3 ブレーキ　　**4 ユーモア**

中譯 他不只帥氣，還有幽默感。

解說 本題考「外來語」。四個選項：選項1是「サイレン」（汽笛、警報器）；選項2是「ナイロン」（尼龍）；選項3是「ブレーキ」（煞車器）；選項4是「ユーモア」（幽默）。由於句子的主詞是人，所以正確答案為選項4。

8 鶏肉はタンパク質が豊富で、（ カロリー ）も低いそうです。

1 アンテナ　　2 バランス　　3 コーラス　　4 カロリー

中譯 據說雞肉蛋白質豐富，卡路里也低。

解説 本題考「外來語」。四個選項：選項1是「アンテナ」（天線、觸
角）；選項2是「バランス」（平衡、均衡）；選項3是「コーラス」
（合唱、合唱團、合唱曲）；選項4是「カロリー」（卡路里）。由於
句子的主詞是雞肉，所以正確答案為選項4。

9 ＿＿＿＿＿の言葉に意味がもっとも近いものを、一つ選びなさい。
試験が終わってから後悔しても、意味がありませんよ。

1 うらんで　　2 にくんで　　3 えらんで　　4 くやんで

中譯 請選擇一個和＿＿＿＿＿語彙意義最相近的答案。
考試結束後就算後悔，也沒有意義了啊！

解説 本題考「鼻音便」的動詞。四個選項：選項1是「恨む→恨んで」（怨
恨）；選項2是「憎む→憎んで」（憎恨）；選項3是「選ぶ→選んで」
（選擇）；選項4是「悔む→悔んで」（懊悔、後悔），所以能和題目
中的「後悔して」（後悔）代換的，只有選項4「悔んで」。

10 「あまえる」の使い方として最もよいものを、一つ選びなさい。
1 今の時代、情報をあまえることはとても簡単です。
2 妹はもう中学生なのに、まだ母にあまえています。
3 仕事をあまえたら、いっしょにお酒を飲みに行きませんか。
4 彼は一国の代表として、あまえるに足る人物だと思います。

解説 1 今の時代、情報をあまえることはとても簡単です。（X）
→今の時代、情報を得ることはとても簡単です。（○）
2 妹はもう中学生なのに、まだ母に甘えています。（○）
3 仕事をあまえたら、いっしょにお酒を飲みに行きませんか。（X）
→仕事を終えたら、いっしょにお酒を飲みに行きませんか。（○）
4 彼は一国の代表として、あまえるに足る人物だと思います。（X）
→彼は一国の代表として、任せるに足る人物だと思います。（○）

中譯 就「甘える」（撒嬌、承蒙）的使用方法，請選出一個最好的答案。

1 現在的時代，獲得資訊非常簡單。

2 妹妹明明都已經是國中生了，還在跟母親撒嬌。

3 工作結束後，要不要一起去喝杯酒呢？

4 我覺得他作為一國的代表，是足以託付之人。

📱 文法

1 娘は試合で傷（ だらけ ）になって、家に帰ってきました。

1 がち　　　　2 だらけ　　　　3 ぎみ　　　　4 らしく

中譯 女兒在比賽全身是傷地回家了。

解說 本題考「名詞＋だらけ」的用法，意思是「滿是～、全是～」，所以「傷だらけ」意思是「滿是傷」，選項2為正確答案。其餘選項：選項1一般以「動詞ます形＋がち」（總是～、容易～、動不動～）的形式出現；選項3一般以「〔名詞／動詞ます形〕＋ぎみ」（有點～的感覺）的形式出現；選項4一般以「名詞＋らしい」（像是～）的形式出現。

2 農家をしている友人が、（ 食べきれない ）ほどの野菜を送ってくれた。

1 食べかける　　　　　　　　2 食べぬける

3 食べだせない　　　　　　　4 食べきれない

中譯 務農的朋友送給我多到吃不完程度的蔬菜了。

解說 本題考「動詞ます形＋〔きる／きれる／きれない〕」的用法。首先，「きる」用來表示「完全、達到極限、斷念」等，所以以「食べる」（吃）為例，分別就是「食べきる」（吃光）、「食べきれる」（能吃光）、「食べきれない」（吃不光）。因此，「食べきれないほどの野菜」意思是「多到吃不完程度的蔬菜」，選項4為正確答案。

其餘選項：選項1是「食べかける」（吃到一半）；選項2和選項3無此用法。

3 　もうすぐ試験<ruby>試験<rt>し けん</rt></ruby>なので、家族<ruby>家族<rt>か ぞく</rt></ruby>と旅行<ruby>旅行<rt>りょこう</rt></ruby>に行<ruby>行<rt>い</rt></ruby>く（　わけにはいかない　）。

　　1　わけだとかぎらない　　　　2　わけにはいかない

　　3　ものだとかぎらない　　　　4　ものにはいかない

中譯 由於就要考試了，所以不能和家人去旅行。

解說 本題考「〔動詞辭書形／動詞ない形〕＋わけにはいかない」的用法，意思是「不行～、不能～」，所以「家族と旅行に行くわけにはいかない」意思是「不能和家人去旅行」選項2為正確答案。其餘選項均無該用法。

4 　弟<ruby>弟<rt>おとうと</rt></ruby>の合格<ruby>合格<rt>ごうかく</rt></ruby>の知<ruby>知<rt>し</rt></ruby>らせを聞<ruby>聞<rt>き</rt></ruby>いて、母<ruby>母<rt>はは</rt></ruby>はうれしさの（　あまり　）涙<ruby>涙<rt>なみだ</rt></ruby>を流<ruby>流<rt>なが</rt></ruby>した。

　　1　あまり　　　　2　ともに　　　　3　たびに　　　　4　ばかり

中譯 聽到弟弟考上的消息，母親喜極而泣。

解說 本題考「〔動詞辭書形／動詞た形／な形容詞＋な／名詞＋の〕＋あまり」的用法，意思是「太過～、過於～」，所以「母はうれしさのあまり」意思是「母親太過高興」，選項1為正確答案。其餘選項：選項2一般以「名詞＋とともに」（和～一起、隨著～）的形式出現；選項3一般以「〔動詞辭書形／名詞＋の〕＋たびに」（每當～）的形式出現；選項4一般以「名詞＋ばかり」（光是～）的形式出現。

5 　父<ruby>父<rt>ちち</rt></ruby>は「カメラの機能<ruby>機能<rt>き のう</rt></ruby>は簡単<ruby>簡単<rt>かんたん</rt></ruby>なら簡単<ruby>簡単<rt>かんたん</rt></ruby>（　なほど　）いい」と言<ruby>言<rt>い</rt></ruby>った。

　　1　ほど　　　　2　のほど　　　　3　だほど　　　　4　なほど

中譯 父親說「相機的功能是越簡單越好」。

解說 本題考「ほど」的用法。

- 用法有二：第一種表示「程度」，例如「一歩<ruby>一歩<rt>いっ ぽ</rt></ruby>も歩<ruby>歩<rt>ある</rt></ruby>けないほど疲<ruby>疲<rt>つか</rt></ruby>れた」（累到一步都走不了）；第二種表示「程度的變化」，例如「考<ruby>考<rt>かんが</rt></ruby>えるほどわからなくなる」（越思考變得越不懂）。

- 本題為第二種用法，題目中的「簡単<ruby>簡単<rt>かんたん</rt></ruby>」（簡單）為「な形容詞」，所以句型為「〔な形容詞〕＋なら＋〔な形容詞＋な〕＋

ほど」（越～越～），因此題目中的「簡単なら簡単なほどい
い」意思是「越簡單越好」，選項4為正確答案。

- 其餘選項的接續均錯誤，因為「な形容詞」後面要接續「ほど」
  時，一定要加上「な」。

6 わたしは両親の期待に（　こたえて　）、日本一の大学に入った。

1　おいて　　　2　はんして　　　**3　こたえて**　　4　くわえて

中譯 我回應父母親的期待，進了日本最好的大學。

解說 本題考「名詞＋に応えて」的用法，意思是「回應～、呼應～、響
應～」，所以「両親の期待にこたえて」意思是「回應父母親的期
待」，選項3為正確答案。其餘選項：選項1是「〔に〕おいて」（在～
〔場所、時代、狀態、領域〕）；選項2是「〔に〕反して」（與～相
反）；選項4是「〔に〕加えて」（再加上～）。

7 高いコートを買った（　ものの　）、まだ一度も着たことがない。

1　せいで　　　**2　ものの**　　　3　あげく　　　4　ことに

中譯 雖然買了高價的大衣，但是一次都還沒穿過。

解說 本題考「名詞修飾形＋ものの」的用法，用來表示逆態接續，中文可翻
譯成「雖然～但是～」，所以「高いコートを買ったものの」意思是
「雖然買了高價的大衣」，選項2為正確答案。其餘選項：選項1是「せ
いで」（都怪～）；選項3是「あげく」（終究～、結果～）；選項4是
「ことに」（令人～的是）。

8 あの二人は深い関係がある（　に相違ない　）。

1　に相違ない　　2　に伴わない　　3　を問わない　　4　を限らない

中譯 那兩個人一定有很深的關係。

解說 本題考「常體＋に相違ない」的用法，和「に違いない」意思相同，皆
用來表示對自己的推測相當有信心，中文可翻譯成「一定～」，所以
「深い関係があるに相違ない」意思是「一定有很深的關係」，選項1

為正確答案。其餘選項：選項2無此用法；選項3一般以「を問わず」（不問～）的形式出現；選項4一般以「とは限らない」（未必～）的形式出現。

9 猫のお尻を（ 触ろうものなら ）、思いっきり噛まれますよ。

1 触りわけなら　　　　　　　2 触ろうわけなら

3 触りものなら　　　　　　　4 触ろうものなら

中譯 如果摸貓的屁股的話，恐怕會被狠狠地咬喔！

解說 本題考「動詞意向形＋ものなら」的用法，用來表示負面的結果，中文可翻譯成「如果～的話，恐怕會～」。「触る」（觸、碰、摸）的意向形是「触ろう」，「猫のお尻を触ろうものなら」意思是「如果摸貓的屁股的話，恐怕會～」，選項4為正確答案。其餘選項均似是而非，無該用法。

10 薬を飲んだのに、（ いっこうに ）効果が感じられない。

1 あげくに　　2 いっこうに　　3 ぎゃくに　　4 しだいに

中譯 明明吃了藥，卻一點兒也無法感覺到效果。

解說 分析四個選項：選項1一般以「あげく」（終究～、結果～）的形式出現；選項2是副詞「一向に」（完全～、全然～、一點兒也～），經常以「一向に～ない」（一點也不～）的形式出現；選項3是副詞「逆に」（反過來、相反地）；選項4是副詞「次第に」（漸漸地、逐步地）。所以只有選項2「一向に」（完全～）才能與句尾的「効果が感じられない」（無法感覺到效果）搭配。

23
天

考題

文字・語彙

1 彼女は欲張りなので、好きではありません。
   1 よくはり　　2 よくばり　　3 ほしはり　　4 ほしばり

2 素人のコンサートでしたが、すばらしかったです。
   1 しろうと　　2 そにん　　3 もとひと　　4 すえびと

3 朝日は東の空から昇ります。
   1 なおります　　　　　　　　2 のこります
   3 のぼります　　　　　　　　4 おこります

4 近所のスーパーでぐうぜん小学校時代の先生に会いました。
   1 偶然　　　　2 遭然　　　　3 遇然　　　　4 寓然

5 最近、この辺で三回もごうとう事件があったそうです。
   1 強姦　　　　2 強盗　　　　3 窃盗　　　　4 強暴

6 わたしは（　　　　）学歴、（　　　　）収入の男性と結婚し
   たいです。
   1 高/高　　　2 名/名　　　3 優/優　　　4 大/大

7　この映画は先日の事件と（　　　　　）がありそうです。
　　1　関与　　　　　2　関節　　　　　3　関連　　　　　4　関門

8　南部で起きた地震の（　　　　　）状況について報告します。
　　1　損害　　　　　2　受害　　　　　3　与害　　　　　4　被害

9　＿＿＿＿＿の言葉に意味がもっとも近いものを、一つ選びなさい。
　　一晩ぐっすり眠れば、疲れは取れるはずです。
　　1　かるく　　　　2　くどく　　　　3　ふかく　　　　　えらく

10　「丈夫」の使い方として最もよいものを、一つ選びなさい。
　　1　朝から少し丈夫がするので、病院へ行くつもりです。
　　2　子どもの頃から丈夫なので、彼のことは何でも知っています。
　　3　（夫の上司に対して）いつもうちの丈夫がお世話になって
　　　　おります。
　　4　この箱は丈夫なので、上に乗ってもだいじょうぶです。

文法

1　山本さんは手が黒くなる（　　　　　）、コピー機を修理してく
　　れた。
　　1　にもおよばず　　　　　　2　にもかかわらず
　　3　ともおよばず　　　　　　4　ともかかわらず

2　韓国ドラマ（　　　　　）、彼女ほど詳しい人はいないでしょう。
　　1　にかけては　　　　　　　2　にさいしては
　　3　からすると　　　　　　　4　からいえば

3 うちの大学は最新設備が整っている（　　　　　）、優れた教授
が多い。
1　とたんに　　2　かわりに　　3　うえに　　　4　うちに

4 九州はおとといから今日（　　　　　）、大雨が降り続いている。
1　において　　　　　　　2　にかけて
3　にわたって　　　　　　4　にあたって

5 この小説は、実際にあった事件（　　　　）書かれている。
1　をはじめ　　　　　　　2　におうじて
3　をとわず　　　　　　　4　にもとづいて

6 吉田さんはそそっかしいから、約束を忘れている（　　　　　）
がある。
1　きまり　　　2　しだい　　　3　おそれ　　　4　そうい

7 姉は料理が作れない（　　　　）が、仕事が忙しいのでほとん
ど作らない。
1　わけがない　　　　　　2　わけじゃない
3　ことがない　　　　　　4　ことじゃない

8 彼は苦しみながらも最後まで走り（　　　　　）。
1　きめた　　　2　すぎた　　　3　ぬいた　　　4　こえた

9 この小説は涙（　　　　）読めないほど、感動的です。
1　ないでは　　2　なしでは　　3　ないとも　　4　なしとも

10 こんな結果になったのは、わたしのミスに（　　　　）。

1　ともなわない　　　　　　2　もとづかない

3　ほかならない　　　　　　4　かかわらない

24
天

解答

文字・語彙（每題 5 分）

1	2	3	4	5	6	7	8	9	10
2	1	3	1	2	1	3	4	3	4

文法（每題 5 分）

1	2	3	4	5	6	7	8	9	10
2	1	3	2	4	3	2	3	2	3

得分（滿分 100 分）

/100

中文翻譯＋解說

✎ 文字・語彙

[1] 彼女は欲張りなので、好きではありません。

　　1　よくはり　　　2　よくばり　　　3　ほしはり　　　4　ほしばり

　[中譯]　由於她貪得無厭，所以不喜歡她。

　[解說]　本題考名詞「欲張り」的發音，固定就是「よくばり」，中文意思是「貪婪、貪得無厭」，選項2為正確答案。

[2] 素人のコンサートでしたが、すばらしかったです。

　　1　しろうと　　　2　そにん　　　3　もとひと　　　4　すえびと

　[中譯]　雖是素人的演唱會，但是很精彩。

　[解說]　本題考名詞「素人」的發音，雖然「素」有「す」、「そ」等唸法；「人」更是有「じん」、「にん」、「ひと」、「と」等多種唸法，但是「素人」固定就是唸「しろうと」，意思是「素人、外行、沒有經驗的人、非專家」，選項1為正確答案。其反義詞是「玄人」（內行、行家、專家）。

[3] 朝日は東の空から昇ります。

　　1　なおります　　2　のこります　　3　のぼります　　4　おこります

　[中譯]　朝陽是從東邊的天空升起。

　[解說]　本題考動詞「昇ります」（上升、高升）的發音，選項3為正確答案。其餘同樣以「～ります」形式出現的選項：選項1是「治ります」（痊癒）或「直ります」（改正過來、修好、復原）；選項2是「残ります」（留、留下、剩餘、殘存）；選項4是「起こります」（發生）或「怒ります」（發怒、生氣）。

4 近所のスーパーで<u>ぐうぜん</u>小学校時代の先生に会いました。
きんじょ　　　　　　　　　　　　　　しょうがっこう じ だい　せんせい　あ

　　1 偶然　　　　　2 遭然　　　　　3 遇然　　　　　4 寓然
　　　ぐうぜん

中譯 在附近的超級市場偶遇了小學時候的老師。

解說 本題考「ぐうぜん」的漢字，固定就是「偶然」，意思是「偶然」，選
　　　項1為正確答案。其餘選項均無該字。

5 最近、この辺で三回も<u>ごうとう</u>事件があったそうです。
さいきん　　　　　へん さんかい　　　　　　　　　　じ けん

　　1 強姦　　　　　2 強盗　　　　　3 窃盗　　　　　4 強暴
　　　ごうかん　　　　　ごうとう　　　　　せっとう　　　　　きょうぼう

中譯 據說最近這附近都發生三次搶劫事件了。

解說 本題考「ごうとう」的漢字，固定就是「強盗」，意思是「強盗、行
　　　搶、搶劫」，選項2為正確答案。其餘選項：選項1是「強姦」（強
　　　姦）；選項3是「窃盗」（竊盗）；選項4是「強暴」（強暴、暴行、暴
　　　力）。
　　　　　　　　　　　　　　　　　　　ごうかん　　　　　　　せっとう　　　　　　　　　　きょうぼう

6 わたしは（　高　）学歴、（　高　）収入の男性と結婚したいです。
　　　　　　　　こう　　がくれき　　　　こう　　しゅうにゅう だんせい けっこん

　　1 高／高　　　　　　　　　　　　　2 名／名
　　　こう こう　　　　　　　　　　　　　　　めい めい
　　3 優／優　　　　　　　　　　　　　4 大／大・大／大
　　　ゆう ゆう　　　　　　　　　　　　　　だい だい おお おお

中譯 我想和高學歷、高收入的男性結婚。

解說 本題考「接頭語」。選項1是「高」（高～），例如「高気圧」（高
　　　　　　　　　　　　　　　　　　　　　　　　　　　　　　　こう き あつ
　　　氣壓）或是本題的「高学歴」（高學歷）、「高収入」（高收入），
　　　　　　　　　　　　こうがくれき　　　　　　　こうしゅうにゅう
　　　為正確答案；選項2是「名」（名～），例如「名曲」（名曲）、「名
　　　　　　　　　　　　　めい　　　　　　　　　　　　　　　　めい
　　　選手」（知名的選手）；選項3的「優」非接頭語；選項4是「大」
　　　せんしゅ　　　　　　　　　　　　　　　ゆう　　　　　　　　　　　だい
　　　（大～），例如「大事件」（大事件）、「大人物（大人物），或是發
　　　　　　　　　　　　だい じ けん　　　　　　　　　だいじんぶつ
　　　音不同的「大」（大～），例如「大雨」（大雨）、「大騒ぎ」（大騒
　　　　　　　　　おお　　　　　　　　　おおあめ　　　　　　　おおさわ
　　　動、大混亂）。

7 この映画は先日の事件と（　関連　）がありそうです。
　　　えい が せんじつ じ けん　　　かんれん

　　1 関与　　　　　2 関節　　　　　3 関連　　　　　4 関門
　　　かん よ　　　　　　かんせつ　　　　　かんれん　　　　　かんもん

中譯 這部電影看起來和前些日子的事件有關連。

解說 本題考「関」開頭的名詞。四個選項：選項1是「関与」（參與、干
　　　　　　　　　　　　　　　　　　　　　　　　　　かん よ

預）；選項2是「関節」（かんせつ）（關節）；選項3是「関連」（かんれん）（關連）；選項4是「関門」（かんもん）（關口、難關、關頭）。從前後文得知，正確答案為選項3。

8　南部（なんぶ）で起（お）きた地震（じしん）の（　被害（ひがい）　）状況（じょうきょう）について報告（ほうこく）します。

1　損害（そんがい）　　　2　受害　　　3　与害　　　**4　被害（ひがい）**

中譯　就在南部發生的地震的受災情況做報告。

解説　本題考「害」結尾的名詞。四個選項：選項1是「損害」（そんがい）（損害、損失、損傷）；選項2和選項3無此字；選項4是「被害」（ひがい）（受害、受災、損失），為正確答案。

9　_____の言葉（ことば）に意味（いみ）がもっとも近（ちか）いものを、一（ひと）つ選（えら）びなさい。

一晩（ひとばん）ぐっすり眠（ねむ）れば、疲（つか）れは取（と）れるはずです。

1　かるく　　　2　くどく　　　**3　ふかく**　　　4　えらく

中譯　請選擇一個和_____語彙意義最相近的答案。

若能熟睡一晚，疲勞應該就能消除。

解説　首先，題目中的「ぐっすり」是副詞，意思是「熟睡的樣子」。

接下來是四個選項，皆是由「い形容詞」轉變而來：選項1是「軽（かる）い→軽（かる）く」（輕輕地）；選項2是「くどい→くどく」（囉嗦地、冗長地、繁瑣地）；選項3是「深（ふか）い→深（ふか）く」（深深地）；選項4是「偉（えら）い→偉（えら）く」（嚴重地、厲害地）。可和「ぐっすり」相互替換的，只有選項3「深（ふか）く」。

10　「丈夫」の使（つか）い方（かた）として最（もっと）もよいものを、一（ひと）つ選（えら）びなさい。

1　朝（あさ）から少（すこ）し丈夫がするので、病院（びょういん）へ行（い）くつもりです。

2　子（こ）どもの頃（ころ）から丈夫（じょうぶ）なので、彼（かれ）のことは何（なん）でも知（し）っています。

3　（夫（おっと）の上司（じょうし）に対（たい）して）いつもうちの丈夫（じょうぶ）がお世話（せわ）になっております。

4　この箱（はこ）は丈夫（じょうぶ）なので、上（うえ）に乗（の）ってもだいじょうぶです。

解説　1　朝（あさ）から少（すこ）し丈夫（じょうぶ）がするので、病院（びょういん）へ行（い）くつもりです。（X）

→朝（あさ）から少（すこ）し頭痛（ずつう）がするので、病院（びょういん）へ行（い）くつもりです。（○）

24天

~ 317 ~

2 子どもの頃から<u>丈夫</u>なので、彼のことは何でも知っています。（X）
→子どもの頃から<u>知り合い</u>なので、彼のことは何でも知っています。（〇）

3 （夫の上司に対して）いつもうちの<u>丈夫</u>がお世話になっております。（X）
→（夫の上司に対して）いつもうちの<u>夫</u>がお世話になっております。（〇）

4 この箱は<u>丈夫</u>なので、上に乗ってもだいじょうぶです。（〇）

中譯 就「丈夫」（健康、健壯、堅固、結實）的使用方法，請選出一個最好的答案。

1 從早上開始就有點頭痛，所以打算去醫院。

2 由於從孩提時代就認識了，所以他的事情我什麼都知道。

3 （對丈夫的主管說）我先生經常承蒙您的照顧。

4 由於這個箱子很堅固，所以即使站在上面也沒問題。

文法

1 山本さんは手が黒くなる（　にもかかわらず　）、コピー機を修理してくれた。

1 にもおよばず　　　　　　2 にもかかわらず

3 ともおよばず　　　　　　4 ともかかわらず

中譯 山本先生儘管手會變黑，但為我們修理了影印機。

解說 本題考「常體＋にもかかわらず」的用法，用來表示逆態接續，中文可翻譯成「雖然～但是～、儘管～也～」，所以「手が黒くなるにもかかわらず」意思是「雖然手會變黑，但是～」，選項2為正確答案。其餘選項：選項1和3一般以「に（は）及ばない」（比不上～、用不著～）的形式出現；選項4無此用法。

2 韓国ドラマ（　にかけては　）、彼女ほど詳しい人はいないでしょう。

1　にかけては　　　　　　　　2　にさいしては

3　からすると　　　　　　　　4　からいえば

中譯 在韓國戲劇方面，沒有比她更清楚的人吧！

解說 本題考「名詞＋にかけては」的用法，中文可翻譯成「在～方面〔無人能比〕」，後面經常接續能力和技術上的正面評價，所以「韓国ドラマにかけては」（在韓國戲劇方面）後面接續的句子，是正面評價的「彼女ほど詳しい人はいないでしょう」（沒有比她更清楚的人吧），選項1為正確答案。

其餘選項：選項2一般以「に際して」（在～之際）的形式出現；選項3是「からすると」（以～立場來判斷的話）；選項4是「からいえば」（從～來說）。

3 うちの大学は最新設備が整っている（　うえに　）、優れた教授が多い。

1　とたんに　　2　かわりに　　　3　うえに　　　4　うちに

中譯 我們大學不但最新的設備完整，而且有很多優秀的教授。

解說 本題考「名詞修飾形＋〔うえ／うえに〕」的用法，用來表示補充，中文可翻譯成「不但～而且～」，所以「最新設備が整っているうえに」意思是「不但最新的設備完整，而且～」，選項3為正確答案。

其餘選項：選項1一般以「動詞た形＋とたんに」（一～就～）的形式出現；選項2一般以「名詞修飾形＋かわりに」（不做～而做～、以～代替）的形式出現；選項3一般以「名詞修飾形＋うちに」（在～過程中、趁著～時）的形式出現。

附帶一提，「～うえに」是「不但～而且～」；「～うえで」是「在～之後、在～層面上」；「～うえは」是「既然～就～」。

4 九州はおとといから今日（　にかけて　）、大雨が降り続いている。

1　において　　　**2　にかけて**　　　3　にわたって　　4　にあたって

中譯　九州從前天到今天持續下著大雨。

解說　本題考「名詞＋から＋名詞＋にかけて」的用法，用來表示兩個「場所」或「時間」的大略範圍，中文可翻譯成「從～到～」，所以「おとといから今日にかけて」意思是「從前天到今天」，選項2為正確答案。其餘選項皆不可與「から」搭配，須單獨使用：選項1是「において」（在～〔場所、場面、時代、狀況〕）；選項3是「にわたって」（持續～、長達～、經歷～）；選項4是「にあたって」（值～之際、在～的時候）。

5 この小説は、実際にあった事件（　にもとづいて　）書かれている。

1　をはじめ　　　2　におうじて　　3　をとわず　　　**4　にもとづいて**

中譯　這本小說是依據實際發生的事件所寫的。

解說　本題考「名詞＋に基づいて」的用法，中文可翻譯成「基於～、根據～」，所以「実際にあった事件にもとづいて書かれている」意思是「依據實際發生的事件所寫的」，選項4為正確答案。其餘選項：選項1是「をはじめ」（以～為首、除了～之外）；選項2是「に応じて」（根據～、依照～、配合～）；選項3是「を問わず」（不問～）。

6 吉田さんはそそっかしいから、約束を忘れている（　おそれ　）がある。

1　きまり　　　2　しだい　　　**3　おそれ**　　　4　そうい

中譯　因為吉田先生是粗心大意的，所以恐怕會忘記約會。

解說　首先，「そそっかしい」意思是「粗心大意、冒冒失失、馬馬虎虎」，所以得知後面敘述的內容一定是負面的，因此選項3「〔動詞辭書形／名詞＋の〕＋おそれがある」的用法，用來推測可能會發生不好的事情，中文可翻譯成「恐會～、有～之虞」，「約束を忘れているおそれがある」意思是「恐怕會忘記約會」，是符合前後文的正確答案。其餘選項均無該用法。

7 姉は料理が作れない（　わけじゃない　）が、仕事が忙しいのでほとんど作らない。

1　わけがない　　　　　　　　　**2　わけじゃない**

3　ことがない　　　　　　　　　4　ことじゃない

中譯　姊姊並非不能做菜，但是由於工作忙，所以幾乎不做。

解説　本題考「名詞修飾形＋わけじゃない」的用法，用來表示並非某個原因或理由，中文可翻譯成「並非～」，所以「料理が作れないわけじゃない」意思是「並非不能做菜」，選項2為正確答案。

其餘選項：選項1是「わけがない」（不可能～），意思不對；選項3和選項4無此用法。

8 彼は苦しみながらも最後まで走り（　ぬいた　）。

1　きめた　　　　2　すぎた　　　　**3　ぬいた**　　　　4　こえた

中譯　他儘管感到痛苦，但是跑到最後了。

解説　首先，句子一開始的「苦しみながらも」意思是「儘管感到痛苦，但是～」。而本題要考的是「動詞ます形＋ぬく」的用法，用來表示動作做到最後、堅持到底，中文可翻譯成「～到底、～到最後」，所以「走りぬいた」意思是「跑到最後了」，選項3為正確答案。其餘選項：選項1無此用法；選項2是「動詞ます形＋すぎる」（太過～）的用法；選項4無此用法。

9 この小説は涙（　なしでは　）読めないほど、感動的です。

1　ないでは　　　**2　なしでは**　　　3　ないとも　　　4　なしとも

中譯　這本小說是如果沒有掉眼淚就無法讀下去那種程度地令人感動。

解説　本題考「名詞＋なしでは＋可能動詞ない形」的用法，中文可翻譯成「如果沒有～就無法～」，所以「涙なしでは読めない」意思是「如果沒有掉眼淚就無法讀下去」，選項2為正確答案。其餘選項：選項1一般以「動詞ない形＋ないで」（沒有～的狀態下就～）的形式出現；選項3和選項4無此用法。

10 こんな結果になったのは、わたしのミスに（　ほかならない　）。

1　ともなわない　　　　　　2　もとづかない

3　ほかならない　　　　　　4　かかわらない

中譯　會變成這樣的結果，正是我的疏失。

解說　本題考「名詞＋にほかならない」的用法，用來表示除此之外沒有別的，中文可翻譯成「正是～、不外乎～、無非是～」，所以「わたしのミスにほかならない」意思是「正是我的疏失」，選項3為正確答案。其餘選項：選項1和選項2無此用法；選項4一般以「に関わらず」（無論～、無關～）的形式出現。

考題

 讀解

問題 1

　次の文章を読んで、質問に答えなさい。答えは、1・2・3・4から最もよいものを一つ選びなさい。

　以下は、ある女性雑誌の記事の一部である。

　仕事や家事で忙しく、一日があっという間に過ぎ去っていく。時間も体力も気力もどんどんなくなって、気づいたら一日が終わっている。そんなあなたに贈ります。

　人生は一日一日の積み重ねです。ある日突然、自分の人生はいったい何だったんだろうなどと、後悔したくないですよね。二度と戻らない一日を、明るく、楽しく、自分らしく過ごしたい。すてきな毎日を過ごしたい。そんなあなたに、すばらしい人生を送るヒントをご紹介します。

（1）「一日一善」という言葉があります。一日に何か一ついい行いをする。それを一つ一つ積み重ねていくことは、幸せの種を撒くことでもあるのです。そんな「一日一善」と同じように、自分だけの「一日一～」を実行してみてはいかがでしょうか。自分らしい一日を積み重ねていけば、毎日が有意義なものに変化していくはずです。

---

(2) 物が多すぎて整理できない。少ない物だけでシンプルに生活
したい。①そういう人には、「一日一捨」をおすすめします。
一日に何か一つ不要なものを処分します。ごみとして捨てる
だけではなく、ほしい人に無料であげる、リサイクルショップ
やネットで売るなど、上手に別れることも大切です。

問1　この文に書かれていないことは次のどれか。
　　　1　人生は一日一日の積み重ね
　　　2　明るく、楽しく、自分らしく生きるヒント
　　　3　一日に一度いいことをすると、有意義な日になる
　　　4　不要なものを処分して誰かに喜ばれるのはすばらしい

問2　①「そういう人」とあるが、どういう人か。
　　　1　整理することが苦手で、ごみや物が捨てられない人
　　　2　自分のものを整理して、シンプルな生活がしたい人
　　　3　シンプルに生活したいが、物は捨てたくない人
　　　4　部屋の中に物があふれて、ごみだらけになっている人

問題2

　次の文章を読んで、質問に答えなさい。答えは、1・2・3・4から最もよ
いものを一つ選びなさい。

　日本では正月におせち料理を食べるが、その料理の一つ一
つに意味があることを知らない子供が多いそうだ。さらに、
ここ数年、正月におせち料理を食べない家庭も増えていると
いう。こういった日本の伝統が継承されないのは寂しいもの
がある。そこで、今回はおせち料理をテーマに書きたい。

おせち料理はお正月に食べる祝いの料理で、漢字では「御節料理」と書く。これはもともとお正月だけのものではなく、さまざまな祝いの日に食べるものを指した。しかし、江戸時代にこの行事が庶民に広まると、一年の中でいちばん大切なお正月に食べる料理を「おせち料理」と呼ぶようになったそうだ。

　日本では正月の間はほとんど毎日、このおせち料理を食べる。そのため、長く保存できる食材が中心だ。正月の三日間は台所にいる神様に休んでもらい、主婦を家事から解放するという意味があるのだ。

　ところで、おせち料理を作るのはけっこう手間がかかる。昔のお母さんたちは何日もかけて準備したそうだが、今はスーパーやデパートでさまざまなおせち料理が売られているので、買ってしまう家庭が多いようだ。でも、わたしなど古い人間は、できれば自分の家で作ってほしいと思ってしまう。一品だけでもいい。その家だけの「家庭の味」、「お母さんの味」があるのはすばらしいことだと思う。そして、おせち料理の一つ一つには意味があることを、この機会に子供たちに伝えるのだ。こういう伝統文化は学校で教えるものではなく、家庭の中で身につけていくものであってほしい。

問1　おせち料理の説明として、ここに書かれていないものはどれか。

　　1　おせち料理というのは正月に食べる祝いの料理のこと。

　　2　おせち料理は元来、祝いの日に食べる料理のことだった。

　　3　おせち料理を作るには手間も時間もかかる。

　　4　おせち料理は保存できるようにしおからい料理が多い。

問2　この文章で筆者がいちばん言いたいことは何か。

　　1　伝統文化は家庭の中で親が子供に伝え、継承していくべきだ。

　　2　おせち料理は手間がかかるので、今の時代には合っていない。

　　3　おせち料理は日本の伝統なのだから、買うべきではない。

　　4　おせち料理の意味を知らない子供がいるのは情けない。

 聴解

問題 1 🎧 MP3-21

問題 1 では、まず質問を聞いてください。それから話を聞いて、問題用紙の 1 から 4 の中から、最もよいものを一つ選んでください。

1　キャベツを二つとキュウリを二本
2　キャベツを一つとトマトを二つ
3　トマトを二つとキュウリを二本
4　トマトを二つとキュウリを六本

問題 2

問題 2 では、まず文を聞いてください。それから、それに対する返事を聞いて、1 から 3 の中から最もよいものを一つ選んでください。

1 番）　🎧 MP3-22　　① 　② 　③
2 番）　🎧 MP3-23　　① 　② 　③
3 番）　🎧 MP3-24　　① 　② 　③

問題 3 🎧 MP3-25

問題 3 では、まず話を聞いてください。それから、質問と選択肢を聞いて、1 から 4 の中から、最もよいものを一つ選んでください。

① ② ③ ④

25
天

解答

讀解

問題 1（每題 10 分）

1	2
4	2

問題 2（每題 10 分）

1	2
4	1

聽解

問題 1（每題 15 分）

1
3

問題 3（每題 15 分）

1
2

問題 2（每題 10 分）

1	2	3
2	3	1

得分（滿分 100 分）

/100

中文翻譯＋解説

讀解

もんだい
問題1

次の文章を読んで、質問に答えなさい。答えは、1・2・3・4から最もよいものを一つ選びなさい。

以下は、ある女性雑誌の記事の一部である。

仕事や家事で忙しく、一日があっという間に過ぎ去っていく。時間も体力も気力もどんどんなくなって、気づいたら一日が終わっている。そんなあなたに贈ります。

人生は一日一日の積み重ねです。ある日突然、自分の人生はいったい何だったんだろうなどと、後悔したくないですよね。二度と戻らない一日を、明るく、楽しく、自分らしく過ごしたい。すてきな毎日を過ごしたい。そんなあなたに、すばらしい人生を送るヒントをご紹介します。

(1) 「一日一善」という言葉があります。一日に何か一ついい行いをする。それを一つ一つ積み重ねていくことは、幸せの種を撒くことでもあるのです。そんな「一日一善」と同じように、自分だけの「一日一～」を実行してみてはいかがでしょうか。自分らしい一日を積み重ねていけば、毎日が有意義なものに変化していくはずです。

(2) 物が多すぎて整理できない。少ない物だけでシンプルに生活したい。①そういう人には、「一日一捨」をおすすめします。一日に

何か一つ不要なものを処分します。ごみとして捨てるだけではなく、ほしい人に無料であげる、リサイクルショップやネットで売るなど、上手に別れることも大切です。

問1 この文に書かれていないことは次のどれか。
1 人生は一日一日の積み重ね
2 明るく、楽しく、自分らしく生きるヒント
3 一日に一度いいことをすると、有意義な日になる
4 不要なものを処分して誰かに喜ばれるのはすばらしい

問2 ①「そういう人」とあるが、どういう人か。
1 整理することが苦手で、ごみや物が捨てられない人
2 自分のものを整理して、シンプルな生活がしたい人
3 シンプルに生活したいが、物は捨てたくない人
4 部屋の中に物があふれて、ごみだらけになっている人

中譯

以下是某女性雜誌的部分報導。

因工作或家事而忙碌，一整天轉眼就過。不管是時間、體力、精力都不斷流失，一回神，一天就結束了。這篇文章，就是要送給那樣的您。

人生是一天、一天的累積。不希望某一天突然後悔，自己的人生究竟是怎麼一回事之類的吧！希望開朗、愉快、像自己地度過一去不復返的一天。希望度過美好的每一天。這篇文章，就是要為那樣的您，介紹一些度過美好人生的啟示。

（1）有一句話叫做「日行一善」。就是一天做一件什麼好事。而把那些好事一個一個累積起來的話，也算是撒下幸福的種子。和那樣的「日行一善」一樣，試著去實行只有自己而已的「日行一～」如何呢？若能持續累積像自己的一天，應該就會變化成每天都充滿意義。

（2）東西太多無法整理。想要簡單地過著只有少少東西的生活。針對①那樣的人，我推薦「一日一捨」。一天處理掉一個什麼不要的東西。不是把它當垃圾丟掉而已，而是免費給想要的人、用二手商店或網路賣掉等，高明地和這些東西告別是很重要的。

問1　以下哪一個，是在這篇文章中沒有寫到的？
　　　1　人生是一天、一天的累積
　　　2　開朗、愉快、像自己地生活的啟示
　　　3　若能一天做一件好事，就會變成有意義的日子
　　　4　把不要的東西處理掉，讓它受到某人喜愛是很棒的

問2　文中有提到①「那樣的人」，指的是哪樣的人呢？
　　　1　不擅長整理，無法丟掉垃圾或東西的人
　　　2　想要整理自己的東西，過簡單的生活的人
　　　3　雖然想要簡單地生活，但是不想丟掉東西的人
　　　4　變得房間裡充滿物品，全是垃圾的人

解說

文字・語彙：

- 記事（き じ）：新聞、消息、報導。

- あっという間（ま）：一瞬間、轉眼之間。

- 過ぎ去る（す ぎ さ る）：通過、過去、完了、消逝。

- 気力（き りょく）：氣力、精力、元氣、魄力。

- どんどん：連續不斷、接二連三。

- 気づく（き づく）：察覺到、注意到、理會到。

- 積み重ね（つ かさ ね）：累積、堆疊。動詞是「積み重ねる（つ かさ ね る）」。

- 自分らしく（じ ぶん ら し く）：像自己地。

- ヒント：暗示、啟發、啟示。

25
天

- 一日一善：日行一善。

- 何か：什麼、某些、某種。

- 行い：行為、行動、動作。

- シンプル：單純、簡單。

- おすすめします：「薦める」（推薦）的謙讓語。

- 処分します：處理、處分、處置、賣掉、丟掉、處罰。

- リサイクルショップ：二手商店。

- 喜ばれる：受歡迎、受到喜愛。原形是「喜ぶ」（歡喜、高興、欣然接受、歡迎）。

- 苦手：不擅長、最怕。

- あふれて：原形是「溢れる」（溢出、充滿）。

文法：

- 句子＋と＋動詞：「と」是助詞，用來引用「と」前面的內容，所以「～などと、後悔したくないですよね」意思是「不希望後悔『と』前面提到的那些內容吧」。

- 名詞修飾形＋はずだ：應該～。

- 名詞＋として：作為～、以～身分。

- 名詞＋だらけ：滿是～、全是～。

　次の文章を読んで、質問に答えなさい。答えは、1・2・3・4から最もよいものを一つ選びなさい。

　日本では正月におせち料理を食べるが、その料理の一つ一つに意味があることを知らない子供が多いそうだ。さらに、ここ数年、正月におせち料理を食べない家庭も増えているという。こういった日本の伝統が継承されないのは寂しいものがある。そこで、今回はおせち料理をテーマに書きたい。

　おせち料理はお正月に食べる祝いの料理で、漢字では「御節料理」と書く。これはもともとお正月だけのものではなく、さまざまな祝いの日に食べるものを指した。しかし、江戸時代にこの行事が庶民に広まると、一年の中でいちばん大切なお正月に食べる料理を「おせち料理」と呼ぶようになったそうだ。

　日本では正月の間はほとんど毎日、このおせち料理を食べる。そのため、長く保存できる食材が中心だ。正月の三日間は台所にいる神様に休んでもらい、主婦を家事から解放するという意味があるのだ。

　ところで、おせち料理を作るのはけっこう手間がかかる。昔のお母さんたちは何日もかけて準備したそうだが、今はスーパーやデパートでさまざまなおせち料理が売られているので、買ってしまう家庭が多いようだ。でも、わたしなど古い人間は、できれば自分の家で作ってほしいと思ってしまう。一品だけでもいい。その家だけの「家庭の味」、「お母さんの味」があるのはすばらしいことだと思う。そして、おせち料理の一つ一つには意味があることを、この機会に子供たちに伝えるのだ。こういう伝統文化は学校で教えるものではなく、家庭の中で身につけていくものであってほしい。

問1 おせち料理の説明として、ここに書かれていないものはどれか。

1 おせち料理というのは正月に食べる祝いの料理のこと。

2 おせち料理は元来、祝いの日に食べる料理のことだった。

3 おせち料理を作るには手間も時間もかかる。

4 おせち料理は保存できるようにしおからい料理が多い。

問2 この文章で筆者がいちばん言いたいことは何か。

1 伝統文化は家庭の中で親が子供に伝え、継承していくべきだ。

2 おせち料理は手間がかかるので、今の時代には合っていない。

3 おせち料理は日本の伝統なのだから、買うべきではない。

4 おせち料理の意味を知らない子供がいるのは情けない。

中譯

　　日本會在新年時吃年菜，但是聽說有很多小孩不知道那些菜一道一道的意義。而且，據說這幾年在新年時不吃年菜的家庭也增加了。像這樣的日本傳統不被繼承下去，實在令人感到寂寞啊！因此，這次我想以年菜為主題寫些東西。

　　年菜是新年時吃的慶賀料理，漢字寫成「御節料理」。這本來不是只有新年，而是指在各種慶賀之日時吃的東西。但是，據說在江戶時代，這種儀式活動一旦擴展到老百姓，便成為把一年當中最重要的新年時吃的料理稱之為「年菜」。

　　在日本，新年這段期間幾乎每天都吃這種年菜。因此，以能夠長期保存的食材為中心。這也意謂著新年這三天，請住在廚房的神明休息，讓主婦從家事中解放這樣的意思。

　　附帶一提，做年菜相當費工。據說以前的媽媽們會花上好幾天來做準備，但現在由於在超級市場或百貨公司賣著各式各樣的年菜，所以就這樣買下去的家庭好像很多。但是，像我之類的老古板，還是覺得如果可以的話希望能在自己家裡做。只有一道也好。我認為只有那個家裡才有的「家庭的味道」、「媽媽的味道」是最棒的事情。還有，就是藉由這個機會，把年菜一道一道的意義

傳達給小孩們。希望這樣的傳統文化，不是在學校裡教導，而是在家庭當中去學會。

問1　作為年菜的說明，在這裡沒有被寫到的是哪一項呢？

　　　1　所謂的年菜，指的是在新年時吃的慶賀料理。

　　　2　年菜本來，是在慶賀之日時吃的料理。

　　　3　做年菜費工又費時。

　　　4　年菜為了能夠保存，以鹹的料理居多。

問2　在這篇文章裡，作者最想說的事情是什麼呢？

　　　1　傳統文化應該在家庭中由父母傳授給小孩，繼承下去。

　　　2　由於年菜很費工，所以不合時宜。

　　　3　因為年菜是日本的傳統，所以不應該買。

　　　4　有小孩不知道年菜的意義是令人感到遺憾的。

解說

文字・語彙：

- おせち料理：年菜。

- そこで：於是～、因此～、所以～。

- 行事：儀式、活動。

- 庶民：老百姓、平民。

- 広まる：擴大、傳播、蔓延。

- 解放する：解放、擺脫、解除。

- ところで：話說、順帶一提（轉移話題時使用）。

- 手間がかかる：費時間、費事。

- 古い：古老的、舊的、不新鮮的、落後的、過時的。

- 一品：一種、一樣、第一、無雙。

- 伝<ruby>える<rt>つた</rt></ruby>：傳、傳達、轉告、轉達、傳授、傳給、傳導、傳播、告知。

- 教<ruby>える<rt>おし</rt></ruby>：教授、指導、告訴。

- 身<ruby>につけて<rt>み</rt></ruby>：原形是「身<ruby>につける<rt>み</rt></ruby>」，意思是「帶在身上、穿衣服、掌握、學會」。

- しおからい：鹹的。

- 情<ruby>けない<rt>なさ</rt></ruby>：無情的、悲慘的、可恥的、令人遺憾的。

文法：

- 常體＋そうだ：表示傳聞，中文翻譯成「聽說〜」。

- 句子＋という：表示傳聞，中文翻譯成「聽說〜」，多用於文章，主要用於句尾。

- 名詞修飾形＋ものがある：感到〜、有〜的一面。

 聴解

問題1 🎧 MP3-21

> 問題1では、まず質問を聞いてください。それから話を聞いて、問題用紙の1から4の中から、最もよいものを一つ選んでください。

スーパーで女の人が野菜を選んでいます。女の人はどれを買うことにしましたか。

M：いらっしゃいませ。今日はキャベツが安いですよ。

F：ほんと、先週までは一つ四百円もしてましたよね。

M：そうなんですよ。今年の夏は毎日三十五度を超える暑さですからね。
キャベツも泣いてます。

F：ほんとですね。でも、主婦だって泣いてますよ（笑）。
野菜がどれも高くて、買えませんよ。

M：それならぜひ、キャベツを多めにいかがですか。
今日はほんとうにお買い得ですから。

F：先週だったら二個買ったんですけど、明日から旅行に行くんですよ。

M：キャベツは冷蔵庫に入れれば、一週間は持ちますよ。

F：いえ、海外なんです。ヨーロッパに二週間。
なので、今夜の分だけ買おうと思って。

M：そうでしたか。それじゃ、トマトはいかがですか。

F：じゃあ、二個もらおうかしら。サラダにしましょう。
あとキュウリ……あらっ、一袋に六本も入ってるのね。
これじゃ、食べきれないわ。

M：奥さま、それでしたらこちらのキュウリはいかがですか。
外国産で小さいですけど、水分が豊富でおいしいですよ。
一本からでも買えます。

F：　じゃあ、二本<ruby>二<rt>に</rt></ruby><ruby>本<rt>ほん</rt></ruby>いただくわ。

M：　かしこまりました。

<ruby>女<rt>おんな</rt></ruby>の<ruby>人<rt>ひと</rt></ruby>はどれを<ruby>買<rt>か</rt></ruby>うことにしましたか。
1　キャベツを<ruby>二<rt>ふた</rt></ruby>つとキュウリを<ruby>二本<rt>にほん</rt></ruby>
2　キャベツを<ruby>一<rt>ひと</rt></ruby>つとトマトを<ruby>二<rt>ふた</rt></ruby>つ
3　トマトを<ruby>二<rt>ふた</rt></ruby>つとキュウリを<ruby>二本<rt>にほん</rt></ruby>
4　トマトを<ruby>二<rt>ふた</rt></ruby>つとキュウリを<ruby>六本<rt>ろっぽん</rt></ruby>

中譯

超級市場裡女人正在選蔬菜。女人決定買哪一樣了呢？

M：　歡迎光臨。今天的高麗菜很便宜喔！

F：　真的，到上個禮拜為止一顆都還要賣到四百日圓對吧！

M：　對啊！因為今年夏天是每天都超過三十五度的炎熱啊！
　　　連高麗菜都在哭。

F：　真的耶！但是，就算是主婦也是在哭啊！（笑）
　　　什麼蔬菜都貴，買不起啊！

M：　如果是那樣的話，務必多買一點高麗菜如何？
　　　因為今天真的很划算。

F：　如果是上個禮拜就會買二個，但是明天開始要去旅行啊！

M：　高麗菜放冰箱的話，可以保存一星期喔！

F：　不，是國外。要去歐洲二個星期。
　　　所以，打算只買今晚的量就好。

M：　那樣啊！那樣的話，番茄如何呢？

F：　那麼，是不是買二顆啊？決定來做沙拉吧！
　　　還有小黃瓜……哎呀，一袋居然放六根耶。
　　　這樣的話，吃不完啊！

M： 這位太太，如果是那樣的話，這裡的小黃瓜如何呢？

　　是外國生產的，雖然小，但是水分多又好吃喔！

　　一根起跳也可以買。

F： 那麼，要二根喔！

M： 知道了。

女人決定買哪一樣了呢？

1　高麗菜二顆和小黃瓜二根

2　高麗菜一顆和番茄二顆

3　番茄二顆和小黃瓜二根

4　番茄二顆和小黃瓜六根

解説

- 「名詞＋にする」或是「〔動詞辞書形／動詞ない形〕＋ことにする」：意思都是「要～、決定～」。所以「どれを買うことにしましたか」意思是「決定要買哪一樣了呢？」，還有後面提到的「サラダにしましょう」意思是「來做沙拉吧」。

- 超える：超過。

- 暑さ：將「い形容詞」去「い」＋「さ」，是將「い形容詞」轉成「名詞」的用法，用來表示「程度」。所以「暑さ」意思是「炎熱的程度」。

- 名詞＋だって：就算是～也～；即便是～也～。

- 多め：將「い形容詞」去「い」＋「め」，是將「い形容詞」轉成「名詞」的用法，用來表示「稍微」。所以「多め」意思是「多一些、略多些」。

- お買い得：買得便宜、划算。

- 持ちます：保持、保存、維持、拿、持有。

- 買おうと思って：「動詞意向形＋と思う」用來表示打算做某動作，中文可翻譯成「打算～、想～」。所以「今夜の分だけ買おうと思って」意思是「打算只買今晚的量就好」。

25
天

- もらおう：原形為「もらう」（領取、買、娶、收養、承擔），「もらおう」為意向形，意思是「買吧！」。

- かしら：終助詞，用來表達對自己或對方輕微的懷疑，中文可翻譯成「是否〜、不知能否〜」。

- 動詞ます形＋〔きる / きれる / きれない〕：用來表示「完全、達到極限、斷念」等，所以「食べきる」是「吃光」，「食べきれる」是「能吃光」，「食べきれない」是「吃不光」。

- から：從〜、由〜，所以「一本からでも買えます」意思是「就算一根起跳也可以買」。

- いただく：蒙賜給〜、要〜。「もらう」的謙讓語。

問題2

　　問題2では、まず文を聞いてください。それから、それに対する返事を聞いて、1から3の中から最もよいものを一つ選んでください。

1番） 🎧 MP3-22

M：わあ、すてきなお庭ですね。

F：1　ええ、そうですよ。

　　<u>2　そんなことないですよ。</u>

　　3　いえ、そんな<u>もん</u>ですよ。

中譯

M：哇啊，好漂亮的庭園喔！

F：1　是的，沒錯喔！

　　2　沒有那回事啦！

　　3　不，本來就是那麼回事啊！

解説

- 名詞修飾形＋ものだ：「ものだ」的用法很多，本句用來表示感嘆，口語常會說成「もんだ」，中文可翻譯成「本來就～」。

2 番）🎧 MP3-23

F： うちの子が東京大学に入れるなんて、ほんと夢みたい。

M：1　とんでもないですね。

　　2　もちろん夢ですよ。

　　3　神様に感謝しなきゃね。

中譯

F： 我們家的孩子能進東京大學什麼的，真的好像夢一樣。

M：1　太不合情理啦！

　　2　當然是夢啊！

　　3　非感謝神明不可啊！

解說

- とんでもない：意想不到、不合情理、豈有此理、哪兒的話。

- なきゃ：非～不可、一定要～。在口語表達中，為了聲音接續方便，會有所謂的「縮約」表現，「なきゃ」即是「なければ」的縮約形。當然，「なければ」後面又省略了「なりません」，所以「感謝しなきゃ」等於「感謝しなければなりません」（不感謝不行）。

3 番）🎧 MP3-24

M：今日は何日だっけ。

F：1　えっと、たしか二十日です。

　　2　二十日じゃないでしょう。

　　3　ええ、二十日にしましょう。

25
天

M： 今天是幾號啊？

F： 1　這個嘛，應該是二十號。

　　2　不是二十號吧！

　　3　是的，就決定二十號吧！

解説

・「常體＋っけ」：用來向對方確認不確定的事情，中文可翻譯成「是～嗎、是～吧」，所以「何日<ruby>だっけ<rt>なんにち</rt></ruby>」意思是「是幾號啊？」

・たしか：當「な形容詞」用時，意思是「確實、確切、可靠」；當「副詞」用時，意思是「大概、應該是」。本題為「副詞」用法。

問題3 🎧 MP3-25

　　問題3では、まず話を聞いてください。それから、質問と選択肢を聞いて、1から4の中から、最もよいものを一つ選んでください。

会議で営業課長が販売調査の結果について話しています。

F： 営業課長の田村です。突然ですが、ここにいるみなさんはインターネットで買物をしたことがありますか。インターネットで買物をすることを「ネットショッピング」といいますが、うちの大学生の娘などは、去年までは「ネットショッピングなんて信頼できない」、「ぜったい自分の目で見て、触ってから買う」と言っていたのですが、今では買物はすべてパソコンやスマートフォンからです。買っているものは服や靴だけじゃないようで、食材さえもネットで買っているようです。そして、これは若者に限ったことではありません。六十、七十代でも、この方法を利用している人がかなりいるようです。そこで、まずは先月、営業部が調査した結果を報告させていただきます。インターネッ

トで買物する理由についてですが、「子供の世話があるので、外に買いに行けない」、「仕事が忙しいので、買物する時間がない」、「深夜でも、家でゆっくり買物が楽しめて便利」など、多くの意見が出されました。ほかにも……。

営業部長が話しているのは、何についての調査報告ですか。
1　先月のインターネット利用者数
2　ネットショッピングを利用する理由
3　ネットで買える物の種類
4　インターネットで買物をする方法

中譯

會議裡，營業課長正就銷售調查的結果說著話。

F：　我是營業課長田村。雖然很突然，但是在座的各位是否曾經在網路上買過東西呢？在網路上買東西稱之為「網路購物」，雖然我家身為大學生的女兒之類的，到去年為止都還說「網路購物什麼的根本不能相信」、「絕對要用自己的眼睛去看、摸過了再買」，但是現在買東西卻全部來自個人電腦或智慧型手機。而在買的東西好像不只是衣服或鞋子而已，甚至連食材好像都是在網路上買。而且，這還不光是年輕人。六、七十歲的人利用這種方法的人好像還不少。因此，首先請讓我報告上個月營業部所調查的結果。有關在網路上買東西的理由，被提出了許多意見，像是「由於要照顧小孩，所以無法外出採買」、「由於工作忙碌，所以沒有買東西的時間」、「就算是三更半夜，也能在家慢慢地享受購物的樂趣，很方便」等。另外也有……。

營業部長正在說的，是關於什麼的調查報告呢？

1　上個月的網路使用者人數

2　利用網路購物的理由

3　在網路上可以買的東西的種類

4　在網路上買東西的方法

解說

- 名詞＋について：關於～、就～。

- 〔名詞／動詞辭書形〕＋に限（かぎ）ったことではない」：表示問題不僅僅限於這些，還有其他，一般用於負面的評價或不好的事情，中文可翻譯成「不光是～」。所以文中的「若者（わかもの）に限（かぎ）ったことではありません」中文意思是「不光是年輕人」。

- そこで：於是、所以、因此。

- 〔動詞使役形→動詞て形〕＋いただきます：謙讓用法，用來客氣地表達自己要做的行為，中文可翻譯成「請讓我～」。所以「報告（ほうこく）させていただきます」意思是「請讓我報告。」

- 深夜（しんや）：三更半夜。

- 楽（たの）しめて：能享受、能欣賞。原形為「楽（たの）しめる」。

- ほかにも……：另外也有……。由「ほかに」（另外）＋「も」（也）而成。

考題

📝 文字・語彙

1 泥棒はついに警察に<u>捕まった</u>そうだ。
1　とまった　　　　　　　　2　つかまった
3　きまった　　　　　　　　4　かくまった

2 あんなひどいことを言ったのだから、<u>許す</u>もんか。
1　まわす　　　2　もうす　　　3　ゆるす　　　4　わたす

3 <u>筆箱</u>を忘れてきたので、となりの席の子にペンを借りました。
1　ひつはこ　　2　ひつばこ　　3　ふではこ　　4　ふでばこ

4 彼は事業に失敗して、<u>ざいさん</u>を失ったそうです。
1　財金　　　　2　財宝　　　　3　財銭　　　　4　財産

5 この部屋は狭いですが、<u>ひあたり</u>がいいので気に入っています。
1　日当たり　　2　日照たり　　3　日入たり　　4　日差たり

6 彼は五十才になった今も、弁護士になる夢をあきらめ
（　　　　　）ようだ。
1　きれない　　2　ぬけない　　3　きらない　　4　かねない

7 それはすべての国民に与えられた（　　　　）です。

1　権力　　　　2　権利　　　　3　権実　　　　4　権限

8 ふだんは（　　　　　）掃除するだけだが、週末はちゃんとやり
ます。

1　すっと　　　2　やっと　　　3　ざっと　　　4　うんと

9 _____の言葉に意味がもっとも近いものを、一つ選びなさい。
わたしは大きな理想を<u>もって</u>、アメリカの大学に入学しました。

1　そそいで　　2　いだいて　　3　さわいで　　4　たたいて

10 「休講」の使い方として最もよいものを、一つ選びなさい。

1　明日から三日間、英語のクラスは<u>休講</u>だそうだ。

2　部長は<u>休講</u>が悪いようで、話しかけたとたん叱られた。

3　手術のあと祖父の具合はいいので、そろそろ<u>休講</u>だろう。

4　突然、アメリカへの<u>休講</u>が決まったので、準備がたいへんだ。

文法

1 入院中の部長（　　　　　）、わたしがスピーチさせていただき
ます。

1　にともなって　　　　　　2　にかわって
3　とともに　　　　　　　　4　といえば

2 おどろいた（　　　　　）、彼女には子どもが五人もいる。

1　うえに　　　2　ことに　　　3　わりに　　　4　ところに

3 祖父は散歩に出かけた（　　　　　）、まだ帰ってきません。
　　1　ついでに　　2　かわりに　　3　ところで　　4　まま

4 明日の会議には社長も出席（　　　　　）そうですよ。
　　1　なる　　　　　2　する　　　　　3　される　　　　　4　あがる

5 あの怖い先輩に言われたら、やらない（　　　　　　）。
　　1　わけにはおかない　　　　　　2　わけにはいかない
　　3　ことにはおかない　　　　　　4　ことにはいかない

6 白い服は太っている（　　　　　）ので、あまり好きではない。
　　1　ようにする　　　　　　　　　2　ように見える
　　3　そうにする　　　　　　　　　4　そうに見える

7 日本の文化（　　　　　）、やっぱり茶道や華道でしょう。
　　1　といえば　　2　としたら　　3　にしても　　4　において

8 今すぐ出かければ、間に（　　　　　　）。
　　1　合うことがない　　　　　　2　合うこともない
　　3　合わないことがない　　　　4　合わないこともない

9 今の家の家賃は、駅から遠いに（　　　　　）高すぎると思う。
　　1　わたっては　　　　　　　　2　かけては
　　3　つけては　　　　　　　　　4　しては

10 わたしの人生、こんな（　　　　　）……。
　　1　わけだった　　　　　　　　2　はずだった
　　3　わけじゃなかった　　　　　4　はずじゃなかった

26
天

解答

文字・語彙（每題 5 分）

1	2	3	4	5	6	7	8	9	10
2	3	4	4	1	1	2	3	2	1

文法（每題 5 分）

1	2	3	4	5	6	7	8	9	10
2	2	4	3	2	2	1	4	4	4

得分（滿分 100 分）

/100

中文翻譯＋解說

🖊 文字・語彙

1 泥棒はついに警察に捕まったそうだ。

   1　とまった　　**2　つかまった**　　3　きまった　　4　かくまった

中譯　據說小偷終於被警察逮捕了。

解說　本題考「～まる」結尾的動詞。選項1是「止まる」（停止、停留、止於）或「泊まる」（停泊、投宿、過夜）等；選項2是「捕まる」（被捉住、被捕獲）；選項3是「決まる」（確定）；選項4無此字，選項2為正確答案。附帶一提，「ついに」是「終於、直到最後」。

2 あんなひどいことを言ったのだから、許すもんか。

   1　まわす　　　2　もうす　　　**3　ゆるす**　　　4　わたす

中譯　因為說了那麼過分的話，所以絕對不原諒！

解說　本題考「～す」結尾的動詞。選項1是「回す」（轉動、圍上、依次傳遞、轉送）；選項2是「申す」（說、講、告訴、叫做）；選項3是「許す」（允許、饒恕）；選項4是「渡す」（渡、交付），選項3為正確答案。

此外，句尾的「名詞修飾形＋もんか」意思是「絕對不～、怎麼可以～」，所以「許すもんか」可翻譯成「怎麼可以原諒！」。

3 筆箱を忘れてきたので、となりの席の子にペンを借りました。

   1　ひつはこ　　2　ひつばこ　　3　ふではこ　　**4　ふでばこ**

中譯　由於忘了鉛筆盒，所以跟隔壁位子的同學借了筆。

解說　本題考文具「筆箱」（鉛筆盒）的唸法。首先，「筆」這個漢字的唸法有「ひつ」、「ぴつ」、「ふで」三種，而「箱」這個漢字的唸法有「はこ」、「ばこ」、「そう」三種，但無論如何，「筆箱」固定就是唸「ふでばこ」，選項4為正確答案，其餘選項均為陷阱。

4 彼は事業に失敗して、ざいさんを失ったそうです。
かれ じ ぎょう しっぱい うしな

1 財金   2 財宝   3 財銭   4 財産
ざいきん   ざいほう   ざいせん   ざいさん

中譯 據說他事業失敗，財產盡失。

解說 本題和錢財相關的單字。選項1是「財金」（財務和金融）；選項2是
「財宝」（財產和寶物）；選項3無此字；選項4是「財産」（財產），
ざいほう   ざいさん
選項4為正確答案。

5 この部屋は狭いですが、ひあたりがいいので気に入っています。
へ や せま   き い

1 日当たり   2 日照たり   3 日入たり   4 日差たり
ひ あ

中譯 這房間雖然狹小，但由於日照好，所以很中意。

解說 本題中的「ひあたり」，漢字固定就是「日当たり」，意思是「向陽
處」，所以「日当たりがいい」意思是「日照好」，答案為選項1。其
ひ あ
餘選項均無該字。

6 彼は五十才になった今も、弁護士になる夢をあきらめ（　きれな
かれ ご じゅっさい   いま べん ご し   ゆめ
い　）ようだ。

1 きれない   2 ぬけない   3 たりない   4 かねない

中譯 他就算變成五十歲的現在，好像仍無法完全放棄成為律師的夢想。

解說 本題考「動詞ます形＋きれない」的用法，意思是「不能完全～」，所
以「あきらめきれない」可翻譯成「不能完全放棄」，選項1為正確答
案。其餘選項：選項2一般以「動詞ます形＋ぬく」（～到最後）的形
式出現；選項3無此用法；選項4一般以「動詞ます形＋かねない」（恐
怕會～）的形式出現。

7 それはすべての国民に与えられた（　権利　）です。
こくみん あた   けん り

1 権力   2 権利   3 権実   4 権限
けんりょく   けん り   ごんじつ   けんげん

中譯 那是被賦予所有國民的權利。

解說 本題考和「権」相關的單字。選項1是「権力」（權力）；選項2是「権
けんりょく   けん
利」（權利）；選項3是佛教用語「権実」（權教與實教）；選項4是
り   ごんじつ
「権限」（權限），選項2為正確答案。
けんげん

8 ふだんは（　ざっと　）掃除するだけだが、週末はちゃんとやります。

1　すっと　　　　2　やっと　　　　3　ざっと　　　　4　うんと

中譯 平常是只有粗略打掃，但是週末會確實地做。

解說 本題考「〜っと」結尾的副詞。選項1是「すっと」（迅速地、輕快地）；選項2是「やっと」（好不容易、終於、才）；選項3是「ざっと」（粗略地、簡略地）；選項4是「うんと」（量大、很多、用力），選項3為正確答案。

9 ＿＿＿＿＿の言葉に意味がもっとも近いものを、一つ選びなさい。

わたしは大きな理想をもって、アメリカの大学に入学しました。

1　そそいで　　　2　いだいて　　　3　さわいで　　　4　たたいて

中譯 請選擇一個和＿＿＿＿＿語彙意義最相近的答案。

我懷著遠大的理想，進入美國的大學了。

解說 本題考可以和「もって」（懷有；原形為「持つ」）代換的單字。選項1是「そそいで」（注入；原形為「注ぐ」）；選項2是「いだいて」（懷抱；原形為「抱く」）；選項3是「さわいで」（吵鬧；原形為「騒ぐ」）；選項4是「たたいて」（敲打；原形為「叩く」），所以正確答案為選項2。

10 「休講」の使い方として最もよいものを、一つ選びなさい。

1　明日から三日間、英語のクラスは休講だそうだ。
2　部長は休講が悪いようで、話しかけたとたん叱られた。
3　手術のあと祖父の具合はいいので、そろそろ休講だろう。
4　突然、アメリカへの休講が決まったので、準備がたいへんだ。

解說
1　明日から三日間、英語のクラスは休講だそうだ。（○）
2　部長は休講が悪いようで、話しかけたとたん叱られた。（X）
　→部長は機嫌が悪いようで、話しかけたとたん叱られた。（○）
3　手術のあと祖父の具合はいいので、そろそろ休講だろう。（X）
　→手術のあと祖父の具合はいいので、そろそろ退院だろう。（○）
4　突然、アメリカへの休講が決まったので、準備がたいへんだ。（X）
　→突然、アメリカへの出張が決まったので、準備がたいへんだ。（○）

中譯 就「休講」（停止授課、停課）的使用方法，請選出一個最好的答案。

1 據說從明天開始的三天，英語班停課。

2 部長好像心情不好，（我）一搭話的瞬間就被罵了。

3 由於手術後祖父的狀況良好，所以差不多要出院了吧。

4 由於突然決定要到美國出差，所以準備很辛苦。

文法

1 入院中の部長（ にかわって ）、わたしがスピーチさせていただきます。

1 にともなって 　　　　　　 2 にかわって

3 とともに 　　　　　　　　 4 といえば

中譯 請讓我代替住院中的部長來演講。

解說 本題考「名詞＋にかわって」的用法，意思是「代替～、取代～」，所以「部長にかわって」意思是「代替部長」，選項2為正確答案。其餘選項：選項1是「にともなって」（伴隨著～）；選項3是「とともに」（與～一起、隨著～）；選項4是「といえば」（說到～）。

2 おどろいた（ ことに ）、彼女には子どもが五人もいる。

1 うえに 　　　 2 ことに 　　　 3 わりに 　　　 4 ところに

中譯 令人吃驚的是，她居然有五個小孩之多。

解說 本題考「〔動詞た形／い形容詞／な形容詞＋な〕＋ことに」的用法，意思是「令人～的是」，所以「おどろいたことに」意思是「令人吃驚的是」，選項2為正確答案。其餘選項：選項1是「うえに」（不但～而且～）；選項3是「わりに」（意外地、雖然～但卻～）；選項4是「ところに」（正當～的時候）。

3 　祖父は散歩に出かけた（　まま　）、まだ帰ってきません。

1　ついでに　　　2　かわりに　　　3　ところで　　　**4　まま**

中譯　祖父外出散步，就這樣還沒回來。

解說　本題考「〔動詞た形／動詞ない形／名詞＋の〕＋まま」的用法，用來表示保持原本的狀態沒有改變，中文可翻譯成「維持〜的狀態就這樣〜」，所以「散歩に出かけたまま」意思是「外出散步就這樣〜」，選項4為正確答案。其餘選項：選項1是「ついでに」（順便〜）；選項2是「かわりに」（改為〜、代替〜）；選項3是「ところで」（就算〜也〜、即使〜也〜）。

4 　明日の会議には社長も出席（　される　）そうですよ。

1　なる　　　　　2　する　　　　　**3　される**　　　　　4　あがる

中譯　據說明天的會議社長也會出席喔！

解說　本題考「尊敬語」。在日語中，當主語是長輩或身分地位比自己高的人時要用「尊敬語」，題目中的「社長」當然就是。
動詞「出席する」的尊敬語有「出席なさる」、「出席される」、「ご出席になる」等幾種，符合的只有選項3。

5 　あの怖い先輩に言われたら、やらない（　わけにはいかない　）。

1　わけにはおかない　　　　　　　　**2　わけにはいかない**

3　ことにはおかない　　　　　　　　4　ことにはいかない

中譯　如果是被那位可怕的前輩講了，便不能不做。

解說　本題考「〔動詞辭書形／動詞ない形〕＋わけにはいかない」的用法，中文可翻譯成「不能〜、不可以〜」，所以「やらないわけにはいかない」意思是「不能不做」，選項2為正確答案。其餘選項無該用法。

6 白い服は太っている（　ように見える　）ので、あまり好きではない。

1　ようにする　　　　　　　2　ように見える

3　そうにする　　　　　　　4　そうに見える

中譯 由於白色衣服看起來似乎很胖，所以不太喜歡。

解説 本題考「ようだ」和「そうだ」的用法。二者皆屬於「な形容詞活用型的助動詞」，所以後面接續動詞時，要變化成「ように」和「そうに」。

首先，「ように」是「比況助動詞」，用來做不確定的斷定，有「如同～、像～、似乎～」等意思。而「そうに」則有「樣態助動詞」（看起來～）和「傳聞助動詞」（聽說～）雙重用法。

分析四個選項：選項1是「ようにする」（〔為了達到前項內容而〕努力～），不合句意；選項2是「ように見える」（看起來像～），正確答案；選項3無此用法；選項4是「そうに見える」，此時因為「太っている」的緣故，「そう」屬於傳聞用法（聽說～），所以和「見える」（看起來）搭不起來，故錯誤。

7 日本の文化（　といえば　）、やっぱり茶道や華道でしょう。

1　といえば　　2　としたら　　3　にしても　　4　において

中譯 說到日本文化，畢竟還是茶道或花道吧！

解説 本題考「名詞＋といえば」的用法，用來表示聯想，中文可翻譯成「說到～」，所以「日本の文化といえば」意思是「說到日本文化」，選項1為正確答案。其餘選項：選項2是「としたら」（如果～、假如～）；選項3是「にしても」（即使～也～、就算～也～）；選項4是「において」（在～〔場所、場面、領域、方面、期間〕）。

8 今_{いま}すぐ出_でかければ、間_まに（　合わないこともない　）。

1　合_あうことがない　　　　　　2　合_あうこともない

3　合_あわないことがない　　　　4　合_あわないこともない

中譯 如果現在立刻出門的話，也不是來不及。

解説 本題考「動詞ない形＋ないこともない」的用法，用雙重否定來表達消極的肯定，中文可翻譯成「也不是不～」，所以「間に合わないこともない」意思是「也不是來不及」，只有選項4符合句型，為正確答案。

9 今_{いま}の家_{いえ}の家賃_{やちん}は、駅_{えき}から遠_{とお}いに（　しては　）高_{たか}すぎると思_{おも}う。

1　わたっては　　2　かけては　　　3　つけては　　　4　しては

中譯 我覺得現在的家的房租，以距離車站很遠而言太貴了。

解説 本題考「名詞＋にしては」的用法，用來表示實際的情況與預想有落差，中文可翻譯成「以～而言、照～來說」，所以「駅_{えき}から遠_{とお}いにしては高_{たか}すぎると思_{おも}う」意思是「我覺得以距離車站很遠言太貴了」，選項4為正確答案。其餘選項：選項1一般以「にわたって」（持續～、長達～、歷經～）的形式出現；選項2是「にかけては」（在～方面〔無人能敵〕）；選項3一般以「につけて」（每當～就～）的形式出現。

10 わたしの人生_{じんせい}、こんな（　はずじゃなかった　）……。

1　わけだった　　　　　　　　　2　はずだった

3　わけじゃなかった　　　　　　4　はずじゃなかった

中譯 我的人生，原本不該是如此……。

解説 本題考「はずだ」（應該～、按理說～）和「わけだ」（難怪～、當然～）的差異。依照前文，可以判斷要用「はずだ」的過去否定，也就是選項4「はずじゃなかった」（原本不應該是～）。

考題

📝 文字・語彙

1 焼肉のときは、ご飯を<u>山盛り</u>二杯も食べます。
 1 やまほり 2 さんほり 3 やまもり 4 さんもり

2 毎晩、上司にお酒を<u>強いられて</u>、困っている。
 1 ついられて   2 しいられて
 3 きいられて   4 ひいられて

3 彼らは最後の試合に<u>敗れて</u>、泣いています。
 1 みだれて 2 たおれて 3 やぶれて 4 つぶれて

4 暑い日はちゃんと<u>ひるね</u>をしたほうがいいですよ。
 1 早寝   2 後寝   3 午寝   4 昼寝

5 昨日から工事が始まったので、<u>そうぞうしい</u>です。
 1 煩々しい 2 騒々しい 3 慌々しい 4 喧々しい

6 もっと子供（   ）の物語を選んでください。
 1 ぬき   2 むき   3 おき   4 つき

7 彼は会社から（   ）チャンスをもらって、うれしそうだ。
 1 めんどうくさい   2 おもいがけない
 3 もうしわけない   4 やむをえない

8 最近は外食ばかりで、体重がかなり（　　　　）。

　　1　はえた　　　2　ふえた　　　3　ひえた　　　4　きえた

9 ＿＿＿＿＿の言葉に意味がもっとも近いものを、一つ選びなさい。

お風呂から出てきたら、妻がビールを注いでくれました。

　　1　いれて　　　2　ひいて　　　3　さいて　　　4　つけて

10 「番組」の使い方として最もよいものを、一つ選びなさい。

　　1　今日は番組がよくないので、会社を休ませてください。

　　2　詳しい番組が分からなければ、配達できません。

　　3　最近のテレビ番組はつまらないので、ほとんど見ません。

　　4　今日の掃除の番組はわたしと田中くんです。

文法

1 明日のパーティーは、わたし（　　　　）かわって妹が参加します。

　　1　に　　　　　2　を　　　　　3　で　　　　　4　へ

2 この地域の図書館は、近くの住民（　　　　）誰でも利用できます。

　　1　にはんして　　　　　　　　2　にかぎらず

　　3　にしたら　　　　　　　　　4　につけて

3 困ったことがあったら、いつでも（　　　　）。

　　1　相談していただきます　　　2　相談させております

　　3　ご相談ございます　　　　　4　ご相談ください

4 三年生になってから、英語の授業はむずかしくなる
 （　　　　　）。
 1　とたんだ　　2　反面だ　　　3　最中だ　　　　4　一方だ

5 祖母は危うく事故に遭う（　　　　　）。
 1　わけだった　　　　　　　　2　ところだった
 3　ことだった　　　　　　　　4　ものだった

6 部長の許可を（　　　　　）、わたしには何とも言えません。
 1　しないことには　　　　　　2　かかわりなく
 3　くれてからいえば　　　　　4　もらってからでないと

7 社長だからといって、誰もが金持ちだ（　　　　　）。
 1　というものだ　　　　　　　2　とともにある
 3　とはかぎらない　　　　　　4　のはありえない

8 北海道へ出張にきた（　　　　　）、蟹をたくさん食べたいです。
 1　つつも　　　2　ついでに　　3　ところを　　4　とかで

9 状況はよくなるどころか、（　　　　　）さらに悪化している。
 1　むしろ　　　2　よくも　　　3　もちろん　　4　おろか

10 今の会社ではやっと生活できる（　　　　　）給料しかもらえ
 ない。
 1　わけの　　　2　ことの　　　3　だけの　　　4　ものの

解答

文字・語彙（每題 5 分）

1	2	3	4	5	6	7	8	9	10
3	2	3	4	2	2	2	2	1	3

文法（每題 5 分）

1	2	3	4	5	6	7	8	9	10
1	2	4	4	2	4	3	2	1	3

得分（滿分 100 分）

/100

27
天

中文翻譯＋解說

🔖 文字・語彙

1 焼肉のときは、ご飯を山盛り二杯も食べます。

　1　やまほり　　2　さんほり　　**3　やまもり**　　4　さんもり

中譯　烤肉時，飯竟然會吃到尖尖的二碗。

解說　「山盛り」意思是「盛得像山形一樣滿滿的樣子」。雖然漢字「山」有訓讀的「やま」、音讀的「さん」二種唸法，但是「山盛り」固定就是唸「やまもり」，選項3為正確答案。

2 毎晩、上司にお酒を強いられて、困っている。

　1　ついられて　　**2　しいられて**　　3　きいられて　　4　ひいられて

中譯　每天晚上，被上司強迫喝酒，很困擾。

解說　本題考動詞「強いる」（強迫）的唸法，固定就是「強いる」。題目中的「強いられて」意思是「被強迫」，選項2為正確答案。其餘選項均無該字。

3 彼らは最後の試合に敗れて、泣いています。

　1　みだれて　　2　たおれて　　**3　やぶれて**　　4　つぶれて

中譯　他們最後的比賽敗北，正哭泣著。

解說　本題考以「～れる」結尾的動詞。選項1是「乱れる」（亂、不平靜）；選項2是「倒れる」（倒、塌）；選項3是「破れる」（撕、破、撕破、打破、破滅）或「敗れる」（敗、輸）；選項4是「潰れる」（壓壞、擠破、壓碎），選項3為正確答案。

4 暑い日はちゃんとひるねをしたほうがいいですよ。

　　1　早寝　　　　　2　後寝　　　　　3　午寝　　　　　**4　昼寝**

中譯　炎熱的日子要好好午睡比較好喔！

解説　本題考「ひるね」的漢字，固定是「昼寝」，選項4為正確答案。其餘
　　　選項：選項1是「早寝」（早睡）；選項2和選項3無此字。

5 昨日から工事が始まったので、そうぞうしいです。

　　1　煩々しい　　　**2　騒々しい**　　　3　慌々しい　　　4　喧々しい

中譯　由於昨天開始有工程，所以很吵。

解説　本題考「～々しい」的動詞，選項2「騒々しい」（吵雜的、吵鬧的、
　　　喧囂的）是正確答案，其餘選項1、選項3、選項4均無該字。

6 もっと子供（　むき　）の物語を選んでください。

　　1　ぬき　　　　　**2　むき**　　　　　3　おき　　　　　4　つき

中譯　請選擇更適合小孩的故事。

解説　本題考「名詞＋向き」的用法，中文可翻譯成「朝向～、面向～、適
　　　合～」，所以「子供むきの物語」意思是「適合小孩的故事」，選項2
　　　為正確答案。其餘選項：選項1是「名詞＋ぬき」（除去～、省去～、
　　　戰勝～）；選項3一般以「名詞＋おきに」（每隔～）的形式出現；選
　　　項4是「名詞＋つき」（附帶～）。

7 彼は会社から（　おもいがけない　）チャンスをもらって、うれし
そうだ。

　　1　めんどうくさい　　　　　　　　**2　おもいがけない**

　　3　もうしわけない　　　　　　　　4　やむをえない

中譯　他從公司那邊得到意想不到的機會，看起來很高興。

解説　本題考「い形容詞」。四個選項：選項1是「面倒臭い」（非常麻煩
　　　的、極其費事的）；選項2是「思いがけない」（意想不到的）；選項3
　　　是「申し訳ない」（實在抱歉的、十分對不起的）；選項4是「止むを
　　　得ない」（不得已的、無可奈何的）。由於題目中提到「チャンスをも
　　　らって」（得到機會），所以正確答案是選項2「思いがけない」。

**27
天**

8 最近は外食ばかりで、体重がかなり（　ふえた　）。

1　はえた　　　　**2　ふえた**　　　　3　ひえた　　　　4　きえた

中譯　最近盡是外食，所以體重增加了不少。

解説　首先，題目一開始的「外食ばかり」（盡是外食）是「名詞＋ばかり」
（盡是～、光是～）的用法。

接著，本題考以「～える」結尾的動詞。四個選項的原形分別為：選項
1是「生える」（生、長）；選項2是「増える」（增加、增多）；選項
3是「冷える」（變冷、變涼）；選項4是「消える」（熄滅、融化、消
失）。由於題目中提到「体重」（體重），所以正確答案是選項2「増
えた」。

9 ＿＿＿＿＿の言葉に意味がもっとも近いものを、一つ選びなさい。
お風呂から出てきたら、妻がビールを注いでくれました。

1　いれて　　　　2　ひいて　　　　3　さいて　　　　4　つけて

中譯　請選擇一個和＿＿＿＿＿語彙意義最相近的答案。

洗澡一出來，老婆幫我倒啤酒了。

解説　本題考可以和「注ぐ」（斟、灌進、倒、倒入）代換的單字。選項1
是「入れる」（裝進、放入）；選項2是「引く」（拉、吸引）或「弾
く」（彈）；選項3是「咲く」（〔花〕開）；選項4是「点ける」（點
〔火〕）或「付ける」（沾、塗、附加、增長、留下痕跡、開始做某
事、寫），所以正確答案為選項1。

10 「番組」の使い方として最もよいものを、一つ選びなさい。
1　今日は番組がよくないので、会社を休ませてください。
2　詳しい番組が分からなければ、配達できません。
3　最近のテレビ番組はつまらないので、ほとんど見ません。
4　今日の掃除の番組はわたしと田中くんです。

解説　1　今日は番組がよくないので、会社を休ませてください。（X）
　　　→今日は具合がよくないので、会社を休ませてください。（○）

2 詳しい番組が分からなければ、配達できません。（X）
→詳しい住所が分からなければ、配達できません。（○）
3 最近のテレビ番組はつまらないので、ほとんど見ません。（○）
4 今日の掃除の番組はわたしと田中くんです。（X）
→今日の掃除の当番はわたしと田中くんです。（○）

中譯 就「番組」（電視、廣播、體育等的節目）的使用方法，請選出一個最好的答案。

1 由於今天身體不舒服，所以請讓我跟公司請假。

2 如果不知道詳細的地址，無法配送。

3 由於最近的電視節目很無聊，所以幾乎不看。

4 今天打掃的值日生是我和田中同學。

📖 文法

1 明日のパーティーは、わたし（ に ）かわって妹が参加します。

1 に　　　　2 を　　　　3 で　　　　4 へ

中譯 明天的宴會，由妹妹代替我參加。

解說 本題考「名詞＋にかわって」的用法，中文可翻譯成「代替〜」，所以「わたしにかわって」意思是「代替我」。此句型的助詞固定要用「に」，代表動作的歸著點，選項1為正確答案。

2 この地域の図書館は、近くの住民（ にかぎらず ）誰でも利用できます。

1 にはんして　2 にかぎらず　3 にしたら　4 につけて

中譯 這個地區的圖書館，不只是附近的居民，誰都能利用。

解說 本題考「名詞＋に限らず」的用法，中文可翻譯成「不只〜、不僅〜」，所以「近くの住民にかぎらず」意思是「不只是附近的居民」，選項2為正確答案。其餘選項：選項1是「に反して」（與〜相反）；選項3是「にしたら」（站在〜的立場、從〜的角度）；選項4是「につけて」（每當〜就〜）。

3 困ったことがあったら、いつでも（ ご相談ください ）。

1 相談していただきます　　　2 相談させております

3 ご相談ございます　　　　　**4 ご相談ください**

中譯 如果有任何感到困難的事情，請隨時和我商量。

解說 本題考敬語。「〔お＋和語動詞ます形／ご＋漢語動詞語幹〕＋ください」用來表達客氣的命令。由於「相談します」（商量）是漢語動詞，所以選項4的「ご相談ください」（請和我商量）為正確答案。

其餘選項：選項1一般以謙讓語「ご相談させていただきます」（請讓我和您商量）的形式出現；選項2一般以尊敬語「ご相談させてください」（請讓我和您商量）的形式出現；選項3一般以尊敬語「ご相談がございます」（有事想和您商量）的形式出現。

4 三年生になってから、英語の授業はむずかしくなる（ 一方だ ）。

1 とたんだ　　2 反面だ　　3 最中だ　　**4 一方だ**

中譯 從升上三年級以後，英文課就不斷變難。

解說 本題考「名詞修飾形＋一方だ」的用法，用來表示事物朝某個方向持續發展，中文可翻譯成「一直～、不斷～」，所以「むずかしくなる一方だ」意思是「不斷變難」，選項4為正確答案。其餘選項：選項1一般以「動詞た形＋とたん（に）」（一～就～）的形式出現；選項2一般以「名詞修飾形＋反面」（～的另一面）的形式出現；選項3一般以「〔動詞ている形／名詞＋の〕＋最中だ」（正當～的時候）的形式出現。

5 祖母は危うく事故に遭う（ ところだった ）。

1 わけだった　　　　　　　**2 ところだった**

3 ことだった　　　　　　　4 ものだった

中譯 祖母險些就遭逢事故。

解說 首先，副詞「危うく」意思是「差一點～、險些～」，經常會與本題要考的「動詞辭書形＋ところだった」（險些～、差一點～）一起出現，用來表示差一點就發生不好的事情，所以「危うく事故に遭うところだった」意思是「險些就遭逢事故」，選項2為正確答案。其餘選項均無該用法。

6 部長の許可を（　もらってからでないと　）、わたしには何とも言
えません。

1　しないことには　　　　　　2　かかわりなく

3　くれてからいえば　　　　　4　もらってからでないと

中譯 不先得到部長的許可的話，我不知道該怎麼說。

解説 首先，題目中的「何とも言えません」意思是「很難說、說不出來、不
知道該怎麼說」。

接著，本題考「動詞て形＋からでないと」的用法，中文可翻譯成「不
先～的話」，所以「部長の許可をもらってからでないと」意思是「不
先得到部長的許可的話」，選項4為正確答案。

其餘選項：選項1一般以「動詞ない形＋ないことには」（也不是
不～）的形式出現；選項2一般以「〔動詞辭書形／動詞ない形／名
詞〕＋にかかわりなく」（不管～）的形式出現；選項3無此用法。

7 社長だからといって、誰もが金持ちだ（　とはかぎらない　）。

1　というものだ　　　　　　2　とともにある

3　とはかぎらない　　　　　　4　のはありえない

中譯 雖說是社長，也未必誰都是有錢人。

解説 首先，句首的「社長だからといって」意思是「雖說是社長，也～」。
接著，本題考「常體＋とは限らない」的用法，中文可翻譯成「不一
定～、未必～」，所以「誰もが金持ちだとはかぎらない」意思是「未
必人人都是有錢人」，選項3為正確答案。

其餘選項：選項1是「というものだ」（真是～啊）；選項2一般以「名
詞＋と共に」（和～一起）的形式出現；選項4無此用法。

27
天

8 北海道へ出張にきた（　ついでに　）、蟹をたくさん食べたいです。
ほっかいどう しゅっちょう かに た

　1　つつも　　　　**2　ついでに**　　　3　ところを　　　4　とかで

　中譯　來到北海道出差，想順便吃很多螃蟹。

　解說　本題考「〔動詞辭書形／動詞た形／名詞＋の〕＋ついでに」的用法，
　　　用來表示利用機會做某事，中文可翻譯成「順便～」，所以「北海道へ
　　　出張にきたついでに」意思是「來到北海道出差，順便～」，選項2為
　　　しゅっちょう
　　　正確答案。其餘選項：選項1一般以「動詞ます形＋つつ」（一邊～一
　　　邊～、雖然～但是～）的形式出現；選項3一般以「〔動詞辭書形／動
　　　詞た形／動詞ている形〕＋ところを」（正當～的時候）的形式出現；
　　　選項4一般以「常體＋とかで」（據說～）的形式出現。

9 状況はよくなるどころか、（　むしろ　）さらに悪化している。
じょうきょう あっ か

　1　むしろ　　　　2　よくも　　　　3　もちろん　　　4　おろか

　中譯　狀況別說是變好了，倒不如說是更惡化了。

　解說　首先，題目前半句的重點是「常體＋どころか」的用法，中文可翻譯成
　　　「別說是～」，所以「状況はよくなるどころか」意思是「狀況別說是
　　　　　　　　　　　　　　　じょうきょう
　　　變好了，倒不如說～」。

　　　接著是四個選項：選項1是副詞「むしろ」（毋寧～、倒不如～）；選
　　　項2是副詞「よくも」（竟敢～）；選項3一般以「名詞＋はもちろん」
　　　（～自不待言）的形式出現；選項4一般以「名詞＋はおろか」（不用
　　　說～連～）的形式出現。所以能與前半句搭配的，只有選項1「むし
　　　ろ」。

10 今の会社ではやっと生活できる（　だけの　）給料しかもらえない。
いま かいしゃ せいかつ きゅうりょう

　1　わけの　　　　2　ことの　　　　**3　だけの**　　　4　ものの

　中譯　現在的公司，只能領到勉強可以度日的薪水。

　解說　「だけ」有多種用法，包含「只有～、數量相等、能力範圍、慾望最大
　　　值、絕對～」等。本題的「動詞可能形＋だけ」是其中「能力範圍」的
　　　用法，用來表示「在可能範圍內」，所以「生活できるだけの給料」
　　　　　　　　　　　　　　　　　　　　せいかつ　　　　きゅうりょう
　　　（在能生活範圍內的薪水），選項3為正確答案。其餘選項均無該用
　　　法。

28 天

考題

 **文字・語彙**

1 <u>通訳</u>という仕事には高い語学力が要求されます。
　　1　つうわけ　　2　とおわけ　　3　つうやく　　4　とおやく

2 入院生活は<u>退屈</u>なので、早く退院したいです。
　　1　たいせつ　　2　たいくつ　　3　たいかつ　　4　たいしつ

3 ビタミンをたくさんとることは、健康に<u>役立ちます</u>。
　　1　えきたちます　　　　　　　2　えぎたちます
　　3　やくたちます　　　　　　　4　やくだちます

4 わたしはまだ<u>みならい</u>なので、責任のある仕事はできません。
　　1　学習い　　　2　試習い　　　3　見習い　　　4　実習い

5 野菜を細かく<u>きざんで</u>、スープを作りました。
　　1　断んで　　　2　切んで　　　3　剁んで　　　4　刻んで

6 今日の試合は（　　　　）天候のため、中止することにしました。
　　1　低　　　　2　不　　　　3　壊　　　　4　悪

7 訪問がすべて済んだら、急いで会社に（　　　　）予定です。
　　1　みのる　　　2　まつる　　　3　もどる　　　4　まわる

28
天

8 友だちの本を（　　　　）汚してしまった。
　　1　しっかり　　2　めっきり　　3　うっかり　　4　すっきり

9 ＿＿＿＿の言葉に意味がもっとも近いものを、一つ選びなさい。
説明できないということは、要するに理解できていないという
ことです。
　　1　つまり　　　2　すると　　　3　しかも　　　4　こうして

10 「さっさと」の使い方として最もよいものを、一つ選びなさい。
　　1　デパートで買物していたら、社長にさっさと会った。
　　2　シャワーを浴びると、さっさとする。
　　3　亡くなった母のことを思い出して、さっさと涙が出た。
　　4　授業が終わったので、子どもたちはさっさと帰っていった。

文法

1 祖父は最近、病気（　　　　）で、食欲もまったくないそうだ。
　　1　かけ　　　　2　だらけ　　　3　がち　　　　4　しか

2 今度また大きい地震がきたら、この建物は崩壊する
　（　　　　）。
　　1　ことではない　　　　　　2　ものがある
　　3　かねない　　　　　　　　4　おそれがある

3 誰にでも一つは忘れ（　　　　）思い出があるものだ。
　　1　にくい　　　2　すぎる　　　3　がたい　　　4　おおい

4 すみません、ここに自転車を（　　　　　）もらってもいいですか。
   1　止められて　　　　　　　　　2　止めさせて
   3　止められされて　　　　　　　4　止めさせられて

5 働いたことがなければ、お金の大切さが（　　　　　）。
   1　わかるものだ　　　　　　　　2　わかるというわけだ
   3　わかろうとしない　　　　　　4　わかるわけがない

6 風邪（　　　　　）なので、今夜は早く寝ることにする。
   1　ぎみ　　　　2　おき　　　　3　から　　　　4　げ

7 引っ越し（　　　　　）、となりの家が火事になった。
   1　最中　　　　2　最中に　　　3　な最中　　　4　の最中に

8 店を閉めようとした（　　　　　）に、お客さんが入ってきた。
   1　もの　　　　2　こと　　　　3　ところ　　　4　あげく

9 自分でやると言った（　　　　　）は、最後までがんばるつもりだ。
   1　以上　　　　2　向け　　　　3　一方　　　　4　反面

10 恋愛に関することは複雑すぎて、わたしには理解
   （　　　　　）。
   1　しがたい　　　　　　　　　　2　しかねない
   3　するがたい　　　　　　　　　4　するかねない

28
天

解答

文字・語彙（每題 5 分）

1	2	3	4	5	6	7	8	9	10
3	2	4	3	4	4	3	3	1	4

文法（每題 5 分）

1	2	3	4	5	6	7	8	9	10
3	4	3	2	4	1	4	3	1	1

得分（滿分 100 分）

/100

中文翻譯＋解說

文字・語彙

1 <ruby>通訳<rt>つうやく</rt></ruby>という<ruby>仕事<rt>しごと</rt></ruby>には<ruby>高<rt>たか</rt></ruby>い<ruby>語学力<rt>ごがくりょく</rt></ruby>が<ruby>要求<rt>ようきゅう</rt></ruby>されます。

   1　つうわけ　　2　とおわけ　　**3　つうやく**　　4　とおやく

中譯　口譯這樣的工作，要求很高的語學能力。

解說　「通訳」意思是「口譯」。漢字「通」的唸法有「つう」、「とお」、「どお」三種，而漢字「訳」雖然有「わけ」、「やく」二種唸法，但是「通訳」固定唸「つうやく」，所以選項3為正確答案，其餘選項均大錯特錯。

2 <ruby>入院生活<rt>にゅういんせいかつ</rt></ruby>は<ruby>退屈<rt>たいくつ</rt></ruby>なので、<ruby>早<rt>はや</rt></ruby>く<ruby>退院<rt>たいいん</rt></ruby>したいです。

   1　たいせつ　　**2　たいくつ**　　3　たいかつ　　4　たいしつ

中譯　由於住院的生活很無聊，所以想早點出院。

解說　本題考な形容詞「退屈」的唸法。漢字「退」固定唸「たい」，漢字「屈」則固定唸「くつ」，所以「退屈」固定唸「たいくつ」，意思是「無聊、寂寞、厭倦」，選項2為正確答案。
其餘選項：選項1是「<ruby>大切<rt>たいせつ</rt></ruby>」（要緊、重要）；選項3無此字；選項4是「<ruby>体質<rt>たいしつ</rt></ruby>」（體質）或「<ruby>退室<rt>たいしつ</rt></ruby>」（離開房間）或「<ruby>耐湿<rt>たいしつ</rt></ruby>」（耐濕）或「<ruby>対質<rt>たいしつ</rt></ruby>」（對質）。

3 ビタミンをたくさんとることは、<ruby>健康<rt>けんこう</rt></ruby>に<ruby>役立<rt>やくだ</rt></ruby>ちます。

   1　えきたちます　　　　　　2　えぎたちます

   3　やくたちます　　　　　　**4　やくだちます**

中譯　攝取許多維他命，有益健康。

解說　本題考重要動詞「役立ちます」的發音，固定唸法是「やくだちます」，同「<ruby>役<rt>やく</rt></ruby>に<ruby>立<rt>た</rt></ruby>つ」，都是「有用、有益、有幫助」的意思，選項4為正確答案。

4 わたしはまだみならいなので、責任のある仕事はできません。

1 学習い　　　2 試習い　　　3 見習い　　　4 実習い

中譯 由於我還是實習生，所以不能做有責任的工作。

解説 本題考「みならい」的漢字，固定就是「見習い」，意思是「見習、學習、見習生、模仿、學著做」，選項3為正確答案，其餘選項均無該字。

5 野菜を細かくきざんで、スープを作りました。

1 断んで　　　2 切んで　　　3 剃んで　　　4 刻んで

中譯 把蔬菜細細地剁碎，做了湯。

解説 本題考動詞「刻む→刻んで」，意思是「切細、剁碎、雕刻、銘記於心」，選項4為正確答案。其餘選項：選項1應為「断る→断って」（拒絕）；選項2應為「切る→切って」（切、割、砍、斷絕）；選項3無此字。

6 今日の試合は（　悪　）天候のため、中止することにしました。

1 低　　　2 不／不　　　3 壊　　　4 悪

中譯 今天的比賽因天候不佳，決定中止了。

解説 本題考「接頭語」。選項1是「低」（低～），例如「低気圧」（低氣壓）；選項2是「不」（不～）或「不」（不～），例如「不景気」（不景氣）、「不器用」（笨拙、不靈巧）；選項3的「壊」非接頭語；選項4是「悪」（壞～），例如題目中的「悪天候」（壞天氣）或是「悪人」（壞人），為正確答案。

7 訪問がすべて済んだら、急いで会社に（　もどる　）予定です。

1 みのる　　　2 まつる　　　3 もどる　　　4 まわる

中譯 預定拜訪全部結束後就趕快回公司。

解説 本題考以「～る」結尾的動詞。選項1是「実る」（結實、成熟、有成果）；選項2是「祭る」（祭祀、供奉）；選項3是「戻る」（返回、回到）；選項4是「回る」（轉、旋轉、回轉、巡迴），正確答案是選項3。

8　友だちの本を（　うっかり　）汚してしまった。

　　1　しっかり　　　2　めっきり　　　3　うっかり　　　4　すっきり

中譯　不小心把朋友的書弄髒了。

解說　本題考「～っ～り」型的副詞。四個選項：選項1是「しっかり」
　　　（牢牢地、充分地、確實地）；選項2是「めっきり」（顯著地、急
　　　遽地）；選項3是「うっかり」（不注意、不留神）；選項4是「すっ
　　　きり」（暢快地）。由於題目中提到「友だちの本を汚してしまった」
　　　（不小心把朋友的書弄髒了），所以能搭配的只有選項3「うっかり」。

9　_____の言葉に意味がもっとも近いものを、一つ選びなさい。
　　説明できないということは、要するに理解できていないということ
　　です。

　　1　つまり　　　　　2　すると　　　　3　しかも　　　　4　こうして

中譯　請選擇一個和_____語彙意義最相近的答案。
　　　所謂的無法說明，總歸來說就是沒有懂。

解說　首先，句首的「子句1＋ということは、子句2」意思是「所謂的～」；
　　　而句尾的「ということです」則用來表達歸納，中文可翻譯成「就是～
　　　的意思」，經常會與「要するに」（總之、總歸來說）、「つまり」
　　　（總之、追根究柢）一起出現。
　　　本題考可以和副詞「要するに」（總之、總歸來說）代換的單字。選項
　　　1是「つまり」（總之、追根究柢）；選項2是「すると」（於是）；選
　　　項3是「しかも」（而且）；選項4是「こうして」（如此、這樣），所
　　　以正確答案為選項1。

10 「さっさと」の使い方として最もよいものを、一つ選びなさい。

1 デパートで買物していたら、社長にさっさと会った。

2 シャワーを浴びると、さっさとする。

3 亡くなった母のことを思い出して、さっさと涙が出た。

4 授業が終わったので、子どもたちはさっさと帰っていった。

解説 1 デパートで買物していたら、社長にさっさと会った。（X）

　→デパートで買物していたら、社長にばったり会った。（○）

　　2 シャワーを浴びると、さっさとする。（X）

　→シャワーを浴びると、さっぱりする。（○）

　　3 亡くなった母のことを思い出して、さっさと涙が出た。（X）

　→亡くなった母のことを思い出して、どっと涙が出た。（○）

　　4 授業が終わったので、子どもたちはさっさと帰っていった。（○）

中譯 就「さっさと」（趕快地、迅速地、趕緊地、痛快地）的使用方法，請
選出一個最好的答案。

　　1 在百貨公司買東西，突然遇到了社長。

　　2 如果淋浴的話，就會神清氣爽。

　　3 想起過世的母親，瞬間爆哭。

　　4 由於授課結束，所以孩子們迅速回家去了。

~ 374 ~

📖 文法

1 祖父は最近、病気（　がち　）で、食欲もまったくないそうだ。

   1　かけ　　　　　2　だらけ　　　　**3　がち**　　　　4　しか

中譯 祖父最近常生病，聽說也完全沒有食慾。

解說 本題考「〔動詞ます形／名詞〕＋がち」的用法，用來表達次數之多，中文可翻譯成「常常～、容易～」，所以「病気がち」意思是「常生病」，選項3為正確答案。其餘選項：選項1一般以「動詞ます形＋かけ」（～到一半）的形式出現；選項2一般以「名詞＋だらけ」（滿是～）的形式出現；選項4一般以「～しか～ない」（只有～）的形式出現。

2 今度また大きい地震がきたら、この建物は崩壊する（　おそれがある　）。

   1　ことではない　　　　　　　　2　ものがある

   3　かねない　　　　　　　　　　**4　おそれがある**

中譯 下次如果又有大地震來，這幢建築物有崩塌之虞。

解說 本題考「〔動詞辭書形／名詞＋の〕＋おそれがある」的用法，用來表達擔心不好的事情發生，中文可翻譯成「有可能～、恐怕～、有～之虞」，所以「崩壊するおそれがある」意思是「恐怕會崩塌」，選項4為正確答案。

其餘選項：選項1一般以「動詞た形＋ことではない」（不是〔我〕該～的事）的形式出現；選項2一般以「動詞辭書形／い形容詞／な形容詞＋な〕＋ものがある」（感到～、有～之處）的形式出現；選項3一般以「動詞ます形＋かねない」（恐怕可能會～、有～的風險）的形式出現，意思雖然對，但是接續方式錯誤，故非正確答案。

28
天

3 誰にでも一つは忘れ（　がたい　）思い出があるものだ。

1　にくい　　　　2　すぎる　　　　**3　がたい**　　　　4　おおい

中譯　不管是誰，都有一個難以忘懷的回憶啊！

解說　本題考「動詞ます形＋がたい」的用法，用來表達在心境上有所困難、抗拒而難以實現某動作，中文可翻譯成「〔心理上〕難以～」，所以「忘れがたい思い出」意思是「難以忘懷的回憶」，選項3為正確答案。

另外，容易混淆的用法是「動詞ます形＋にくい」，用來表達在技術層面上某個行為或狀態難以實現，中文可翻譯成「難以～、不方便～、不容易～」，例如「書きにくいペン」（難寫的筆）、「分かりにくい説明」（不容易理解的說明），所以選項1錯誤。

其餘選項：選項2一般以「動詞ます形＋すぎる」（太～）的形式出現；選項4無此用法。

4 すみません、ここに自転車を（　止めさせて　）もらってもいいですか。

1　止められて　　　　　　　　**2　止めさせて**

3　止められされて　　　　　　4　止めさせられて

中譯　不好意思，可以讓我把腳踏車停在這裡嗎？

解說　本題考「使役、被動」以及授受動詞「もらう」的用法。
以本題「止める」（停下、止住）為例，四個選項：

- 選項1是「被動形」：止められる（被停下）；

- 選項2是「使役形」：止めさせる（使停下、讓停下）；

- 選項3無此用法；

- 選項4是「使役被動形」：止めさせられる（被迫停下）。

此外，「動詞使役形的て形＋もらう」用來表示承蒙對方讓自己做某事，中文可翻譯成「承蒙讓我～」，所以選項3的「止めさせてもらってもいいですか」（也可以讓我停嗎？）是正確答案。

5 働いたことがなければ、お金の大切さが（　わかるわけがない　）。

1　わかるものだ　　　　　　　　2　わかるというわけだ

3　わかろうとしない　　　　　　4　わかるわけがない

中譯 如果不曾工作過的話，怎麼可能了解金錢的重要性。

解說 本題考「名詞修飾形＋わけがない」的用法，用來表達強烈主張某人、事、物不可能發生或成立，中文可翻譯成「不可能～、怎麼可能～」，所以「お金の大切さがわかるわけがない」意思是「怎麼可能了解金錢的重要性」，選項4為正確答案。
其餘選項：選項1是「わかるものだ」（本來就該知道）；選項2是「わかるというわけだ」（所以知道、難怪知道、當然知道）；選項3是「わかろうとしない」（不試圖知道）。

6 風邪（　ぎみ　）なので、今夜は早く寝ることにする。

1　ぎみ　　　　　2　おき　　　　　3　から　　　　　4　げ

中譯 由於覺得有點感冒，所以今晚決定早點睡覺。

解說 本題考「〔動詞ます形／名詞〕＋ぎみ」的用法，用來表示帶有某種傾向，中文可翻譯成「覺得有點～」，所以「風邪ぎみ」意思是「覺得有點感冒」，選項1為正確答案。
其餘選項：選項2一般以「名詞＋おきに」（每隔～）的形式出現；選項3一般以「〔常體／敬體〕＋から」（因為～）的形式出現；選項4一般以「〔い形容詞／な形容詞〕＋げ」（一副～的樣子）的形式出現。

7 引っ越し（　の最中に　）、となりの家が火事になった。

1　最中　　　　2　最中に　　　　3　な最中　　　　4　の最中に

中譯 正當搬家時，隔壁家失火了。

解說 本題考「〔動詞ている形／名詞＋の〕＋最中に」的用法，用來表達動作進行到最高峰時，中文可翻譯成「正當～的時候」，所以「引っ越しの最中に」意思是「正當搬家時」，選項4為正確答案。其餘選項均接續錯誤。

8 店を閉めようとした（　ところ　）に、お客さんが入ってきた。

1　もの　　　　2　こと　　　　**3　ところ**　　　4　あげく

中譯　正當打算關店時，客人進來了。

解說　本題考「動詞意向形＋とする」（正想～），以及「〔動詞辭書形／動詞た形／動詞ている形〕＋ところに」（正當～的時候）的用法。所以用「ところに」連接前句的「店を閉めようとした」（正想關店）和後句的「お客さんが入ってきた」（客人進來了）剛剛好，選項3為正確答案。

其餘選項：選項1和選項2無此句型，不予考慮。選項3一般以「動詞た形／名詞＋の〕＋あげく」（～的最後）的形式出現。

9 自分でやると言った（　以上　）は、最後までがんばるつもりだ。

1　以上　　　　2　向け　　　　3　一方　　　　4　反面

中譯　既然說了要自己做，就打算努力到最後。

解說　本題考「名詞修飾形＋〔以上／以上は〕」的用法，用來表示原因，中文可翻譯成「既然～，就～」，所以「自分でやると言った以上は」意思是「既然說了要自己做，就～」，選項1為正確答案。

其餘選項：選項2一般以「名詞＋向け」（專為～、針對～）的形式出現；選項3一般以「名詞修飾形＋一方」（一方面～另一方面～）的形式出現；選項4一般以「名詞修飾形＋反面」（另一面～）的形式出現。

10 恋愛に関することは複雑すぎて、わたしには理解（　しがたい　）。

1　しがたい　　　2　しかねない　　　3　するがたい　　　4　するかねない

中譯　關於戀愛的事情太過複雜，我難以理解。

解說　本題考「動詞ます形＋がたい」的用法，用來表示說話者自己覺得某動作難以實現、很難做到，中文可翻譯成「難以～」，所以「理解しがたい」意思是「難以理解」，選項1為正確答案。

其餘選項：選項2一般以「動詞ます形＋かねない」（恐怕可能會～、有～的風險）的形式出現；選項3是接續錯誤；選項4是意思和接續都不對。

考題

✎ 文字・語彙

1 今日は祖父にとって御目出度い日です。
　1　おめでとい　　　　　　　　2　おめでたい
　3　ごめでとい　　　　　　　　4　ごめでたい

2 それ以上自分を責めないでください。
　1　せめないで　　　　　　　　2　さめないで
　3　しめないで　　　　　　　　4　とめないで

3 あのバスは鈍いので、別のバスに乗りましょう。
　1　つらい　　　2　のろい　　　3　ゆるい　　　4　ぬるい

4 （インタビューで）木村さん、もうひとことだけお願いします。
　1　一句　　　2　一言　　　3　一話　　　4　一声

5 テストのさいちゅう、教科書や辞書を見てはいけません。
　1　際中　　　2　途中　　　3　最中　　　4　再中

6 わたしの妻は甘いものに（　　　　）がない。
　1　舌　　　　2　目　　　　3　鼻　　　　4　口

7 （　　　　）もう一日待ってもらえませんか。
　1　たいして　　2　せめて　　　3　すべて　　　4　はたして

8 高校を卒業した後、大学に行くか働くか（　　　　）います。
　　1　ねがって　　2　やとって　　3　ひろって　　4　まよって

9 ＿＿＿＿＿の言葉に意味がもっとも近いものを、一つ選びなさい。
　　もっと調和のとれた、体にいい食事をしたほうがいいですよ。
　　1　ナイロン　　2　ハンドル　　3　ベテラン　　4　バランス

10 「めでたい」の使い方として最もよいものを、一つ選びなさい。
　　1　鈴木さんは性格がめでたいわりには、人気があります。
　　2　仕事がめでたいからといって、休むわけにはいきません。
　　3　今日はめでたい日なので、どんどん飲んでください。
　　4　これは形がめでたいのみならず、色もすてきです。

文法

1 あの人は信頼する（　　　　）人物だと思う。
　　1　に足る　　　2　に合う　　　3　に置く　　　4　に至る

2 電車やバスの中で化粧など（　　　　）。
　　1　するわけではない　　　　2　するものではない
　　3　しようがない　　　　　　4　しないことがない

3 彼女に告白しようかしまいか、まだ決め（　　　　）。
　　1　きれない　　　　　　　　2　かねている
　　3　かねない　　　　　　　　4　ぬかない

4 タイは一年を（　　　　　）ずっと暑いとは限らない。
1　もとに　　　2　こめて　　　3　めぐって　　4　とおして

5 この伝染病は、ある地域の市場（　　　　　）全国に広まったら
しい。
1　を中心として　　　　　　　2　をもとにして
3　にともなって　　　　　　　4　にこたえて

6 彼の論文は、アンケート調査の結果に（　　　　　）書かれている。
1　よれば　　　2　よると　　　3　もとづいて　4　ともなって

7 娘は入学試験のため、どこにも遊びに行く（　　　　　）がん
ばっている。
1　ことから　　2　ことなく　　3　わけから　　4　わけなく

8 A「宿題は終わったの？」
B「もちろん。ご飯食べる前に（　　　　　）よ」
1　やっじゃん　　　　　　　　　2　やっちゃん
3　やっじゃった　　　　　　　　4　やっちゃった

9 彼は実際は行ったこともないのに、まるで見てきた
（　　　　　）話す。
1　もののように　　　　　　　2　かのように
3　もののところに　　　　　　4　かのところに

10 今までの成績（　　　　　）、合格は間違いないというもんだ。
1　からには　　　　　　　　　2　からすると
3　までには　　　　　　　　　4　まですると

解答

文字・語彙（每題 5 分）

1	2	3	4	5	6	7	8	9	10
2	1	2	2	3	2	2	4	4	3

文法（每題 5 分）

1	2	3	4	5	6	7	8	9	10
1	2	2	4	1	3	2	4	2	2

得分（滿分 100 分）

/100

中文翻譯＋解說

文字・語彙

1. 今日は祖父にとって御目出度い日です。

   1　おめでとい　　**2　おめでたい**　　3　ごめでとい　　4　ごめでたい

   中譯　今天是對祖父而言可喜可賀的日子。

   解說　日文的「目出度い」是い形容詞，固定唸「めでたい」，意思是「可喜的、可賀的」。至於加在這個字前的「御」是接頭語，用來代表敬意，此時固定唸「お」。所以「御目出度い」正確唸法是選項2「おめでたい」。

   而我們經常講的「おめでとうございます」（恭喜），就是「おめでたい」的連用形「おめでたく」，加上敬語的「でございます」，之後為了發音方便而演變成「おめでとうございます」。

2. それ以上自分を責めないでください。

   1　せめないで　　2　さめないで　　3　しめないで　　4　とめないで

   中譯　請不要再更自責了。

   解說　本題考以「～める」結尾的動詞。選項1是「責めないで」（原形是「責める」；責備）；選項2是「冷めないで」（原形是「冷める」；變冷）；選項3是「閉めないで」（原形是「閉める」；關閉）；選項4是「止めないで」（原形是「止める」；止住），正確答案是選項1。

3. あのバスは鈍いので、別のバスに乗りましょう。

   1　つらい　　　**2　のろい**　　　　3　ゆるい　　　　4　ぬるい

   中譯　由於那台巴士很慢，搭別台巴士吧！

   解說　本題考「い形容詞」。選項1是「辛い」（辛苦的、難受的）；選項2是「鈍い」（緩慢的、遲鈍的）；選項3是「緩い」（鬆的、不緊的）；選項4是「温い」（不涼不熱的），正確答案是選項2。

附帶一提，漢字「鈍い」有三種唸法，意思也不同，分別是「鈍い」（のろい）（緩慢的、遲鈍的）、「鈍い」（にぶい）（鈍的、不鋒利的、不靈敏的、不敏捷的）、「鈍い」（おそい）（遲的、晚的）。

4 （インタビューで）木村（きむら）さん、もうひとことだけお願（ねが）いします。

1 一句（いっく）　　2 一言（ひとこと）　　3 一話　　4 ひとこえ/一声（いっせい）

中譯 （採訪中）木村先生，麻煩再為我們講一句話就好（做總結）。

解說 本題考「ひとこと」的漢字，選項2的「一言」為正確答案，意思是「一言、一句話、三言兩語」。其餘選項：選項1是「一句」（いっく）（一句）；選項3無此字；選項4是「一声」（ひとこえ）（決定性的一句話、一聲、聲音）或「一声」（いっせい）（一聲）。

5 テストのさいちゅう、教科書（きょうかしょ）や辞書（じしょ）を見（み）てはいけません。

1 際中　　2 途中（とちゅう）　　3 最中（さいちゅう）　　4 再中

中譯 考試時，不可以看課本或字典。

解說 本題「さいちゅう」的漢字，選項3的「最中」為正確答案，意思是「正在～中、正在～時候」。其餘選項：選項1無此字；選項2是「途中（とちゅう）」（途中、半途、路上）；選項4無此字。

6 わたしの妻（つま）は甘（あま）いものに（ 目（め） ）がない。

1 舌（した）　　2 目（め）　　3 鼻（はな）　　4 口（くち）

中譯 我太太非常喜歡甜食。

解說 本題考慣用句「目（め）がない」，意思是「無判斷能力、非常喜歡、著迷、沒有勝算」，選項2為正確答案。其餘選項均無該用法。

附帶一提，有關「目（め）」的慣用語，新日檢中常見的有：

- 「目（め）が合（あ）う」（視線對上）、「目（め）が覚（さ）める」（睡醒）、「目（め）が高（たか）い」（有眼光）、「目（め）が届（とど）く」（注意得到、照顧周到）、「目（め）が回（まわ）る」（頭昏眼花、忙到不行）

- 「目（め）を配（くば）る」（注意四周）、「目（め）を通（とお）す」（過目、瀏覽）、

「目を留める」（留意）、「目を引く」（引人注意）、「目を向ける」（朝～看、關心）

- 「目に遭う」（經歷、遭遇）、「目に入る」（看見）、「目に映る」（映入眼簾）、「目に留まる」（注意到、留下印象）、「目に障る」（對眼睛不好、礙眼、阻礙視線）

7 　（　せめて　）もう一日待ってもらえませんか。

　1　たいして　　　2　せめて　　　　3　すべて　　　　4　はたして

中譯　能不能請你，哪怕是讓我多待上一天也好呢？

解說　本題考副詞。選項1一般以「たいして～ない」（並不太～）的形式出現；選項2是「せめて」（哪怕是～也好、至少）；選項3是「すべて」（一切、全部、所有）；選項4是「はたして」（果然、到底），選項2為正確答案。

8 　高校を卒業した後、大学に行くか働くか（　まよって　）います。

　1　ねがって　　　2　やとって　　　3　ひろって　　　4　まよって

中譯　正為高中畢業後，是要上大學還是工作而猶豫著。

解說　本題考以「～う」結尾的動詞。選項1是「願う」（希望、期望）；選項2是「雇う」（雇用）；選項3是「拾う」（拾、撿）；選項4是「迷う」（迷失、猶豫），正確答案是選項4。

9 　＿＿＿＿＿＿＿の言葉に意味がもっとも近いものを、一つ選びなさい。
もっと調和のとれた、体にいい食事をしたほうがいいですよ。

　1　ナイロン　　　2　ハンドル　　　3　ベテラン　　　4　バランス

中譯　請選擇一個和＿＿＿＿＿＿語彙意義最相近的答案。
攝取更均衡、對身體更好的飲食比較好喔！

解說　本題考可以和「調和」（調和、協調、和諧）代換的單字。選項1是「ナイロン」（尼龍）；選項2是「ハンドル」（把手、方向盤）；選項3是「ベテラン」（老手）；選項4是「バランス」（平衡、均衡），正確答案為選項4。

29
天

10 「めでたい」の使い方として最もよいものを、一つ選びなさい。

1 鈴木さんは性格がめでたいわりには、人気があります。

2 仕事がめでたいからといって、休むわけにはいきません。

3 今日はめでたい日なので、どんどん飲んでください。

4 これは形がめでたいのみならず、色もすてきです。

解説 1 鈴木さんは性格がめでたいわりには、人気があります。（X）
→鈴木さんは性格が厚かましいわりには、人気があります。（〇）

2 仕事がめでたいからといって、休むわけにはいきません。（X）
→仕事が辛いからといって、休むわけにはいきません。（〇）

3 今日はめでたい日なので、どんどん飲んでください。（〇）

4 これは形がめでたいのみならず、色もすてきです。（X）
→これは形が素晴らしいのみならず、色もすてきです。（〇）

中譯 就「めでたい」（可喜的、可賀的、容易受騙的、順利圓滿的）的使用
方法，請選出一個最好的答案。

1 鈴木先生的性格厚顏無恥，但卻很受歡迎。

2 雖說工作辛苦，但卻不能休息。

3 由於今天是可喜可賀的日子，所以請盡情喝。

4 這個不只是形狀好，連顏色也美。

📖 文法

1 あの人は信頼する（ に足る ）人物だと思う。

1 に足る　　　2 に合う　　　3 に置く　　　4 に至る

中譯 我認為那個人是值得信賴的人。

解説 本題考「〔動詞辭書形／名詞〕＋に足る」的用法，中文可翻譯成「足
以～、值得～」，所以「信頼するに足る」意思是「值得信賴」，選
項1為正確答案。其餘選項：選項2是「に合う」（適合～）；選項3是
「に置く」（擺放在～）；選項4是「に至る」（一直到～）。

2 　電車やバスの中で化粧など（　するものではない　）。

1　するわけではない　　　　　2　するものではない

3　しょうがない　　　　　　　4　しないことがない

中譯 在電車或巴士裡，本來就不應該化妝之類的。

解說 本題考「動詞辭書形＋〔ものだ／ものではない〕」的用法，用來說明事情的本質或是訓誡別人，「ものだ」中文可翻譯成「本來就應該～」，而其否定「ものではない」可翻譯成「本來就不應該～」，因此「化粧などするものではない」意思是「本來就不應該化妝之類的」，選項2為正確答案。

其餘選項：選項1是「するわけではない」（並不是～、不代表～）；選項3是「しょうがない」（沒辦法～）；選項4一般以「～ないことはない」（也不是說不～）的形式出現。

3 　彼女に告白しようかしまいか、まだ決め（　かねている　）。

1　きれない　　　2　かねている　　3　かねない　　4　ぬかない

中譯 要不要對她告白，我還無法決定。

解說 首先，句首的「告白しようかしまいか」（要不要告白）是「〔動詞意向形〕＋か＋〔動詞まい形〕＋か」（要不要～）的用法。

接著，本題考「動詞ます形＋かねる」的用法，用來表示說話者對某事感到困難，中文可翻譯成「不能～、無法～、難以～」，所以「まだ決めかねている」意思是「還無法決定」，選項2為正確答案。

其餘選項：選項1是「きれない」（～不完）；選項3是「かねない」（恐怕可能會～）；選項4無此用法。

4 　タイは一年を（　とおして　）ずっと暑いとは限らない。

1　もとに　　　　2　こめて　　　　3　めぐって　　　4　とおして

中譯 泰國未必一年到頭一直都很炎熱。

解說 首先，句尾的「常體＋とは限らない」意思是「不一定～、未必～」。

接著，本題考「名詞＋を通して」的用法，用法有二，分別是「透過～、經由～」以及「整個～〔期間〕」，所以「一年を通して」意思是「一年到頭」，選項4為正確答案。

其餘選項：選項1一般以「名詞＋をもとに」（以～為基準）的形式出現；選項2一般以「名詞＋をこめて」（充滿～、滿懷～）的形式出現；選項3一般以「名詞＋をめぐって」（圍繞～、針對著～）的形式出現。

5 この伝染病は、ある地域の市場（　を中心として　）全国に広まったらしい。

1　を中心として　　　　　　2　をもとにして

3　にともなって　　　　　　4　にこたえて

中譯 這種傳染病，好像是以某地區的市場為中心，擴散到了全國。

解說 本題考「名詞＋を中心として」的用法，中文可翻譯成「以～為中心」，所以「市場を中心として」意思是「以市場為中心」，選項1為正確答案。

其餘選項：選項2一般以「名詞＋をもとにして」（以～為基準）的形式出現；選項3一般以「〔動詞辭書形 / 名詞〕＋に伴って」（伴隨著～）的形式出現；選項4一般以「名詞＋にこたえて」（回應～）的形式出現。

6 彼の論文は、アンケート調査の結果に（　もとづいて　）書かれている。

1　よれば　　　　2　よると　　　　3　もとづいて　　4　ともなって

中譯 他的論文，是基於問卷調查的結果所寫成的。

解說 本題考「名詞＋に基づいて」的用法，中文可翻譯成「基於～、根據～」，所以「調査の結果にもとづいて」意思是「基於調查結果」，選項3為正確答案。

其餘選項：選項1一般以「名詞＋によれば」（根據～所說）的形式出現；選項2一般以「名詞＋によると」（根據～所說）的形式出現；選項4一般以「〔動詞辭書形 / 名詞〕＋に伴って」（伴隨著～）的形式出現。

7 娘は入学試験のため、どこにも遊びに行く（ ことなく ）がんばっている。

1 ことから　　　**2 ことなく**　　　3 わけから　　　4 わけなく

中譯 女兒因為入學考試，哪裡都沒去玩而努力著。

解説 本題考「動詞辭書形＋ことなく」的用法，中文可翻譯成「不～而～、沒～而～」，所以「どこにも遊びに行くことなく」意思是「哪裡都沒去玩而～」，選項2為正確答案。

其餘選項：選項1是「ことから」（從～來判斷）；選項3和選項4無此用法。

8 A「宿題は終わったの？」
B「もちろん。ご飯食べる前に（ やっちゃった ）よ」

1 やっじゃん　　　　　　　　　2 やっちゃん

3 やっじゃった　　　　　　　　**4 やっちゃった**

中譯 A「功課寫完了？」
B「當然。吃飯前就做完囉！」

解説 本題考動詞口語的「縮約表現」。

- 「動詞て形＋しまった」用來表示「完了、遺憾、某事徹底解決」等。

- 口語表達時，為了聲音接續上的方便性，會有「縮約表現」如下：
「てしまった」→「ちゃった」
「でしまって」→「じゃった」

- 例如：「やってしまった」→「やっちゃった」（做完了）
　　　　「飛んでしまった」→「飛んじゃった」（飛走了）

所以答案是選項4。

9 彼は実際は行ったこともないのに、まるで見てきた（　かのように　）話す。

1　もののように　　　　　　　　2　かのように

3　もののところに　　　　　　　　4　かのところに

中譯　他明明實際上去都沒去過，卻講得好像看過似的。

解說　本題考「常體＋かのように」的用法，用來表示比喻，中文可翻譯成「好像～一樣」，所以「見てきたかのように話す」意思是「講得好像看過似的」，選項2為正確答案。其餘選項均無該用法。

10 今までの成績（　からすると　）、合格は間違いないというもんだ。

1　からには　　　2　からすると　　3　までには　　　4　まですると

中譯　以截至目前為止的成績來判斷，及格是毫無疑問的啊！

解說　首先，句中的「間違いない」意思是「毫無疑問」；句尾的「というもんだ」表示說話者強烈的肯定，中文可翻譯成「真是～啊！」。

接下來，本題考「名詞＋からすると」的用法，用來說明判斷依據，中文可翻譯「從～〔立場、觀點〕來判斷」，所以「今までの成績からすると」意思是「以截至目前為止的成績來判斷」，選項2為正確答案。

其餘選項：選項1是「からには」（既然～）；選項3和選項4無此用法。

30 天

考題

 讀解

問題 1

　次の文章を読んで、質問に答えなさい。答えは、1・2・3・4から最もよいものを一つえらびなさい。

　以下は、ある出版社が出した講演依頼のメールである。

件名：【お願い】講演のご依頼について

横田健司様

初めてご連絡させていただきます。
未来出版社・編集長の山形と申します。
先日、雑誌『未来予想Map』で横田様の記事を拝見しました。弊社の社長の価値観と似ている点がいくつもあり、非常に興味深く読ませていただきました。さすがはアナウンサーの経験が長かった横田様、明確でしっかりとした分析とユーモアのある内容で、興味深かったです。社内にも横田様がアナウンサーだった時からのファンが多く、以前書かれた記事も読ませていただきました。

そこで、ぜひ十月二十三日の講演会に参加していただきたく、ご連絡いたしました。この講演会はジャーナリストを目指す大学生や大学院生、社会人を対象に開催するものです。作家や新聞記者、アナウンサー、出版社など言葉を仕事にしている方々に講演していただき、その後参加者全員で情報交換を行う場として、年に二回実施しています。情熱のある若者たちに好評で、毎年三百人近い人が集まります。

【詳しい内容】
第 38 回講演会のテーマ：「ジャーナリストの可能性」
日時：10 月 23 日（火よう日）午後 2 時〜
場所：横浜未来館（JR 横浜駅から徒歩 5 分くらい）
謝礼：56,000 円

突然な話のうえ、メールでは分かりにくいことも多いかと思います。できれば直接お会いして、詳しいことをお話させていただきたいのですが。都合のいい時間と場所を指定してくだされば、うかがいます。今回のテーマは「ジャーナリストの可能性」ですが、横田様のお話によってジャーナリストを目指す若者たちに夢と希望を与えることができれば、と考えて設定しました。お忙しいとは思いますが、どうぞよろしくお願いします。

問1　ここに書かれていないことは次のどれか。
　　　1　横田さんのはかつてベテランのアナウンサーだった。
　　　2　山形さんは横田さんに講演してほしい。
　　　3　横田さんと山形さんは今まで会ったことがない。
　　　4　横田さんが雑誌に書いた内容を講演会で話してほしい。

問2　毎年実施しているこの講演会について、正しいものはどれか。

    1　ジャーナリストになったばかりの若者が参加する場

    2　ジャーナリストたちが一年に二回交流するための場

    3　講演会のほか、参加者同士が情報を交換し合う場

    4　情熱のない今の若者たちに夢と希望を与えるための場

問題2

　次の文章を読んで、質問に答えなさい。答えは、1・2・3・4から最もよいものを一つえらびなさい。

　十歳のとき、大きくなったら何になりたいと聞かれたら、何にでもなれる気がしただろう。宇宙飛行士。考古学者。消防士。野球選手。アメリカ初の女性大統領。当時のあなたは、何をすれば自分が本当に幸せになれるかだけを考えて、答えていたはずだ。あなたを制約するものは何もなかった。

　もちろん、自分にとって本当に意味のあることをしたいという気持ちを見失わない人たちもいる。だが、わたしたちの多くは、年を重ねるごとに、夢を一つ、また一つと失っていく。間違った理由から仕事を選び、そのまま妥協する。心から愛することを仕事にすることは無理だと、やがてあきらめるようになる。

　妥協の道に足を踏み入れたら最後、二度と戻れなくなることが多い。起きている時間のなかで、最も長い時間を仕事に費やしていることを考えると、①このような妥協は必ず心をむしばんで(注1)いく。

　だが、それが運命だとあきらめることはない。

　　　（クレイトン・M・クリステンセン『イノベーション・オブ・ライフ』
　　　　　　　　　　　　　　　　　　　　　　　　　　　　　翔泳社による）

（注1）むしばんで：元の形を損なうこと

30
天

問1　この文章で筆者が考える「十歳」と「年を重ねた」時でちがう
　　　ことは何か。
　　　1　十歳の時は怖いものはないが、年を重ねると恐怖を感じる。
　　　2　十歳の時は夢がたくさんあるが、大人になるとみんな夢を
　　　　　失う。
　　　3　十歳は何の制約もないが、大人は制約されてあきらめてし
　　　　　まう。
　　　4　十歳の時は何も考えないが、大人になると考えすぎてしまう。

問2　①「このような」とあるが、どのようなことか。
　　　1　好きなことを仕事にするのは無理だとあきらめること。
　　　2　起きている時間はほとんど仕事していること。
　　　3　間違った理由で仕事を選び、無理して働き続けること。
　　　4　自分にとって夢を持つことは意味がないと思うこと。

聽解

問題 1 🎧 MP3-26

　問題1では、まず質問を聞いてください。それから話を聞いて、問題用紙の1から4の中から、最もよいものを一つ選んでください。

1　髪が長くて、眼鏡をかけたまじめな先生
2　背が低くて、眼鏡をかけた厳しい先生
3　外見は厳しそうだが、ユーモアのある先生
4　口が大きくて身長が低い、美人の先生

問題 2

　問題2では、まず文を聞いてください。それから、それに対する返事を聞いて、1から3の中から最もよいものを一つ選んでください。

1番）🎧 MP3-27　　①　②　③
2番）🎧 MP3-28　　①　②　③
3番）🎧 MP3-29　　①　②　③

問題 3 🎧 MP3-30

　問題3では、まず話を聞いてください。それから、質問と選択肢を聞いて、1から4の中から、最もよいものを一つ選んでください。

①　②　③　④

30
天

解答

讀解

問題 1（每題 10 分）

1	2
4	3

問題 2（每題 10 分）

1	2
3	1

聽解

問題 1（每題 15 分）

1
3

問題 3（每題 15 分）

1
3

問題 2（每題 10 分）

1	2	3
3	2	3

得分（滿分 100 分）

/100

中文翻譯＋解說

 讀解

問題 1

次の文章を読んで、質問に答えなさい。答えは、1・2・3・4から最もよいものを一つえらびなさい。

以下は、ある出版社が出した講演依頼のメールである。

件名：【お願い】講演のご依頼について

横田健司様

初めてご連絡させていただきます。

未来出版社・編集長の山形と申します。

先日、雑誌『未来予想 Map』で横田様の記事を拝見しました。弊社の社長の価値観と似ている点がいくつもあり、非常に興味深く読ませていただきました。さすがはアナウンサーの経験が長かった横田様、明確でしっかりとした分析とユーモアのある内容で、興味深かったです。社内にも横田様がアナウンサーだった時からのファンが多く、以前書かれた記事も読ませていただきました。

そこで、ぜひ十月二十三日の講演会に参加していただきたく、ご連絡いたしました。この講演会はジャーナリストを目指す大学生や大学院生、

30天

社会人を対象に開催するものです。作家や新聞記者、アナウンサー、出版社など言葉を仕事にしている方々に講演していただき、その後参加者全員で情報交換を行う場として、年に二回実施しています。情熱のある若者たちに好評で、毎年三百人近い人が集まります。

【詳しい内容】

第38回講演会のテーマ：「ジャーナリストの可能性」

日時：10月23日（火よう日）午後2時〜

場所：横浜未来館（JR横浜駅から徒歩5分くらい）

謝礼：56,000円

突然な話のうえ、メールでは分かりにくいことも多いかと思います。できれば直接お会いして、詳しいことをお話させていただきたいのですが。都合のいい時間と場所を指定してくだされば、うかがいます。今回のテーマは「ジャーナリストの可能性」ですが、横田様のお話によってジャーナリストを目指す若者たちに夢と希望を与えることができれば、と考えて設定しました。お忙しいとは思いますが、どうぞよろしくお願いします。

問1　ここに書かれていないことは次のどれか。

　　1　横田さんのはかつてベテランのアナウンサーだった。

　　2　山形さんは横田さんに講演してほしい。

　　3　横田さんと山形さんは今まで会ったことがない。

　　4　横田さんが雑誌に書いた内容を講演会で話してほしい。

問2　毎年実施しているこの講演会について、正しいものはどれか。

1　ジャーナリストになったばかりの若者が参加する場

2　ジャーナリストたちが一年に二回交流するための場

3　講演会のほか、参加者同士が情報を交換し合う場

4　情熱のない今の若者たちに夢と希望を与えるための場

中譯

　　以下，是某出版社寄出之演講請託的電子郵件。

主旨：【請託】有關演講的請託

横田健司先生

素昧平生，請容許我和您聯絡。

我是未來出版社的總編輯，敝姓山形。

前些日子，我在《預測未來Map》雜誌上拜讀了橫田先生的報導。和敝社社長的價值觀有好幾個共通點，我興致盎然地拜讀了。真不愧是擔任主播有多年經驗的橫田先生，我因明確又實在的分析以及幽默感十足的內容而深感興趣。我們公司裡面也有多位從橫田先生在當主播時期就開始的粉絲，我也拜讀了以前所寫的報導。

因此，冒昧與您聯繫，是希望您務必參加十月二十三日的演講會。這個演講會，是以成為新聞工作者為目標的大學生或研究所學生、已踏入社會的人為對象所舉辦的。我們是以邀請作家或新聞記者、主播、出版社等以語言文字為工作的諸位來演講，其後會當作全體參加者進行資訊交流的地方，每年舉辦二次。這個活動獲得有熱情的年輕人們的好評，每年有近三百人參加。

【詳細內容】

第38屆演講會主題：「成為新聞工作者的可能性」

日期和時間：10月23日（星期二）下午2時～

地點：橫濱未來館（從JR橫濱車站走路5分鐘左右）

謝禮：56,000日圓

事出突然，再加上我覺得用電子郵件可能有很多事情也不好理解。如果可以的話，希望能夠直接拜會，請讓我做詳細的說明。若您能指定方便的時間和地點，我將前往拜訪。這次的主題是「成為新聞工作者的可能性」，我們在想，若能透過橫田先生的演講，給予以成為新聞工作者為目標的年輕人們夢想與希望的話（該有多好），所以設定了這個主題。雖然知道您很忙碌，但還請您幫忙。

問1　這裡沒有寫到的事情是以下的哪一項呢？
　　　1　橫田先生曾經是老手主播。
　　　2　山形先生希望橫田先生演講。
　　　3　橫田先生和山形先生至今沒有見過面。
　　　4　希望橫田先生在演講會，講在雜誌上所寫的內容。

問2　就每年舉辦的這個演講會，正確的是哪一項呢？
　　　1　剛成為新聞工作者的年輕人參加的地方
　　　2　為了新聞工作者們一年交流二次的地方
　　　3　除了演講會之外，也是參加的同好們交換資訊的地方
　　　4　為了給予沒有熱情的現在的年輕人們夢想與希望的地方

解說

文字・語彙：

- 依頼：拜託、委託、託付、請求、要求。
- 件名：主旨、名稱、主題、標題。
- 初めて：初次、第一次。
- 予想：預測、預料、預計、預想。
- 記事：新聞、消息、報導。
- 興味深く：原形為「興味深い」（有興趣的、有意思的）。

- アナウンサー：（廣播或電視的）播報員、節目主持人。

- そこで：於是、因此、所以。

- ジャーナリスト：記者、編輯、新聞工作者。

- 目指す：以〜為目標。

- 社会人を対象に：以已踏進入社會的人為對象。

- 言葉を仕事に：以語言文字為工作。

- 方々：諸位、各位。

- 場：場所、地方、座位、場面、場合。

- 集まります：聚集。

- 謝礼：謝禮、禮物、報酬。

- 指定して：原形為「指定する」（指定）。

- うかがいます：「聞きます」（問）、「尋ねます」（打聽）、「訪問します」（拜訪）的謙讓語。

- ベテラン：老手、老練的人。

- 同士：同伴、同好、志趣相同者。

文法：

- ご連絡させていただきます：「させていただきます」是謙讓語，意思為「請您讓我〜」，所以整句話可翻譯成「請容許我和您聯絡」。

- 名詞＋として：以〜身分、資格、立場、項目等，來進行後項的內容。

- 名詞修飾形＋うえ：而且〜、再加上〜。所以「突然な話のうえ」意思是「事出突然，再加上〜」。

- 名詞＋によって：根據〜、透過〜、因為〜、由於〜。

- 動詞た形＋ばかり：剛〜。所以「ジャーナリストになったばかりの若者」意思是「剛成為新聞工作者的年輕人」。

30天

問題 2

　次の文章を読んで、質問に答えなさい。答えは、1・2・3・4から最もよいものを一つえらびなさい。

　十歳のとき、大きくなったら何になりたいと聞かれたら、何にでもなれる気がしただろう。宇宙飛行士。考古学者。消防士。野球選手。アメリカ初の女性大統領。当時のあなたは、何をすれば自分が本当に幸せになれるかだけを考えて、答えていたはずだ。あなたを制約するものは何もなかった。

　もちろん、自分にとって本当に意味のあることをしたいという気持ちを見失わない人たちもいる。だが、わたしたちの多くは、年を重ねるごとに、夢を一つ、また一つと失っていく。間違った理由から仕事を選び、そのまま妥協する。心から愛することを仕事にすることは無理だと、やがてあきらめるようになる。

　妥協の道に足を踏み入れたら最後、二度と戻れなくなることが多い。起きている時間のなかで、最も長い時間を仕事に費やしていることを考えると、①このような妥協は必ず心をむしばんで (注1) いく。

　だが、それが運命だとあきらめることはない。

（クレイトン・M・クリステンセン『イノベーション・オブ・ライフ』翔泳社による）

（注1）むしばんで：元の形を損なうこと

問1　この文章で筆者が考える「十歳」と「年を重ねた」時でちがうこと
　　　は何か。

1　十歳の時は怖いものはないが、年を重ねると恐怖を感じる。

2　十歳の時は夢がたくさんあるが、大人になるとみんな夢を失う。

3　十歳は何の制約もないが、大人は制約されてあきらめてしまう。

4　十歳の時は何も考えないが、大人になると考えすぎてしまう。

問2　①「このような」とあるが、どのようなことか。

1　好きなことを仕事にするのは無理だとあきらめること。

2　起きている時間はほとんど仕事していること。

3　間違った理由で仕事を選び、無理して働き続けること。

4　自分にとって夢を持つことは意味がないと思うこと。

中譯

　　　十歲的時候，若被問到長大後想成為什麼，會覺得什麼都可以成為吧！太空人。考古學者。消防員。棒球選手。美國首位女性總統。當時的你，應該只是思考做什麼的話自己才能真正變得幸福而做了回答。沒有任何制約你的東西。

　　　當然，也有些人不會迷失「想做對自己而言真正有意義的事情」這樣的心情。但是，大部分的我們，每增長一些年紀，夢想就一個、又一個地遺失。因為不對的理由而選擇了工作，然後就那樣妥協。變得一旦無法把打從心裡喜愛的事情成為工作時便馬上放棄。

　　　而一旦踏入妥協的道路，最後絕大多數都會變得無法回頭。若思索醒著的時間當中，耗費最長的時間都在工作上這件事的話，①這樣的妥協一定會腐蝕心靈。
(注1)

　　　但是，那就如命運般無須放棄。

（取材自克萊頓・克里斯坦森（Clayton M. Christensen）

《你要如何衡量你的人生？（HOW WILL YOU MEASURE YOUR LIFE》翔泳社）

（注1）腐蝕：指毀損原來的形狀

問1　在這篇文章中，作者所認為的「十歲」和「年齡增長」時之不同，是什麼呢？

　　1　十歲的時候天不怕地不怕，但是一旦年齡增長就會感到害怕。

　　2　十歲的時候有許多夢想，但是一旦長大成人，大家都會失去夢想。

　　3　十歲是全無制約，但是大人是被制約就立刻放棄。

　　4　十歲的時候是什麼都不思考，但是一旦變大人就思考過頭。

問2　文中有提到①「這樣的」，指的是什麼樣的事情呢？

　　1　一旦喜歡的事情無法成為工作就放棄的事情。

　　2　醒著的時間幾乎都在工作的事情。

　　3　因錯誤的理由選擇工作，勉強自己持續工作的事情。

　　4　覺得對自己而言懷抱夢想是無意義的事情。

解說

文字・語彙：

- 気がした：原形為「気がする」，慣用語，意思是「覺得」。
- 宇宙飛行士：太空人。
- 消防士：消防員。
- 制約する：限制約束、制約。
- 見失わない：不迷失。原形為「見失う」（迷失、看丟、失去）。
- だが：但是。
- 年を重ねる：年齡增長。
- そのまま：照原樣。
- 無理：不合理、辦不到、強迫、不量力。
- やがて：不久、馬上。
- あきらめる：斷念、死心、罷手、放棄。
- 足を踏み入れる：步入、踏入。

- 費やしている：花費、耗費、浪費、白費。原形為「費やす」。

- むしばんで：蟲蛀、侵蝕、腐蝕。原形為「蝕む」。

- 恐怖：恐怖、恐懼、害怕。

文法

- 何にでもなれる：由疑問句「何になれる」（可以成為什麼）＋肯定用法「でも」（任～也～）組合而成，所以整句翻譯成「什麼都可以成為」。

- 名詞修飾形＋はずだ：用來表示推測，中文可翻譯成「應該～」。

- 名詞＋ごとに：用來表示反覆動作中的每一次，中文可翻譯成「每～」。

- 動詞辭書形＋ようになる：表示本來不做的事情，現在變成習慣了。中文可翻譯成「變得～」。

- 動詞た形＋ら＋最後：一旦～就～。

- 動詞辭書形＋ことはない：用來表示事情沒有到做某件事情的必要，多用於勸告或鼓勵他人，中文可翻譯成「用不著～、無須～」

30
天

> 問題1では、まず質問を聞いてください。それから話を聞いて、問題用紙の1から4の中から、最もよいものを一つ選んでください。

教室で男の学生と女の学生が話しています。歴史の先生はどんな人ですか。

M：歴史の田中先生に赤ちゃんが生まれるから、代わりの先生が来るんだって。

F：えっ？田中先生がよかったのに。いつもニコニコしてて、優しいし。

M：田中先生は、テストが難しくないからだろう。

F：まあ、それもあるけどさ。
　　それで、どんな先生？男？女？

M：女。すっごい美人！でも、背は低かった。

F：見たことあるの？

M：今朝、職員室の前を通ったとき、校長先生が先生たちに紹介してたんだ。

F：美人でも、背が低いのはちょっとなぁ。

M：身長は関係ないだろう。髪の毛が長くて、眼鏡かけてた。
　　見た目は厳しそうだったけど、ほかの先生たちとしゃべってるの見たら、口を大きく開けて笑っててさ、ユーモアのある楽しい先生って感じだった。

F：そうなんだ。よかった。

M：あっ、先生、来たみたい。

れきし せんせい ひと
歴史の先生はどんな人ですか。
1 髪が長くて、眼鏡をかけたまじめな先生
2 背が低くて、眼鏡をかけた厳しい先生
3 外見は厳しそうだが、ユーモアのある先生
4 口が大きくて身長が低い、美人の先生

中譯

教室裡男學生和女學生正在說話。歷史老師是怎麼樣的人呢？

M： 聽說教歷史的田中老師因為生小孩了，所以有代課老師要來。

F： 咦？田中老師很好說……。總是笑嘻嘻的，而且很溫柔。

M： 是因為田中老師考試不難吧！

F： 這個嘛，雖然那個也是啦！
所以呢，是怎樣的老師？男生？女生？

M： 女生。大美女！但是，個子很矮。

F： 見過了嗎？

M： 今天早上，經過教職員辦公室前時，（看到）校長介紹給老師們。

F： 雖然是美女，但是身高矮就有點……。

M： 身高無關吧！她頭髮長長的，戴著眼鏡。
雖然外表看起來嚴肅，但是從和其他老師們聊天的樣子來看的話，嘴巴笑
得大大的，感覺是有幽默感會讓人開心的老師。

F： 那樣啊！太好了。

M： 啊，老師，好像來了！

歷史老師是怎麼樣的人呢？
1 頭髮長長的，戴著眼鏡的認真老師
2 個子矮矮的，戴著眼鏡的嚴肅老師
3 雖然外表看起來嚴肅，但是有幽默感的老師
4 嘴巴大大的，身高矮矮的美女老師

30
天

- 代わり：代替、代理、補償、再來一碗。

- 動詞普通形＋んだって：表示從別人那裡聽來的消息，中文可翻譯成「據說〜、聽說〜」，所以「代わりの先生が来るんだって」意思是「聽說有代課老師要來」。

- のに：助詞，用來表示不滿、遺憾、驚訝，中文可翻譯成「明明〜」。

- ニコニコしてて：是「ニコニコしていて」的縮約表現。「ニコニコ」（笑嘻嘻）是擬態語，當後面接續「している」時，表示主語具有該性質。所以「ニコニコしてて」表示某人總是笑嘻嘻。

- さ：終助詞，用於口語，可用來「強調」或是「調整語氣」，可翻譯成「〜啦、〜啊、〜嘛」。

- それで：所以、因此、後來。

- 動詞た形＋ことがある：曾〜過。句中的「見たことある」（曾見過）等於「見たことがある」（口語省略了「が」）。

- ちょっと：稍微。

- 見た目：看起來、外表。

- ユーモア：幽默。

- 句子＋って：口語表現，表示「引用」，相當於「という」。所以「……って感じだった」表示說話者的感覺是「って」前面提到的內容。

- まじめ：認真、正經、老實。

> 問題 2 では、まず文を聞いてください。それから、それに対する返事を聞いて、1から3の中から最もよいものを一つ選んでください。

ばん
1番） 🎧 MP3-27

M：すみません、佐藤先生は午後いらっしゃいますか。

F：1　ええ、ご存知です。

　　2　午後は来ないつもりです。

　　3　お休みだと伺ってます。

中譯

M：不好意思，請問佐藤老師下午在嗎？

F：1　是的，知道。

　　2　打算下午不來。

　　3　我聽說了老師要請假。

解説

・いらっしゃいます：「います」（在）的尊敬語。

・ご存知です：「知っています」（知道）的尊敬語。

・〔動詞辭書形 / 動詞ない形〕＋つもりだ：打算～。所以「来ないつもりです」意思是「打算不來」。

・伺ってます：「伺っています」的口語說法，意思是「聽說了」。「伺います」是「聞きます」（聽、問）、「尋ねます」（打聽）、「訪問します」（拜訪）的謙讓語。基本上在回答對方時，也就是表達自己的事情時，一定要用謙讓語。三個選項中，只有選項3是謙讓語，所以是正確答案。

30
天

2番) 🎧 **MP3-28**

F： 映画が始まるまでまだ時間があるから、どこかで時間つぶさない？

M： 1　かなり忙しいみたいね。

　　2　じゃあ、喫茶店でお茶でもしようか。

　　3　早めにチケット買わないとね。

中譯

F： 到電影開始還有時間，所以要不要在哪裡打發時間？

M： 1　好像相當忙碌呢！

　　2　那麼，在咖啡廳喝個茶之類的吧！

　　3　不早點買票不行啊！

解說

• 邀約用法「～ない？」：中文可翻譯成「要不要～？」。對話中的「時間つぶさない？」是「時間をつぶさない？」（要不要打發時間？）的省略說法。

• でも：「例示」用法，多用於邀約或是提出建議時，中文可翻譯成「～之類、～什麼的」。

• 早めに：盡早。

• 動詞ない形＋と：不～的話就～。所以「買わないと」意思是「不買的話就～」。

3番) 🎧 **MP3-29**

M： 今、お時間よろしいですか。

F： 1　後のほうがよろしいですよ。

　　2　えっ、おもいがけませんでした。

　　3　ええ、五分くらいなら。

M： 現在，時間方便嗎？

F： 1 無此用法。（「よろしい」是敬語的一種，因此對自己的行為說「よろしい」是不對的，正確應該要說「後のほうがいいよ。」（之後的話可以喔！）

　　 2 好的，沒想到。

　　 3 好的，如果五分鐘左右的話。

- おもいがけない：意想不到、意外。

- 名詞＋なら：用來表示假定，中文可翻譯成「～的話」。

問題3 🎧 MP3-30

> 問題3では、まず話を聞いてください。それから、質問と選択肢を聞いて、1から4の中から、最もよいものを一つ選んでください。

スーパーの店内で店長と店員の女の人が話しています。

M： 村田さんは、この店に来てからもう五年か。

F： はい。まだまだ分からないことも多いですけど……。

M： そんなことないよ。
村田さんの笑顔のおかげで、お店が明るくなって、ほんとう感謝してるんだ。
それに、最近は外国人のアルバイトさんが増えたでしょう。
君は英語も中国語もできるから、すごく助かってるよ。

F： いえ。

M： そこで、突然なんだけどさ。
会社で君を店長にどうかという話が出てるんだ。

F： えっ、店長ですか。

M： そう。どうかな。

F： ありがとうございます。うれしいです。

M： よかった。ただし、この店じゃなくて、別のお店なんだ。
ここから車で四十分くらいのところなんだけど……。

F： ああ、じゃあ、ちょっと……。

M： ん？

F： じつは、最近、父の体調がよくないんです。
母がもういないので、わたしがすべて世話しなきゃならなくて。
子供もまだ小さいですし……。

M： でも、せっかくのチャンスだよ。

F： ええ。でも、すみません。
店長になりたい気持ちはありますけど、家族ほど大切なものはないで
すから。次回、また声をかけていただけるように、がんばります。

M： そうか。残念だけど、しょうがないね。

女の人は別の店に行くことをどう思っていますか。
1　家から遠い店だが、店長としてがんばりたい。
2　別の店に行くのはいいが、店長にはなりたくない。
3　家族のことが心配なので、家から遠くには行きたくない。
4　体調が悪くて自信がないので、別の店に行きたくない。

中譯

超級市場店裡，店長和女性店員正說著話。

M： 村田小姐，妳來這家店已經五年了吧！

F： 是的。雖然也還有很多不懂的地方……。

M： 沒有那回事啦！

　　 多虧村田小姐的笑容，店裡面變得很陽光，真的很感謝喔！

　　 而且，最近外國人的打工人員增加了吧！

　　 因為妳又會英文、又會中文，所以幫上大忙了喔！

F： 沒有、沒有。

M： 所以，雖然有點突然啊。

　　 公司裡面有讓妳當店長如何這樣的建議出現。

F： 咦，店長嗎？

M： 是的。如何呢？

F： 謝謝您。很開心。

M： 太好了。但是，不是這家店，而是別家店。

　　 雖然是從這裡開車四十分鐘左右的地方……。

F： 啊，那麼，有點……。

M： 咦？

F： 其實，我父親最近身體不好。

　　 由於我母親已經不在了，所以必須全部我來照顧。

　　 而且我的孩子也還小……。

M： 但是，是很難得的機會耶！

F： 是的。但是，很抱歉。

　　 雖然有想成為店長的心，但是因為沒有比家人更重要的東西了。我會為了

　　 下次還能得到邀請而努力。

M： 那樣啊！雖然很可惜，但也只好這樣了！

女人對要去別家店是怎麼想的呢？

1　雖然是離家裡遠的店，但是作為店長想努力。

2　去別家店雖然好，但是不想當店長。

3　由於擔心家人，所以不想去離家遠的地方。

4　由於身體不好沒有自信，所以不想去別家店。

[解說]

- 名詞修飾形＋おかげで：歸功於〜、託〜之福。

- アルバイトさん：打工人員。

- 助かって：得救、脫險、幫了大忙。原形為「助かる」。

- そこで：因此、於是、所以。

- さ：終助詞，用於口語，可用來「強調」或是「調整語氣」，可翻譯成「〜啦、〜啊、〜嘛」。

- 君を店長にどうかという話が出てるんだ：有讓妳當店長如何呢這樣的話出現。（「を」表示動作的對象；「に」表示動作的歸著點）

- 話が出る：有人說過這樣的話、有人建議。

- どうかな：如何呢？源自於：副詞「どう」（如何）＋終助詞「かな」（輕微的疑問）。

- せっかく：特意、好不容易、難得。

- 〜ほど〜はない：最高級的表現，中文可翻譯成「沒有比〜更〜、〜最〜」，所以「家族ほど大切なものはないです」意思是「沒有比家人更重要的東西了」。

- 声をかけていただけるように〜：首先，「声をかける」意思是「招呼、邀請、勧誘」。而「ていただける」意思是「能夠得到」。最後的「ように」意思是「為了〜而〜」。所以整句話是「為了能夠得到邀請而〜」。

- しょうがない：沒辦法、只好這樣了。

國家圖書館出版品預行編目資料

30天考上！新日檢N2題庫＋完全解析 /
こんどうともこ、王愿琦著
-- 初版 -- 臺北市：瑞蘭國際, 2024.07
416面；17 x 23公分 --（檢定攻略系列；95）
ISBN：978-626-7473-46-7（平裝）
1. CST：日語 2. CST：能力測驗

803.189   113009498

檢定攻略系列95

30天考上！新日檢N2題庫＋完全解析

作者｜こんどうともこ、王愿琦
總策劃｜元氣日語編輯小組
責任編輯｜葉仲芸、王愿琦
校對｜こんどうともこ、葉仲芸、王愿琦

日語錄音｜こんどうともこ、藤原一志
錄音室｜采漾錄音製作有限公司
封面設計｜劉麗雪、陳如琪
版型設計、內文排版｜陳如琪

瑞蘭國際出版
董事長｜張暖彗・社長兼總編輯｜王愿琦
編輯部
副總編輯｜葉仲芸・主編｜潘治婷
設計部主任｜陳如琪
業務部
經理｜楊米琪・主任｜林湲洵・組長｜張毓庭

出版社｜瑞蘭國際有限公司・地址｜台北市大安區安和路一段 104 號 7 樓之一
電話｜(02)2700-4625・傳真｜(02)2700-4622・訂購專線｜(02)2700-4625
劃撥帳號｜19914152 瑞蘭國際有限公司
瑞蘭國際網路書城｜www.genki-japan.com.tw

法律顧問｜海灣國際法律事務所　呂錦峯律師

總經銷｜聯合發行股份有限公司・電話｜(02)2917-8022、2917-8042
傳真｜(02)2915-6275、2915-7212・印刷｜科億印刷股份有限公司
出版日期｜2024 年 07 月初版 1 刷・定價｜480 元・ISBN｜978-626-7473-46-7